KB075876

현장검증

소설에 언급되는 지명, 관서 명, 사건 내용 등은
작가가 상상력으로 만들어낸 것으로 실제와 무관합니다.

현장검증

이종관 미스터리 스릴러

고즈넉이엔티
GOZKNOCK ENT

현장검증

초판 5쇄 발행 2023년 5월 25일

지은이 이종관
펴낸이 배선아
펴낸곳 고즈넉이엔티

출판등록 2017년 3월 13일 제2022-000078호
주소 서울특별시 마포구 성지1길 35, 4층
대표전화 02-6269-8166
팩스 02-6166-9199
이메일 gozknockent@gozknock.com
홈페이지 www.gozknock.com
블로그 blog.naver.com/gozknock
페이스북 www.facebook.com/gozknock
인스타그램 www.instagram.com/gozknock

ⓒ 이종관, 2019
ISBN 979-11-6316-042-7 03810

잘못된 책은 구입하신 서점에서 교환해 드립니다.
이 책은 저작권법에 따라 보호받는 저작물이므로 무단 전재와 복제를 금합니다.
이 책의 전부 또는 일부 내용을 재사용하려면 사전에 저작권자와 본사의
서면 동의를 받아야 합니다.

현장검증

법원이나 수사기관이 범죄가 일어난 현장이나

그 밖의 일정한 곳에 가서 행하는 검증

1

딸각, 누군가 불을 켰다.

반사적으로 눈을 떴다. 아무것도 보이지 않았다.

불을 켠 게 아니고 껐던 걸까?

남자는 불을 켰는지 아니면 껐는지 알 수 없었다. 눈앞은 캄캄한 어둠뿐이었다. 빛이 새어들지 않는 완벽한 어둠.

발소리가 들렸다. 한 걸음, 두 걸음, 세 걸음…….

문에서 침대까지 오려면 여섯 걸음이 필요하다. 남자는 문에서 침대까지의 거리를 가늠해서 병실의 크기를 추정했다.

발소리는 여섯 걸음 후에도 멈추지 않고 두 걸음을 더 움직여 그의 머리맡으로 왔다.

화상으로 뒤틀린 어깨 근육에 힘이 들어갔다. 아물지 않은 상처가 벌어지는 것 같은 통증에 신음이 새어 나왔다.

남자는 억지로 상체를 일으켜 세우려 했다. 의식이 없거나 무방비 상태가 아님을 알려야 했다. 자신에게 치명적인 위치까지 발걸음이 오게 둘 수는 없었다.

"괜찮아요. 일어나지 않으셔도 됩니다."

남자는 꿈틀거리던 몸을 다시 침대로 떨어트리며 참았던 숨을 내쉬었다. 주치의 한정국 박사의 목소리였다. 팽팽하던 긴장감이 갑자기 풀리자 식은땀이 흘렀다.

"오늘은 기분이 어때요?"

오늘 기분? 제정신으로 이런 상태를 얼마나 견딜 수 있을지, 장담하기 어렵다고 말하고 싶었다.

하지만 소용없는 일이다. 남자는 박사의 목소리만으로도 그의 피로감을 느낄 수 있었다. 어제 진행한 검사결과도 그다지 좋지 않다는 걸 직감했다.

"아직 이름이 기억나지 않으세요?"

주치의는 매번 같은 걸 물었고, 남자는 매번 대답을 못 했다.

자신의 이름이나 나이, 심지어 얼굴조차 여전히 기억나지 않았다. 같은 질문에 매번 답하지 못하는 자신이 남자는 당혹스럽다.

"괜찮아요. 일시적인 거니까 너무 걱정하지 맙시다."

한 박사가 남자의 눈을 가린 안대를 걷어내고 펜라이트를 비췄다.

"어때요? 조금이라도 보이는 게 있습니까?"

한 박사는 앞선 질문과 달리 이번엔 잠시 동안 그의 대답을 기다렸다.

"아니요."

남자가 갈라진 목소리로 짧게 대답했다.

박사가 고개를 끄덕였다.

매일 같은 질문과 대답을 되풀이하는 동안 남자는 기억이 사라지고 눈이 보이지 않게 되었다는 걸 현실로 받아들였다.

"시신경도 일부 살아있고, 동공반응도 있고……. 회복 가능성이 없지 않아요. 희망을 가져봅시다. 이제 시작이니까."

박사는 부정적인 결과를 환자에게 얘기할 때 '없지 않다'는 식으로 이중부정을 사용해 뜻을 흐렸다. 그리고 위로인지 격려인지 모를 말을 중얼거리듯 빠르게 덧붙였다.

잠시의 침묵.

박사는 아마도 지금 링거액이 떨어지는 속도를 조절하고 있을 것이다. 그는 남자의 고통을 줄여주는 것이 지금으로서는 최선의 치료라 생각하는 것 같았다.

그가 할 수 있는 것과 남자가 할 수 있는 대답이 적어질수록 아침 회진은 짧아졌다. 따라다니는 인턴이나 간호사의 숫자도 줄어들었다. 그리고 오늘처럼 박사 혼자 형식적인 회진을 할 때도 많아졌다.

링거액이 떨어지는 속도에 비례해 남자의 고통은 빠르게 사그라들었다.

그는 들어올 때와 달리 일곱 걸음을 걸어 병실을 나갔다.

남자는 서서히 잠기는 의식 속에서도 한 걸음의 차이가 어디서 났을까 궁금했다.

슬라이딩 문이 천천히 닫히는 소리가 들렸다.

문득, 남자는 소리에 짝이 맞지 않는다는 사실을 깨달았다. 문이 닫히는 소리가 나려면 먼저 열리는 소리가 있어야 했는데…….

박사가 나가는 순간에만 닫히는 소리가 들렸다. 문은 내내 열려 있었던 거다.

남자는 약기운으로 온몸에 힘이 빠져나가는 것을 느꼈다. 생각이 흐려지고 잠이 왔다.

어둠 속에서 며칠이 지나고 또 며칠이 지나도 남자는 자신에게 무슨 일이 일어났는지 기억하지 못했다.

화상을 입었고, 눈이 보이지 않게 됐고, 머릿속 한쪽이 완전히 비어버렸다는 것이 인식할 수 있는 전부였다.

간호사들은 화상 상처를 드레싱하거나 링거를 교체하며 그를 '이수인 환자'라고 불렀다.

이수인.

그는 그렇게 자신의 이름을 추측했다. 하지만 예전엔 익숙하게 불렸을 그 이름이 자꾸 들어도 익숙해지지 않았다. 이름을 기억하지 못하는 것만으로도 그는 삶을 통째로 잃고 어느 낯선 곳을 떠도는 무기력한 기분에 사로잡혔다.

병실 밖에서 가는 톤의 남자 목소리가 들렸다. 병실 앞을 지키는 낮 근무자인 최정호 순경이었다.

병실에 방문자가 있으면 문을 열어놓는다. 그때 그의 이름을 들을 수 있었다. 남자는 지금이 낮이라는 걸 최 순경의 목소리로 알아챘다.

최 순경은 한 박사가 아침 회진을 마치는 시점에 출근해, 야간근무를 끝낸 근무자와 교대했다. 밤 근무자는 중저음의 목소리를 가진 서 순경과 말소리를 거의 들을 수 없는 과묵한 남자, 둘이었다. 최 순경은 과묵한 남자를 '김 경장님'이라 불렀다.

서 순경과 김 경장은 하루씩 번갈아 야간근무를 했다.

김 경장은 다른 둘과 달리 규칙적인 간격으로 병실 문을 열어 남자를 살폈다. 그가 병실 문을 열 때마다 금속들이 부딪치는 소리들이 났다. 무장을 한 상태다.

김 경장은 며칠에 한 번 꼴로 권총의 실린더를 열어 돌리거나 삼단봉을 펼쳐 상태를 점검했다. 아마 다른 근무자도 마찬가지로 무장을 했을 것이다. 그들이 이렇게 무장한 데는 충분한 이유가 있을 것이다.

슬라이딩 문이 열리는 소리가 들렸다.

뒤이어 문이 느리게 닫혔다.

슬라이딩 문은 열 때보다 닫힐 때 시간이 조금 더 걸렸다. 오대영 과장이었다.

그는 유일하게 병실 문을 열어놓지 않는 방문자였다. 그리고 남자를 '이수인 경감'이라고 부르는 사람이었다.

발소리의 주인공은 그가 깨어 있다는 걸 아는지 망설임 없이 침대로 다가왔다. 남자는 상체를 조금 일으켜 세웠다.

"어때?"

늘 군더더기 없는 인사말이었다.

남자는 대답할 말을 찾느라 머뭇거렸고, 오 과장은 개의치 않는 듯했다.

"괜찮아. 아직 카피캣은 잠잠해."

오 과장은 처음 병실에 온 순간, 남자에게 두 개의 이름을 알려주었다. 하나는 남자의 이름인 '이수인 경감'이었고, 다른 하나는 '카피캣'이었다.

'카피캣'은 이수인 경감이 쫓던 연쇄살인마의 닉네임 같은 거라 했다.

'카피캣'은 보통의 모방살인마와는 달랐다. 살해하는 방식이나 살인범의 독특한 특징을 단순히 흉내 내는 수준의 모방범이 아니었다.

오 과장의 말에 따르면, 카피캣은 증거를 남기지 않아 무죄로 석방된 용의자만을 살해한다고 했다. 그것도 용의자가 법망을 빠져나간 범행수법을 그대로 카피해 살해하는 방식이었다.

카피캣은 벌써 그런 방식으로 세 건의 살인을 저질렀다.

"제가 카피캣을 얼마나 가깝게 뒤쫓았던 겁니까?"

"자네 기억이 돌아오면 잡을 수 있을 만큼."

오 과장은 남자의 기억을 채워주는 유일한 사람이었다. 그는 거의 매일 남자를 찾아 상태를 확인했다.

"카피캣도 제가 쫓고 있다는 걸 알고 있습니까?"

"카피캣은 자네가 부상당한 방화사건현장에서 몸싸움을 벌일 정도로 가까이 있었어."

"제가 놓친 거군요."

"서로 놓친 거지. 그래도 참패는 아니야. 이 경감 덕에 카피캣도 살인을 멈추고 냉각기에 들어간 거니까. 놈도 자신이 노출돼 위험하다는 걸 아는 거지."

"하지만 제 상태를 알게 되면……."

오 과장은 짧게 침묵했다. 그리고 숨을 뱉어내는 소리가 희미하게 들렸다.

"다시 살인이 시작되겠지. 그래서 자네의 상태는 수사라인의 몇몇 제외하고는 경찰 고위층도 모르는 비밀이고."

"만약 카피캣이 저의 상태를 계속 모르면요?"

오 과장은 또 침묵했다. 이번에는 조금 더 긴 침묵이었다.

"카피캣은 지금까지의 패턴을 깨고 자네를 찾아올 거야. 자신이 노출된 위험을 제거해야 하니까. 살인을 저지르는 데 철학이 있는 척 포장할 여유도 없을 거고."

눈이 보이지 않는 남자는 카피캣이 누구의 모습으로 나타날지 모른다는 생각에 이르자 한기를 느꼈다.

카피캣은 매일 남자를 찾아오는 한정국 박사나, 간호사, 병실 앞을 지키는 경찰의 모습으로 올 수도 있었다.

한정국 박사가 베개로 자신의 입과 코를 눌러 막고, 간호사가 링거액에 청산염을 주사하고, 세 명의 경찰이 자신에게 총을 겨누고.

누구에게 어떻게 살해당해도 막을 방법은 없었다. 누구를 믿고 안 믿고의 문제가 아니었다.

"결국 카피캣이 저를 찾기 전에 제가 먼저 그놈을 기억해내는 방법밖에는 없군요."

"우리가 원하는 그림이지."

사라진 기억이 자신을 죽일 수도, 살릴 수도 있다는 사실이 비현실적으로 느껴졌다. 시커먼 웅덩이에서 뭔가를 건져내야 하는데, 뭘 건져내야 할지 모를 때처럼 막막했다.

"힘든 줄 알지만 기억해내자고. 그게 지금은 최선이야."

오 과장이 일곱 걸음을 걸어서 밖으로 나갔다.

문이 열리고 닫히기 전, 최 순경이 의자에서 급하게 일어나는 소리가 들렸다.

문이 닫혔다. 최 순경이 가는 목소리 톤으로 과장에게 뭔가를 설명하는 소리가 어렴풋이 들렸다. 남자는 오 과장이 다녀갈 때마다 공포의 감각이 증폭되었다. 그가 남자를 안심시키려 하면 할수록 연쇄살인마가 자신을 먼저 찾아올지도 모른다는 불안한 상상에 시달렸다. 그가 누구의 모습으로 찾아올지 모르기에 더욱 두려웠다. 하지만 남자는 피곤했고, 공포보다 강력한 진통제에 취해 어쩔 수 없이 잠이 들었다.

오 과장이 다녀가고 나면 남자는 병실 문이 열릴 때마다 신경이 더 곤두섰다.

남자는 병실에 드나드는 모든 사람들의 특징과 패턴을 기억했다. 모든 소리에 숫자를 매겼다.

가령 한정국 박사는 여덟 걸음 후에 침대 머리맡에 왔다가 일곱 걸음으로 병실을 나갔다. 아마도 들어올 때의 한 걸음은 생각 때문이거나 차트를 보려고 보폭이 좁아진 탓일 것이다.

병실을 청소하는 아주머니는 네 걸음이나 다섯 걸음을 걸어 휴지통을 비웠고, 열린 병실 문을 통해 최정호 순경과 대화를 했다.

남자가 깨어 있는 티를 내도 좀처럼 그에게 말을 걸지는 않았다. 아주머니는 스물을 셀 정도만 병실에 머물렀다. 아주머니에게서는 오렌지 향의 세제 냄새가 났다.

일정한 간격 없이 병실을 드나드는 간호사들은 항상 짝을 이뤄 움직였다. 앞서 들어오는 발소리가 김현지 간호사였고, 뒤따라 들어와 침대 발치에서 대기하는 발소리가 이진 간호사였다.

이 간호사는 주로 김 간호사가 오더를 내면 수행하는 보조역할을 했다. 그녀에게서는 늘 달콤한 풍선껌 냄새가 났다. 그들은 병실 안에 들어서자마자 '이수인 환자분'이라고 부르기 때문에 쉽게 알 수 있었다.

남자는 소리만으로 모두를 구분할 수 있었지만, 그들의 일상적이지 않은 움직임까지 판단할 수는 없었다. 그들이 패턴에서 벗어나면 남자는 불안했다.

김 간호사가 이 간호사에게 오더를 내리지 않고 직접 링거를 교체하면 불안했고, 한 박사가 일곱 걸음을 한꺼번에 걷지 않고 멈춰서면 불안했다. 청소하는 아주머니와 최 순경이 대화를 하지 않으면 불안했고, 방문자가 있는데 실수로라도 문이 닫히는 소리가 들리면 공포에 질렸다.

남자에게는 사람들의 소리와 패턴을 기억하는 것이 카피캣으로부터 자신을 지키는 유일한 방법이었다. 숫자와 패턴으로 사람들의 움직임을 정리하고 거기에 사람들의 일상적이지 않은 행동을 추가했다. 데이터가 쌓일수록 그는 그들을 믿을 수 있게 되었다.

남자는 한 박사에게 부탁해 진통제의 양을 줄였다.

고통은 심해졌지만 깨어 있는 시간이 늘어났다. 그는 고통은 참을 수 있었지만, 카피캣이라는 연쇄살인마를 무방비 상태로 만나는 건 참을 수 없었다. 잠에 빠져 그의 정체도 모른 채 살해당하는 건 꿈으로라도 겪고 싶지 않은 악몽이었다.

남자는 손가락을 까닥거렸다. 왼쪽 손가락 끝에 집게처럼 끼워진 맥박계가 느껴졌다. 손가락을 움직여 맥박계를 일부러 뺐다. 손가락을 통해 전송되던 맥박이 멈췄다. 이제 곧 간호사가 뛰어올 것이다. 남자는 속으로 숫자를 셌다.

'하나, 둘, 셋, 넷…….'

숫자가 사십이 넘어가자 급한 발소리가 들렸고, 육십이 넘어가자 병실 문이 열렸다.

제일 먼저 들어온 발소리가 손가락에서 빠진 맥박계를 금방 찾아 냈다.

두 번째 발소리는 침대 발치에서 숨을 헐떡거렸다. 그리고 금속성과 겹쳐 들리던 발소리가 뒤따라 병실로 들어왔다가 멀어졌다.

마지막 금속성과 겹쳐 들리던 발소리는 병실 앞을 지키는 최 순경이었을 것이다.

"이수인 환자분, 맥박계가 빠졌어요. 깜짝 놀랐잖아요."

김현지 간호사였다. 아마도 발치에 있는 간호사는 이진 간호사일 것이다.

"미안합니다."

남자는 그녀들이 자신의 생존을 모니터링해주는 것이 고마웠다. 그의 생존 신호를 들어주고 달려와 주는 것에 감사했다. 김 간호사가 남자의 손가락에 다시 맥박계를 끼웠다. 맥박은 다시 정상적인 신호를 보내기 시작했다.

"살려주셔서 감사합니다."

발치에서 이진 간호사가 웃는 소리가 들렸다. 두 사람은 농담으로 들었지만 남자는 진심이었다.

"불편한 게 있으면 앞으로는 호출버튼을 눌러주세요. 심장 멎게 하지 말고요."

김현지 간호사가 '당신의 장난이 재미있지 않다'는 어감을 담아 딱딱한 목소리로 대답했다. 남자는 호출버튼으로는 카피캣을 막을 수 없다고 속으로 중얼거렸다. 호출버튼을 누르면 담당 간호사가 이유를 물을 것이고, 몇 번을 물어도 대답이 없으면 그제야 병실에 와볼 것이다. 그리고 어떤 바보 같은 살인마가 호출버튼을 누르는 걸 보고만 있겠는가.

병실 문이 닫히는 소리가 들렸다.

그래도 남자는 응급상황이 벌어지면 김 간호사와 이 간호사가 그의 병실까지 오는 시간이 채 일 분도 안 된다는 사실에 안도했다. 그녀들이라면 기꺼이 남자의 생존신호를 발견하고 뛰어와 줄 것이다. 남자는 그녀들이 오는 일 분 동안만 살아있으면 된다고 생각했다.

2

아침 여덟시 반.

창문으로 들어오는 햇빛이 바닥에 선명한 사각형을 만들어냈다. 햇빛 때문에 바닥에 쌓인 먼지가 도드라져 보였다.

한지수는 옷장에 걸린 옷들 중에서 정장 몇 벌을 골라냈다. 아무래도 그들을 만나는 데는 정장차림이 나을 것 같았다.

치마와 바지를 두고 고민하다 치마를 입기로 했다. 첫 이미지를 부드럽게 연출할 필요가 있었다.

옷을 챙겨 입고, 화장을 했다. 부드러운 인상을 주기 위해 눈썹을 둥근 아치형으로 그리고 립 라인도 곡선으로 그려 넣었다.

거울 속의 그녀는 피곤해 보이기는 했지만 충분히 부드럽고 매력적인 모습이었다.

머리를 모아 하나로 묶고 입 꼬리를 살짝 올렸다. 준비는 끝났다.

휴대폰을 들어 시간을 확인했다.

아홉 시 삼 분.

오랜만에 제대로 하는 화장이라 시간이 생각보다 오래 걸렸다.

상수동에서 출발한 택시는 금화터널을 지나서부터 서행하기 시작해 사직공원에서부터는 아예 멈춰버렸다.

아홉시 반.

아직은 시간 여유가 있었지만 초조해지기 시작했다.

택시에서 내려 빠르게 걸었다. 주변 빌딩과는 구분되는 청사 건물이 멀리서도 보였다.

그녀는 얼굴을 아는 동료들과 마주치지 않기를 바라며 엘리베이터를 탔다. 습관적으로 과학수사계가 있는 3층 버튼을 누르려다 감찰계가 있는 13층 버튼을 눌렀다.

아홉 시 오십 분. 적당한 시간이었다.

감찰계는 13층 오른쪽 복도 끝에 있었다. 창문 밖으로 광화문의 풍경이 펼쳐졌지만 감상할 여유는 없었다.

감찰계에서 연락이 온 건 일주일 전이었다. 한지수가 오 개월 전 신문했던 용의자가 자살을 했다고, 아니 정확하게는 자살을 한 것 같다는 투서가 접수됐다고 했다.

투서…….

한지수는 그때 신문한 용의자의 자살과 자신이 인과관계가 있다는 투서의 내용을 받아들일 수 없었다. 게다가 자살을 했다는 것도 아니고 한 것 같다는 말이 더 어처구니없었다. 하지만 감찰이 붙으면 없던 인과관계도 생길지 모른다.

짧게 심호흡을 한 후 감찰계 문을 열었다.

그녀가 들어서자 앉아 있던 세 명 중 한 명이 일어섰다. 짧은 머리에 안경을 쓴 근무복 차림의 남자였다.

"한지수 경사님?"

한지수는 대답 대신 가볍게 목례를 했다.

"김정민 경위입니다. 이쪽으로 오시죠."

김 경위가 조사실로 안내했다.

탁자와 의자가 조사실 내부 집기의 전부였다. CCTV도 녹음장비도 없었다. 감찰을 위한 완벽한 사각지대였다.

"우선 신원부터 확인하겠습니다."

김 경위가 노트북을 열었다. 푸른빛과 함께 그의 시선이 왼쪽 천장에 잠깐 동안 머물다 내려왔다.

한지수는 그가 우뇌를 사용하고 있다고 짐작했다. 시선이 왼쪽 위를 향한다는 건 우뇌를 쓰고 있다는 것. 쉽게 일반화할 수는 없지만 신문을 시작하기도 전에 우뇌를 사용한다는 것은 이미 결론을 내리고 신문전략을 짜고 있다는 뜻이기도 했다.

한지수는 김 경위의 시선과 마주치기를 기다렸다. 눈이 마주치자 그가 반사적으로 시선을 피했다. 곧바로 그의 질문이 튀어나왔다.

"서울청 범죄행동분석팀 소속 프로파일러 맞으시죠?"

"맞습니다."

"현재 계급은?"

"경사입니다."

"본론으로 들어가죠. 김영학 씨 기억하시죠?"

당연히 기억하고 있었다. 김영학은 대학교수로, 아내를 살해한 용의자였다.

오 개월 전에 발생한 일명 '시체 없는 살인사건'의 용의자.

"제가 신문 전략을 짰어요."

수사팀은 아내의 시체가 발견되지 않아 실종수사를 병행하고 있었다. 한지수는 그 실종사건이 살인사건이라고 판단했다. 살인에다 사체유기.

수사를 맡았을 때 한지수는 시종 유력한 용의자인 김영학을 강하게 몰아붙였다. 하지만 그는 어떤 질문에도 변호사로부터 받은 답변만 반복했다. 그리고 조금이라도 혐의의 끝이 자신을 향하면 답변을 거부했다. 그의 모습은 아내를 잃은 남편의 모습이 아니었다.

그런 그가 고작 신문당한 것 때문에 자살?

코웃음이 날 정도였다.

"직접 신문도 하셨고요?"

"2차 신문을 제가 했죠."

결국 실종된 아내의 시체는 발견되지 않았다. 그는 증거불충분으로 풀려났다.

김영학의 아내가 5년 후까지 돌아오지 않으면 사망으로 처리될 것이다. 그렇게 되면 그는 거액의 생명보험금을 받게 된다. 그런 김영학이 자살을 할 리 없었다.

"아내에 이어 남편 김영학 씨도 실종 상태입니다. 핸드폰이나 신용카드 사용내역, 의료기록 등의 생활반응도 일체 없고요."

"그러니까 오 개월 전에 신문한 저 때문에?"

한지수는 자신도 모르게 빈정거렸다.

그녀는 다시 김 경위와 눈이 마주치고서야 알았다. 김 경위 눈빛이 처음보다 싸늘했다. 그런 말투를 조심해야 했는데, 실수였다. 처음부터 조사관과 대립해서 좋을 건 없었다.

이번에는 한지수가 시선을 피했다.
"정확한 시점은 모르지만, 김영학 씨는 석방 후 얼마 되지 않아 실종됐습니다."
이상한 말이었다.
"실종된 시점이…… 오 개월 전이었다고요?"
한지수가 예상치 못한 실종 시점에 움찔했다.
"예, 그래서 부른 겁니다."
김 경위가 상체를 뒤로 젖혔다. 그의 안경 너머로 반짝이는 눈이 보였다.
"……6년 전에도 한 경사님에게 조사받았던 피의자가 자살한 적이 있죠?"
예상했던 질문이었고, 그녀를 따라다니는 꼬리표였다. 한지수는 이 질문을 의식해 아침부터 화장을 하고 부드러운 첫인상을 연출하려고 노력했다.
"있습니다."
"조사받던 피의자가 자살하는 일이 같은 조사관에게 두 번이나 일어날 정도로 빈번합니까?"
"아닙니다."
한지수는 되도록 짧고 명확하게 대답했다. 유죄인 사람들이 핵심적인 질문을 받으면 즉각 대답하지 않고 설명하려 든다는 걸 그녀는 누구보다 잘 알았다.
김 경위가 한지수의 대답을 노트북에 입력했다.
"그럼, 왜 한 경사님에게 이런 일이 반복해서 발생했다고 생각하십니까?"

정보 수집을 위한 개방형 질문…….

여기서 변명을 해봐야 수집된 정보는 스스로를 찌르는 무기가 될 뿐이었다. 김 경위는 아주 도식화된 신문 전략을 구사하고 있었다. 그래서 한지수는 대답하지 않았다.

그가 잠시 기다리다 노트북 자판을 두드려 글자를 입력했다.

아마도 '대답하지 않음'이라고 적어 넣었을 것이다. 신문조서에서 '대답하지 않음'은 '대답'만큼이나 중요한 의미가 있다.

"혹시 목적을 가지고 김영학 씨에게 일부러 심리적 압박을 가한 게 아닙니까?"

그의 질문은 한지수가 고의적으로 그를 압박해 자살하도록 만들었는지 묻고 있었다.

그녀는 그 질문이 의미하는 바를 정확하게 깨달았다. 자신의 징계가 정직으로 끝나지 않으리라는 것을.

한지수가 일부러 탁자에 올린 손을 까딱거렸다. 김 경위의 시선이 자연히 그녀의 손에 머물렀다.

"그런데 오 개월 전에 실종되었는데 왜 지금에서야 투서를 한 거죠?"

한지수는 되물으며 눈에 띄게 검지를 움직여 보였다. 김 경위의 시선이 다시 손가락에 붙들렸다.

질문의 흐름을 끊고 싶었다. 일반적인 피의자들은 거짓말을 할 경우, 인지적 부하 때문에 팔과 손의 움직임이 줄어들기 마련이다. 그녀는 역으로 움직임을 만들어 질문의 흐름을 끊고 자신이 신문을 주도하기를 원했다.

김 경위가 슬며시 상체를 앞으로 당겼다. 그 작은 동작의 변화에서 조금은 자신감을 얻었다. 걸려들었다는 미세한 쾌감까지 느꼈다.

"아들이 캐나다 칼턴대학이라든가, 거기서 유학 중인데, 아버지와 자주 연락하는 편은 아니라고 해요. 매달 생활비가 꼬박꼬박 들어왔으니까 딱히 전화할 일도 없었고."

"그런데 생활비가 끊겼다?"

"자동이체 되던 통장에 입금이 안 되니 그제야 연락했던 모양입니다."

"하도 연락이 안 되니 자살했다고 투서를 한 거고요."

비로소 투서의 내용이 이해되었다.

하지만 분명한 건 김영학이 살인은 해도 자살할 인간은 아니라는 것이었다. 더군다나 고액의 보험금을 두고서는 더더욱. 결론은 하나였다.

그녀는 짧게 심호흡을 한 뒤 일부러 숨을 멈췄다. 김 경위가 따라서 숨을 멈췄다. 동조현상이었다.

"그는 살해됐어요."

김 경위의 동공이 커졌다. 한지수가 마지막 쐐기를 박았다.

"김영학은 절대 자살할 사람이 아닙니다. 살해당한 거예요. 과장님께 보고하고 정식으로 수사를 진행하겠습니다."

한지수가 일방적으로 일어서자 김 경위가 기세에 눌려 주춤했다. 문을 나서는 그녀에게 한 마디 내뱉었다.

"만약 2차 감찰조사까지 타살 흔적이 있는 시체가 발견되지 않으면 이렇게 끝나지는 않을 겁니다."

2차 감찰조사. 그때까지는 일주일이 남았다.

한지수는 감찰계가 있는 13층에서 과학수사계가 있는 3층으로 곧장 내려왔다.

김영학의 사건기록이 필요했다.

대부분의 살인사건의 동기는 금품 아니면 치정이다. 그 둘의 끝을 파면 범인이 나오기 마련이다. 그런데 김영학은 금품도 치정도 아니었다.

3층 과학수사계는 한산했다.

현장감식팀과 화재감식팀은 자리에 없었고, 검시요원의 자리도 비어 있었다. 화재사건으로 사망자가 발생한 모양이었다.

급하게 출동한 탓인지 옆자리 책상에 입에 대지도 못한 커피가 그대로 식어가고 있었다.

커피를 가져와 자기 자리에 앉은 뒤, 컴퓨터를 켰다. 경찰 내부망으로 접속해 스카스(SCAS: 과학적범죄분석시스템)를 구동시켰다.

김영학 사건을 검색해 1차 진술조서를 클릭했다.

담당사건은 아니었지만 1차 신문 때부터 사건에 관여해 관리자 승인 없이 기록을 볼 수 있었다.

참고인 신분으로 받은 그의 1차 진술에서 눈에 띄는 게 있었다. 아내를 찾기 위해 얼마나 노력했는지 진술한 부분.

김영학은 아내의 주변 사람들을 만나고 평소 다니던 스포츠센터와 자주 가던 카페들을 찾아다닌 과정에 대해 자세히 진술했다. 하지만 빠진 게 있었다. 내용 어디에도 아내에 대한 걱정이나 슬픔은 없었다. 그저 아내를 찾기 위해 자신이 얼마나 노력했는지에 대해서만 초점이 맞춰져 있었다.

범죄를 저지른 자들의 전형적인 진술 패턴이었다. 범죄자는 대체로 슬퍼하지 않는다. 자신의 무죄 증명에 애쓴다. 무의식적으로 심리적 알리바이를 만드는 것이다.

그런데 김영학의 진술은 아내의 차량과 휴대폰이 경기도 한강변에서 발견되고, 강력사건으로 전환되면서부터 달라졌다.

아내의 실종 당시, 그는 알리바이를 시간대별로 정확하게 진술했다. 자신의 차량에서 발견된 소량의 혈흔이 아내의 것으로 밝혀지자 '아내가 코피를 흘린 적이 있다'며 방어했다. 변호사에게 조언이라도 받은 것처럼 그의 태도와 말은 치밀하고 냉정해졌다.

그가 참고인에서 용의자로 전환되고 진행했던 2차 신문의 마지막 대화가 떠올랐다. 진술녹화가 종료된 시점이라 기록에도 남지 않은 대화였다.

한지수는 김영학에게 '당신이 죽였다는 걸 알아요'라고 했고, 그는 '시체가 없으면 살인도 없어요'라고 선생님 같은 말투로 대답했다.

결국 증거불충분으로 구속영장은 기각됐다. 그날 저녁 긴급체포 시한이 만료되어 김영학은 석방됐다. 그는 자살할 이유가 없었다.

당시 수사팀은 그의 금융기록과 통화내역, 메신저 내역에서 별다른 특이점을 발견하지 못했다. 아내의 명의로 과도하게 가입된 생명보험이 있기는 했지만 가입시기가 오래돼서 결정적인 동기라고 하기엔 애매했다.

실종사건으로 위장해 시체 없는 살인사건을 저지른 유력한 용의자가 같은 방식으로 실종될 확률…… 얼마나 될까?

한지수는 사무실을 빠져나와 비상구로 향했다.

철컥, 그녀 뒤로 육중한 철문이 닫혔다. 그녀는 비상계단을 올라가며 생각을 정리했다. 데워지지 않은 공기에 머리가 맑아졌다.

그녀는 가능성이 작은 가설부터 제외시켜 보기로 했다.

용의자로 몰린 김영학이 억울한 마음에 자살을 했다? 제외.

김영학이 아내를 살해하고 자살을 했다? 역시 제외.

그럼, 둘 다 살아있는 건?

그녀는 4층으로 올라가는 계단참에 서서 숨을 가다듬었다. 두 사람의 실종이 새로운 삶을 살기 위한 일종의 속임수라면 돈이 필요하다.

그런데 부동산을 처분한 흔적도, 예금을 옮긴 흔적도 없었다. 결정적인 건 두 사람 모두 실종되면 거액의 생명보험금을 수령할 수 없게 된다.

아들과 공모한다면?

한지수는 고개를 저었다. 그럼 아들이 실종신고를 한 시점과 투서를 한 정황이 이상해진다. 경찰의 이목을 끌어 좋을 게 없을 텐데.

두 사람과 이해관계가 얽힌 제3의 인물은? 역시 마찬가지다. 아내의 살인과 김영학의 살인 사이에 시간차를 둘 이유가 없었다.

4층을 지나 5층을 향해 올라갔다.

머릿속에 계속 질문들이 맴돌았다.

김영학을 살해하고, 왜 실종으로 위장한 걸까?

실종으로 위장하려면 시체를 옮겨야 하고, 또 완벽하게 숨겨야 한다. 현실적으로 쉽지 않다. 그럼에도 왜?

남은 가설들을 정리하다가 한지수는 김영학의 실종사건이 아내를 대상으로 한 '시체 없는 살인사건'을 그대로 복사하듯 재현했다는 걸 깨달았다.

머릿속에 '카피캣'이란 이름이 자연스럽게 떠올랐다.

한지수는 계단에 멈춰 섰다. 이수인이라는 이름이 카피캣이라는 이름에 드리운 그림자처럼 입안에서 맴돌았다.

그녀는 5층 비상구 문을 열고 복도로 들어섰다.

모퉁이를 돌면 형사과장의 방이 보일 것이다. 그녀는 오 과장이 한 제의를 받아들이기로 마음먹었다.

"……깨어 있어요?"

여자의 목소리였다.

오랜만에 깊은 잠을 잔 탓에 남자는 여자의 목소리가 들리는 지금이 꿈인지 현실인지 구분할 수 없었다.

"제 목소리…… 알죠?"

여자의 목소리가 또렷하게 들렸다. 목소리는 가늘게 떨리고 있었다. 지금은 현실이었다. 순간, 남자는 얼어붙은 것처럼 꼼짝도 할 수 없었다. 문이 열리는 소리도, 발소리도 없이 허공에서 불쑥 던져진 목소리는 귀신의 그것보다 더 위험했다. 그는 자신의 어둠 속에 누가 서 있을지 몰라 소름이 끼쳤다.

"기억…… 안 나세요?"

여자의 목소리는 숫자로 정리된 누구의 목소리와도 일치하지 않았다. 그런데 그녀는 남자를 알고 있는 게 분명했다. 남자는 몸서리를 쳤다.

"저예요. 정말…… 기억 못 하시겠어요?"

여자의 목소리가 두 걸음 정도 떨어진 곳에서 들렸다.

온기라고는 느껴지지 않는 목소리였다.

남자는 어떻게 반응해야 할지 몰랐다. 대답을 할 수도, 움직일 수도 없었다.

"……확인은 해야 할 것 같아서요."

여자의 목소리가 그의 머리맡에서 가깝게 들렸다. 이제 손을 뻗기만 하면 속수무책으로 당할 수밖에 없는 거리.

남자는 여자가 확인해야 하는 결과가 어느 쪽일까 생각했다. 기억을 잃은 쪽? 아니면 기억을 잃지 않은 쪽?

남자는 침대 시트 속에서 손을 움직여 왼쪽 손등에 고정된 링거 바늘을 빼서 움켜쥐었다. 손등을 타고 피가 흐르는 게 느껴졌다.

"미안합니다."

남자는 어느 쪽으로든 읽힐 수 있는 대답을 했다.

그리고 숨을 멈췄다. 여자의 미세한 움직임도 놓치지 않아야 했다. 운 좋게 주사바늘을 여자의 눈이나 목에 꽂을 수 있다면 도망칠 시간을 벌 수도 있을 것이다.

남자는 머릿속에 병실의 구조를 떠올리고 문의 위치를 가늠했다.

"걱정 말아요. 기억을 못 해도 사람은 바뀌지 않아요. 경감님이나 저나."

여자가 대답했다. 병실 문이 열리는 소리가 들렸다. 여자는 움직이지 않았다.

"어때? 역시 기억 못 하지?"

오 과장의 목소리였다. 그의 빠른 발소리 뒤로 문이 닫히는 소리가 들렸다.

남자는 그제야 참았던 숨을 아무도 모르게 길게 내뱉었다.

"두 사람, 얘기는 좀 나눴나?"

"절 기억하지 못하세요."

“괜찮아. 기억해내야 할 얼굴은 따로 있으니까.”

오 과장은 대수롭지 않다는 듯 밝은 목소리로 대답했다.

“인사는 나눈 걸로 치고. 이 경감, 한지수 형사야. 자네가 잘 아는 사람이지.”

남자는 오 과장이 평소와는 다르게 조금 들뜬 것 같다는 생각을 했다.

“경감님, 저 한지수예요.”

“…….”

“이 경감이 사고를 당할 때 한 형사가 가장 가까이 있었어. 카피캣을 함께 쫓던 동료였으니까.”

동료?

옮게 떨리는 여자의 목소리에서 가까운 동료라기엔 거리가 있는 긴장감이 느껴졌다. 하지만 화상을 입고 기억까지 불타버린 사람 앞에서는 누구라도 긴장할 수밖에 없을 것이다. 남자는 그렇게 생각했다.

“힘들겠지만, 어떻게든 기억을 되살려야 해. 지금으로서는 그 기억이 카피캣을 잡을 수 있는 유일한 끈이야. 한 형사가 많이 도와줄 거야.”

“자주 올게요.”

여전히 여자의 목소리가 낯설었다. 동료였지만 관계가 그리 호의적인 편은 아니었던 걸까?

왼쪽 손 밑이 축축했다. 남자는 손을 뻗어 침대 머리맡의 호출버튼을 눌렀다. 언제인지 모르지만 간호사들이 올 것이다.

3

한지수는 서울청 1층에 있는 '서경카페'에서 커피 한 잔을 주문해 선 채로 단숨에 비웠다. 카페인이 온몸에 퍼지자 비로소 정신이 들었다.

정문으로 나와 택시를 잡았다. '시체 없는 살인사건'의 담당자인 용산서 손지윤 형사를 만나기 위해서였다.

신문사 외부 전광판에 실시간 뉴스들이 한 줄로 흘러가는 게 보였다. 멀미가 나서 눈을 감았다.

용산서에 도착해 요금을 치르자 택시기사가 '잘 해결되길 바랍니다'라는 인사말을 건넸다.

'고맙습니다'라고 대답하고 나서야 기사가 자신을 피해자로 오해했다는 생각이 들었다.

손지윤 형사는 강력팀이 있는 별관건물 앞에서 담배를 피우고 있었다. 담배를 든 데다, 면도를 한 것처럼 머리카락을 깨끗하게 밀어버려 파계한 스님처럼 보였다.

"들어가시죠. 기다리고 있었습니다."

그가 담뱃불을 끄며 아는 척을 했다. 모두 외근 중인지 사무실에는 아무도 없었다.

"한강에 또 변사체가 떠올라 모두 거기로 갔어요."

용산서의 관할구역에는 한강의 유속이 느려지는 구간이 있어 투신한 사람들이 자주 떠올랐다. 한지수는 손 형사와 마주보고 앉았다.

"김영학 아들놈이 서울청에도 투서를 날렸죠? 유학생인데 앞뒤 재는 게 없더라고요. 여러 가지로 고생시켜 미안합니다."

"여기도 만만치 않겠어요."

"부실수사라고 청문감사 게시판에도 글을 싸지른 모양입니다. 요즘 애들은 키보드 위에서 날아다니잖아요. 덕분에 매일 불려가고 개고생이죠."

"김영학 수사는요?"

"황당하죠. 오 개월 전에 실종된 김영학을 지금 어떻게 찾겠어요. CCTV도 몇 바퀴는 돌아서 다 삭제됐을 텐데."

"김영학의 통화내역이나 카드사용내역, 지금까지 수사자료 좀 볼 수 있을까요?"

"깨끗해요. 쑤셔볼 여지가 없어요."

손 형사가 출력된 자료들을 넘겨주었다. 서류의 분량이 얄팍했다. 김영학의 생활반응이 조금이라도 나왔다면 서류의 분량이 이 정도는 아닐 것이다.

"김영학 거주지는 그대로인가요?"

"실종되고 나서 계속 비어 있었어요."

"그렇군요."

"영장 없이 들어가는 건 불법인 거 아시죠? 감찰 중인데 몸 사려야죠."

"그럼요. 사려야죠."

한지수가 일어섰다.

"가봐도 별거 없을 거예요. 이미 과수팀이 두 번 이상 훑었으니까."

손 형사가 강력팀의 출입문을 열어주었다.

출입문에는 조사받던 범인이 도주할 것을 우려해 안쪽에도 디지털 도어 록이 달려 있었다.

"아, 그리고 이건 그냥 드리는 말씀인데, 김영학이가 실종 전에 현관 열쇠를 화분 밑에 두고 다녔다고 하더라고요. 지금도 있는지 모르겠지만요."

"고마워요."

손 형사가 장난처럼 거수경례를 했다. 그녀도 장난처럼 거수경례로 받았다. 손을 흔드는 것보다는 그편이 덜 어색했다.

용산서의 비탈진 골목 끝으로 해가 지고 있었다.

일주일의 둘째 날이 지나가는 중이었다. 발걸음이 빨라졌다.

4

살을 찢는 고통은 시간이 지날수록 점점 희미해져 갔다. 하지만 기억은 돌아오지 않았다.

수인은 자신이 입원한 지 얼마나 지났을까 궁금했다. 그날들을 모두 거슬러 올라가야 연쇄살인마의 얼굴을 볼 수 있을 것이다. 하루를 아무리 역순으로 되돌려보아도 어느 시점이 되면 기억은 더 이상 나아가지 못하고 멈췄다.

시간이 지날수록 그만큼 복구해야 할 기억도 많아진다는 사실에 초조해졌다.

떠올리려고 하면 할수록 그의 기억은 엉켜서 뒤죽박죽 섞였다. 오늘이 어제 같았고, 어제가 오늘 같았다.

수인은 한지수 형사를 기다렸다. 자신의 기억을 정리해줄 사람은 그녀밖에 없다는 생각이 들었다. 그러자 그는 왠지 편안함을 느꼈다.

병실 문이 열리는 소리가 들렸다. 그리고 문이 닫혔다.

수인은 다음 소리를 기다렸다. 본능적으로 그의 온몸이 팽팽하게 긴장했다.

짧게 심호흡을 하는 숨소리가 들렸다. 한 형사였다.

"한 형사님?"

"어떻게 아셨어요?"

대답이 바로 나왔다. 수인도 긴장을 풀었다.

"심호흡."

"아, 버릇 같은 거예요."

수인의 말에 한 형사가 당황해하는 것 같았다.

수인은 어렵게 준비했던 말을 먼저 꺼냈다.

"저…… 한 형사님이 미안해할 필요는 없어요."

한지수는 숨 쉬는 소리조차 내지 않았다. 위로의 말도, 미안하다는 말도 하지 않았다.

그래서 편했다.

그녀가 구름 위를 걷는 듯 발소리를 내지 않고 다가왔다. 침대 옆 의자의 쿠션에서 미세하게 바람이 빠지는 소리가 들렸다.

수인은 불확실한 미래의 언젠가 그녀에게 구두를 한 켤레 선물하고 싶다는 생각을 했다. 형사에게 구두는 어울리지 않겠지만, 수인은 그녀의 발소리를 또렷하게 듣고 싶었다. 그녀가 다가오는 걸 아무 긴장 없이 기다리고 싶었다.

의자를 당기는 소리가 들리고 나서 '톡'하고 손톱이 뭔가를 두드리는 소리가 들렸다.

"오 개월 전 실종된 사람을 찾고 있어요."

"제가 알고 있는 사건이군요?"

"제 생각으로는 그래요."

한지수는 어떤 설명도 없이 수인의 대답을 기다렸다.

어색한 침묵이 이어졌다.

수인은 어쩐지 그녀가 자신을 시험하고 있을지도 모른다고 생각했다. 그가 기억하는 게 있는지, 아니면 수사에 도움을 줄 수 있는지. 어느 쪽이든 정답을 찾아야 했다.

수인은 한 번 배우면 타는 법을 잊어버리지 않는 자전거처럼 자신의 뇌도 넘어지지 않고 수사를 잘 해낼 수 있으리라 믿기로 했다.

머릿속에 직관처럼 하나의 단어가 떠올랐다.

"살해됐군요."

"기억…… 나세요?"

'기억'과 '나세요?'사이에 일이 초의 정적이 흘렀다.

"카피캣의 짓이고요."

한지수가 긴장하는 것을 느낄 수 있었다. 숨소리가 멎었다.

수인은 자신이 정답을 맞췄다는 걸 그녀의 반응만으로 알 수 있었다.

"과거의 저도 이렇게 말했을까요?"

"아마도요."

"다행이군요."

과거의 자신과 같은 생각을 하고, 같은 판단을 내리고, 같은 행동을 한다면 기억을 찾지 못하더라도 자신이 완벽하게 지워진 것은 아니라고 생각했다. 그러자 조금쯤 안심이 됐다.

수인은 조심스럽게 단어들을 골랐다.

"먼저 시체를 찾아야겠군요."

"범인이 아니고요?"

한지수가 되물었다. 알면서 의뭉스레 묻는 어색한 말투였다. 수인은 그녀가 자신을 또 시험하고 있다는 생각이 들었다.

"시체가 있어야 살인도 있으니까."

수인이 대답했다.

다시 대화가 끊어졌다. 수인은 그녀가 먼저 침묵을 깨주길 기다렸다.

한지수는 서두르는 기색을 보이지 않으려 애쓰고 있었다. 그녀는 이 경감의 병실에 오기 전 주치의 한정국 박사를 먼저 찾았다.

이 경감의 상태를 알고 싶었다. 그가 어느 지경인지 먼저 알아야 어떤 정보들을 공유할지 결정할 수 있었다. 그래야 연쇄살인마 '카피캣'에게 한 걸음이라도 더 다가갈 수 있다고 생각했다.

한 박사는 컴퓨터 화면을 그녀에게 돌려 이 경감의 차트를 보여주었다.

엑스레이 사진과 알 수 없는 수치와 용어들이 가득했다.

한 박사는 차트를 가리키며 설명했다.

"뼈에도 이상 없고, 화상은 많이 회복된 상태예요. 시력은 일부 시신경도 살아있고, 동공반응도 있어 수치로 말하기는 어렵지만 회복될 가능성이 있습니다."

여기까지 말하고는 두 손을 책상 위로 올려 깍지를 꼈다.

다음에 말할 내용에 대해 스트레스를 받는지 한쪽 눈을 먼저 찡그렸다.

"다만 기억 쪽은 저로서도 예측할 수 없네요. 아마도 당분간은 이 상태가 유지될 것 같아요."

"기억이 돌아오지 않아도, 인지능력이나 사고력은요? 그건 정상일 수 있나요?"

"물론이죠. 기억을 잃었다고 뇌가 기능을 잃은 건 아니니까요. 기억을 잃은 건 기능적인 문제보다는 심리적인 문제일 가능성이 더 큽니다."

한지수는 심리적인 문제라는 말에 안도했다. 다른 능력은 이상 없다는 소리로 들린 것이다.

"기억이 부분적으로라도 돌아올 수 있나요?"

"그럼요. 단, 기억의 어느 부분부터 얼마나 돌아올지는 아무도 모릅니다. 본인조차도."

한지수는 고민했다. 그럼 그의 기억을 어디부터 돌려놓아야 하는 걸까. 그가 경험한 사건들이나 죽을 뻔했던 위험한 순간들? 연쇄살인마를 맞닥뜨리던 그 순간?

아니, 그보다 이 경감은 어디서부터 기억을 되찾고 싶을지 궁금했다.

초조함이 밀려왔다. 그녀에게 주어진 시간은 많지 않았다.

한 박사가 다시 말을 이었다.

"환자의 상태를 보면, 본인의 기억을 자신의 기억이라고 인지하는 것도 쉽지 않아요."

한 박사가 침을 삼키는지 목울대가 움직였다.

"좀 쉽게 말씀해주세요."

"처음 간 장소인데, 한 번쯤 와본 것 같다고 느껴본 적 있죠?"

"기시감 말씀인가요?"

"정상인이라면 기시감을 느껴도 자기 기억과 비교해 아닌 걸 알아요. 환자의 경우엔 그게 불가능합니다. 환자는 기시감인지 자신의 기억인지 구분할 수 없거든요."

"……그렇겠군요."

"이 부분을 확장해보면 어디까지가 자신이 만들어낸 상상이고, 어디까지가 기억인지조차 구분할 수 없습니다."

박사의 말대로라면 카피캣을 검거하더라도 법정에 세울 수 없었다. 부분적으로 기억을 되찾은 것에 불과하다면, 이 경감의 증언은 카피캣의 유죄를 입증하는 가치 있는 증거가 되지 못할 것이다.

어렵게 카피캣을 법정에 세운다 해도 마찬가지다. 그의 변호사는 집요하게 유일한 증인인 이 경감의 기억 속 현실과 상상의 경계를 파고들어 증거를 무력화시킬 게 뻔했다. 결국 카피캣은 무죄로 석방될 가능성이 컸다.

방법은 하나밖에 없었다. 그의 기억을 온전히 되찾는 것. 그것만이 카피캣을 법정에 세워 죗값을 치르게 할 수 있는 유일한 방법이었다.

"그럼, 이렇게 막연하게 기다리는 방법밖에는 없습니까?"

"그게 최선이죠."

"시간이 없어요."

한 박사의 표정이 굳어졌다. 의사에게 사람들은 늘 시간을 따져 묻는다. 경각을 다투는 일이 비일비재한 곳이니까. 그러나 지금은 정반대 경우였다.

"의사로서의 소견을 물어본다면 너무 서두르는 것 같군요. 그가 의식을 되찾은 지 불과 두 주가 지나지 않았습니다."

"이대로 기다릴 수만은 없어요. 그는……."

"그는 환잡니다."

"어떻게 해서든 기억을 되찾아야 해요."

한지수는 자리에서 일어섰다. 더 들어봐야 소용없어 보였다.

인사할 겨를도 없이 나가려는데, 한 박사가 볼펜 끝으로 책상을 두드리며 그녀를 불러 세웠다.

"과거 사건들이 유용할 수 있습니다."

"……."

"사건을 분석하는 과정에서 받는 스트레스는 환자의 뇌를 자극할 겁니다. 긍정적인 경우라면 기억이 돌아오는 자극이 될 수 있어요."

"부정적인 경우라면요?"

"스트레스로부터 도망가기 위한 방어기제로 영원히 기억을 지울 수도 있고요."

"시체를 숨긴 목적이 뭘까요?"

결국 먼저 침묵을 깬 쪽은 수인이었다.

"합리적인 선택을 한 거예요."

수인은 한지수가 혼잣말처럼 중얼거린 말을 간신히 알아들었다.

"합리적인 선택이라고요?"

수인이 바로 되물었다.

시체를 숨기는 건 범행이 발견되는 걸 지연시키려는 게 목적이다. 알리바이를 만들고, 도주할 시간을 벌기 위해서.

하지만 범인이 연쇄살인마 '카피캣'이라면 다르다. 놈은 범행을 숨기는 것이 목적이 아니다. 드러내는 게 목적이다. 그런 연쇄살인마가 시체를 숨기는 건 합리적인 선택이 아니었다.

그래서 그녀의 말은 논리적이지 않았다.

그녀가 짧게 한숨 쉬는 소리가 들렸다.

한지수는 말 한 마디에도 끊임없이 갈등하며 선택하는 사람처럼 자주 한숨을 쉬었다.

"카피캣은, 증거가 없어 석방된 용의자를 대상으로 살인을 저지른다는 거 아시죠?"

"과장님께 들었습니다."

"이번에 카피캣의 타깃은 아내를 살해하고 실종으로 위장한 자예요. 이름은 김영학. 아내의 시체는 아직 못 찾았고요. 그래서 석방된 상태였는데, 석방 직후 실종된 것으로 추정됩니다. 벌써 5개월 전이고요."

물론 그 일로 자신이 감찰을 받고 있다는 건 얘기할 필요가 없었다.

"시체 없는 살인사건이라……."

"맞아요. 둘 다 시체가 없으니까."

"두 건의 연속된 실종이 두 건의 연속된 시체 없는 살인사건이 됐군요."

"결국 수사팀도 아내의 실종사건을 살인사건으로 전환했어요. 실효는 없지만요. 카피캣이 그렇게 만든 거죠. 그래서 합리적인 선택이라는 거고."

수인은 한지수의 대답이 이어지길 기다렸다. 그는 몸 어딘가에서 스위치가 켜진 듯 열이 올랐고 몸이 저렸다. 손바닥은 땀으로 축축해져 침대보를 움켜쥐고 놓지 않았다. 흥분이 밀려오는 중이었다.

본능적인 감각이 살아나는 것만 같았다. 과거의 그가 알고 있는 연쇄살인마의 뒤를 다시 쫓기 시작했다는 추적의 감각.

수인은 본능적으로 깨달았다. 연쇄살인마를 쫓는 것이 자신을 찾아가는 최선의 방법이라는 걸. 입가가 떨리는 걸 숨기느라 이를 꽉 물었다.

한지수는 이 경감의 신체가 미세하게 반응하는 것을 주시하며 설명을 이어갔다. 사건의 전체 구도를 먼저 얘기하고 항목별로 세세하게 덧붙이는 방식이었다.

그녀의 말 하나라도 놓칠세라 수인의 청각은 더욱 예민해졌다.

수사기록을 보고 있는지 종이 넘기는 소리가 났다.

수인은 그녀의 설명을 잘 듣고 있다는 의미로 가끔씩 고개를 끄덕였다.

그녀는 빼먹으면 안 되는 핵심적인 사항을 얘기할 때는 수사기록을 천천히 넘겼고, 지루하고 불필요한 사항의 경우엔 빠르게 넘겼다.

그녀가 수사기록을 넘기는 소리만으로도 수인은 사건의 중요한 부분을 알 수 있었다.

그는 그녀가 설명하는 내용을 토대로 사건 전체를 머릿속에 이미지화시켰다. 관계도를 그리고 선을 그어 수사의 흐름을 도표화했다. 그러자 설명에 비어 있는 부분이 보였다.

"김영학이 아내를 살해한 동기는 뭐죠?"

"밝혀내지 못했어요. 그걸 밝혀냈으면 용산서에서 김영학을 쉽게 풀어주진 않았을 거예요."

수인이 다시 물었다.

"그럼 왜 카피캣은 김영학을 상대로 범행을 저질렀을까요?"

한지수는 바로 대답하지 못했다.

그녀는 병실 문에서 침대 머리맡에 도착할 정도의 시간이 흐른 뒤에야 대답을 했다.

망설이는 목소리였다.

"그 질문의 답은…… 경감님이 해주셔야 해요."

수인은 그녀의 머릿속에도 자신과 비슷한 질문이 맴돌고 있다는 것을 알 수 있었다. 그리고 둘 중 누구도 그 질문의 답을 알지 못한다는 것도 깨달았다.

다시 대화가 끊겼다.

수인은 머릿속에 그려놓은 도표에서 한지수의 대답이 필요한 것들을 지웠다.

비어 있어서 확인할 수 없는 사실도 지웠다.

그림이 점점 단순화됐다. 김영학이 실종돼 공중에 떠버린 아내의 살인사건도 지웠다. 그러자 비로소 마지막 하나의 사실만 남았다.

"카피캣은 실패했어요. 아직까진."

수인은 자신도 모르게 머릿속에 떠오른 생각을 그대로 뱉어버렸다.

"실패?"

한지수의 목소리가 반음 올라갔다. 그리고 불신이 가득한 목소리로 되물었다.

"설마, 김영학이 살아있다는 건 아니죠?"

"아니요, 그는 살해당했어요."

수인은 대화의 시작을 잘못했다는 걸 깨닫고 빠르게 덧붙였다.

"두 건 모두 공통적으로 피해자가 실종됐지만 목적이 달라요."

"첫 번째 아내의 실종은 김영학이 살인을 은폐하기 위한 수단이었어요. 성공했고요. 두 번째 실종은 첫 번째 사건의 재현이었으니까 역시 성공한 거 아닌가요?"

신중하고 느린 말투였다. 한지수는 말을 하면서도 자신이 놓친 것이 무엇인지 찾고 있는 것 같았다.

"카피캣은 수사팀이 김영학의 시체를 찾아내는 걸 전제로 범행을 설계했어요. 너무 빨리 찾아도 안 되고, 그렇다고 못 찾아도 안 돼요. 너무 빨리 찾으면 실종으로 위장한 아내의 살인사건을 부각시킬 수 없어요. 카피한 의미가 없어지죠. 아예 시체를 못 찾으면 또 다른 실종사건이 돼버리고요. 결국 수사팀이 김영학의 시체를 찾아야 범행이 완성되죠."

한지수가 벌떡 일어섰다. 의자가 뒤로 밀리면서 날카로운 소리를 냈다.

"그래서 아직은 실패라는 게……."

"그래요. 카피캣은 어떤 방식으로든 남겨두었을 거예요. 김영학의 시체를 찾을 수 있는 단서를요."

한지수는 잠시 말이 없었다. 생각을 정리하고 있을 것이다. 곧 종이 파일을 닫는 소리가 들렸다.

"처음부터 수사 자료들을 다시 훑어봐야겠어요."

긴 한숨소리가 이어졌다.

수인도 확신이 드는 게 있었다. 카피캣은 교도소 같은 곳에서 범행수법을 배워 능통한 자가 아니었다. 그는 거꾸로 경찰의 수사 방법을 환히 꿰고 있는 자일 가능성이 높았다.

"카피캣은 수사 패턴을 경찰만큼이나 잘 알고 있어요. 경찰이 기초수사를 하는 동선에 단서를 두지는 않았을 거예요."

"저도 같은 생각이에요. 일반적인 수사 패턴과 다른 시각에서 볼

게요. 오늘은 이만……. 다시 올게요."

한지수는 올 때와 마찬가지로 발소리 없이 병실을 나갔다.

문이 열렸다 닫히는 소리가 났다.

한지수는 병원의 정문 대신 장례식장이 있는 후문 쪽으로 걸음을 옮겼다.

혹시라도 로비에서 뻗치기를 하고 있는 기자 중에 그녀의 얼굴을 아는 자라도 만나면 귀찮은 일이 생길지 몰랐다.

이 경감의 정확한 상태는 경찰 윗선은 물론이고 수사국 중에서도 형사과장이 지휘하는 몇 명만 아는 극비사항이었다. 이수인 경감에 대한 경찰의 공식적인 입장은 늘 '회복 중'이었다.

후문 쪽에 기자로 보이는 사람은 없었다.

밖은 어느덧 땅거미가 지고 있었다. 곧 어둠이 소리 없이 내려앉을 것이다.

휴대폰을 꺼내 녹음파일을 확인했다.

날짜별로 정리된 목록 맨 위에 오늘 날짜의 파일이 이상 없이 생성돼 있었다.

한지수는 메일 창을 열어 오늘자 녹음파일을 첨부해 오대영 과장에게 전송했다.

파일이 전송되는 속도가 더뎌 그녀는 한참을 그대로 서 있었다.

이 경감 자신도 의식하지 못하지만 기억이 돌아오고 있는 것은 아닐까, 한지수는 생각했다. 그가 사건을 풀어내는 수준을 보면 그런 생각이 들 수밖에 없었다.

사건개요도 모르는 상태에서 직관적으로 사건의 핵심을 파악하는 것이 오랫동안 훈련된 '감' 때문만은 아닌 것 같았다.

파일전송이 완료됐다는 메시지가 떴다.

한지수는 장례식장을 지나 좁은 도로를 따라 걸어내려 가며 일렬로 주차된 차들의 내부를 습관적으로 훑었다. 잠복하는 기자가 있는지 무의식중에 확인한 것이다.

한지수는 쓴웃음을 지었다.

자신이 틀에 박힌 눈으로만 주변을 보고 있다는 생각이 들었다.

카피캣이 숨긴 시체는 수사를 하는 형사의 눈으로 보면 찾을 수 없을 것이다.

머릿속으로 수사의 마지막부터 거꾸로 되짚어보았다.

김영학이 실종되었다는 신고는 5개월이나 지난 다음에야 이루어졌다.

그 기간이라면 김영학의 동선에 있는 CCTV 자료는 손 형사의 말대로 몇 번이나 덮어쓰고도 남았을 시간이었다. 카피캣이라면 CCTV의 보존기한을 알면서 시체를 찾을 수 있는 단서를 거기에 둘 리 없다.

수사팀은 신고 후 생활반응을 확인하기 위해 통화내역은 물론 의료기록과 카드사용내역을 조회했다. 의료기록은 최근 사용내역이 없었고, 통화내역과 카드사용내역은 거의 비슷한 시기에 끊겨있었다.

통화내역의 마지막 통화자는 아들이었고, 카드사용내역의 마지막은 김영학이 거주하고 있는 동네의 마트였다. 수사할 만한 가치가 없었다.

한지수는 당연하다고 생각했다. 이런 식의 수사는 용의자가 살해당한 사람과 인과관계가 있을 경우에나 효과적인 수사였다.

수사기록에는 김영학의 주변 인물에 대한 참고인 조사를 한 내용이 남아 있었다. 한눈에 봐도 형식적인 수준이었다. 주변 인물들은 모두 김영학이 원한을 살 만한 사람이 없다고 했고, 범죄를 저지를 사람도 아니라고 했다.

김영학의 통화내역에도 특이한 사항은 없었다. 대포폰이 한 대 더 있는 건 아닌가 의심할 정도로 전화를 건 발신내역이 많지 않았다.

용산서에서는 김영학이 휴대전화로 전화를 받은 수신내역도 파악했는데, 중복되는 번호나 의심할 만한 사항은 없었다. 보통의 수사라면 수신내역에 남은 전화번호를 다시 역추적해서 또 발신자와 수신자에 대한 수사를 해야 했지만 수사는 더 이상 진행되지 않고 멈췄다.

용산서에서는 이런 식으로 해봐야 나올 게 없다는 걸 알면서도 수사를 하고 있었다. 수사할 거리가 없을 때 하는 형사들의 전형적인 뭉개기였다. 그럼에도 계속 수사를 진행한 이유는 김영학의 아들이 제기한 부실수사에 대한 면피용 자료를 만들기 위해서였다.

그나마 활기를 띤 수사는 김영학의 휴대폰이 최종적으로 꺼진 위치에 대한 수사였다.

신호가 마지막으로 잡힌 기지국의 위치는 경기도 남양주시 한서면이었다.

해당 기지국의 반경에는 실종된 아내의 차량과 휴대폰이 발견된 장소가 있었다. 수사팀은 자살 가능성에 무게를 두고 의경까지 동원해 주변을 수색하고 수중탐색까지 했지만, 시체는 물론 그의 휴대폰도 발견하지 못했다.

한지수는 자신도 모르게 발걸음을 늦추다 아예 멈추어 섰다.

카피캣의 메시지는 분명했다. 경찰에 대한 조롱이었다.

카피캣은 김영학에게 살해된 아내의 차량과 휴대폰이 발견된 지점에서 그의 휴대폰을 껐을 것이다. 경찰이 현장을 다시 수색하도록 만들기 위해서.

수사기록 위로 카피캣이 비웃는 소리가 겹쳐졌다. 그런 기계적인 수색으로 과연 시체를 찾을 수 있을까……. 어디선가 그런 소리가 들렸다.

한지수는 과학수사팀이 김영학의 주거를 현장감식한 사진자료를 가방에서 꺼냈다.

조급한 마음에 가로등으로 다가갔다. 조도 낮은 불빛에 의지해 파일을 넘겼다.

컬러프린터로 출력한 사진이라 해상도가 떨어졌지만 보기에 큰 불편은 없었다.

집의 외부에서 시작해 점차 내부로 들어가며 현장감식의 매뉴얼대로 찍힌 사진들이었다.

현장은 물건을 뒤진 물색 흔적조차 없이 깨끗했다. 마치 부동산 사이트에 매물로 등록하기 위해 찍어놓은 사진 같았다.

몇 장을 넘기자 현관문 손잡이에서 형광분말로 지문채취를 시도한 사진이 있었다.

과학수사요원은 측광을 사용해 선명한 지문 사진을 성공적으로 찍었다. 하지만 첨부된 AFIS(자동지문식별시스템) 결과엔 김영학을 제외한 유효지문은 없었다.

당연한 결과다. 카피캣이 현관 손잡이에 지문을 남길 확률은 지나가던 순찰 경찰관이 그를 검거할 확률보다 낮을 것이다.

감식팀은 집의 표면만 감식했다. 집을 엉망으로 만들어놓고서도 실종자를 찾지 못할 경우 제기될 민원을 의식한 직업병이었다.

한지수는 직접 현장을 봐야겠다고 마음먹었다.

주변을 둘러보았다. 시간이 얼마나 지났는지 가로등 밑을 제외하고는 온통 캄캄했다.

무작정 걸었던 그녀는 자신이 어디에 있는지조차 알 수 없었다.

당장 김영학의 주거지로 달려가고 싶은 마음을 애써 눌렀다. 빛이 없는 밤에 하는 열 번의 감식보다 낮에 하는 한 번의 감식이 낫다는 걸 경험으로 알고 있었다.

한지수는 큰 도로가 나올 때까지 천천히 걸었다.

길 건너 아파트의 불빛과 상가의 네온사인이 다른 세상처럼 빛나고 있었다. 요란하고 밝은 세상보다 지금 서 있는 어둠이 더 편하다고 느꼈다.

이제 감찰조사까지는 오늘을 제외하고 5일이 남았다. 그때까지 김영학의 시체를 찾아내야만 했다.

5

김영학의 집은 후암동 비탈진 경사로에 지어진 오래된 단독주택이었다.

오후 두 시, 한적한 시간이었다.

절도 범죄의 발생빈도가 높은 시간. 담을 넘어도 눈에 가장 안 띄는 때였다.

한지수는 집 주위를 한 바퀴 돌면서 주변을 관찰했다. 골목길은 한산했고, 다닥다닥 붙은 집들은 인기척 없이 조용했다.

주차되어 있는 차를 밟고 담을 넘었다. 떨어질 때 발목이 삐끗하기는 했지만 걸을 수는 있었다.

마당에는 잔디를 비집고 잡초가 무성하게 자라나 있었다.

현관 앞 화초들도 돌보지 않아 바싹 말라죽어 있었다.

화분 밑에서 현관 열쇠를 찾았다.

녹이 슨 열쇠를 구멍에 넣고 돌렸다. 오랫동안 사용하지 않은 탓에 열쇠가 뻑뻑하게 돌아갔다.

문이 열리자 곰팡내와 먼지가 뒤섞인 묵은 공기가 쏟아져 나왔다. 재채기가 났다.

현관에는 신발 몇 켤레가 흐트러져 있었다.

없어진 신발이 있을까, 잠깐 생각했다. 실종사건에서 실종자의 신발이 있고 없고는 실종이 자발적이냐 아니냐를 가르는 중요한 단서였다.

그러나 아무런 의미가 없다는 걸 바로 깨달았다. 없어진 신발을 확인해줄 사람이 없었다.

거실은 비교적 잘 정리된 상태였다.

원목나무로 마감한 벽, 누구의 그림인지 모를 동양화, 가죽소파를 흉내 낸 회색 비닐소파, 나지막한 탁자, 벽걸이 TV와 거실장.

쌓인 먼지만 아니면 집 주인이 방금 전 외출한 것 같은 느낌이었다.

창문을 통해 들어오는 빛을 따라 허리를 숙였다. 바닥 가까이 고개를 처박고 족적을 살폈다. 신발 족적 몇 개가 고운 먼지 밑에 찍혀 있었다.

그녀는 족적의 방향을 가늠해 움직인 동선을 추정하다 생각을 지웠다. 자신도 모르게 과학수사요원의 몸에 밴 습관대로 현장을 관찰하고 있었다. 의미 없는 행동이었다. 카피캣은 이런 식으로 단서를 남겼을 리 없었다.

심호흡을 하고, 거실 안으로 성큼성큼 걸어 들어갔다.

그녀의 발자국이 먼지 위에 선명하게 찍혔다.

한지수는 거실장의 서랍을 빼서 바닥에 쏟았다. 내용물들이 흩어지는 것을 보고 잠시 멈칫했지만 몸에 밴 패턴을 스스로 깼다는 묘한 쾌감이 따라왔다.

열에 들뜬 사람처럼 서랍을 빼서 바닥에 쏟기를 반복했다. 거실 바닥에 잡다한 물건들이 금방 쌓였다. 지문이 남을 거라든가, 현장이 훼손될지도 모른다는 생각은 아예 하지 않았다.

그녀가 찾으려는 것은 이질적이어야 했다. 카피캣이 고의적으로 남긴 게 이 집 안 어딘가에 있어야 했다.

거실을 가로질러 안방으로 갔다.

옷장과 화장대, 서랍장. 벽 쪽의 더블침대 위에는 이불이 구겨진 채 있었다.

납치는커녕 여행을 떠난 흔적도 없었다.

침대 매트리스를 뒤집어 확인한 뒤 커버를 벗겨냈다. 아무것도 없었다.

서랍장 맨 아래 칸부터 열어 안에 있는 옷가지를 꺼내 바닥에 쌓았다.

보이지 않았다. 분명 있지만 없는 것처럼 보이는 것. 그래서 몇 번을 뒤졌지만 발견되지 않은 것.

서랍장은 뱃속을 비워낸 채 입을 모두 벌리고 위태하게 서 있었다.

안방을 나와 주방으로 갔다.

개수대에는 설거지거리 하나 없이 잘 정돈되어 있었다. 다시 둘러봐도 모든 물건들이 흐트러짐 없이 제자리에 있었다.

숨은 그림 찾기의 그림 속으로 들어온 느낌이었다. 제자리에 있는 것처럼 보이지만 숨어 있는 그것을 찾아야 했다.

그녀는 찾지 못할까 봐 공연히 초조해지기 시작했다.

신경질적으로 냉장고 문을 벌컥 열었다.

차가운 냉기가 쏟아졌다. 아직 전기가 끊기지 않았다는 게 이상했다.

냉장실 안에는 썩어버린 채소들과 먹다 남은 음식들이 곰팡이에 덮여 있었다.

냉동실에는 돌덩이처럼 얼어버린 음식물로 가득 차 있었다.

식탁을 당겨 그 위에 냉동실의 것들을 하나씩 꺼내놓았다.

검정색 비닐봉지에 담긴 떡과 투명한 지퍼 백에 든 고기, 흰 비닐봉지에 둘둘 말린 생선이 벽돌처럼 식탁에 쌓여갔다.

냉동실 두 칸을 비웠을 즈음 안쪽에서 비닐 지퍼 백에 들어 있는 작은 덩어리 한 개를 찾았다. 손끝이 저릿해지는 느낌이었다. 직감적으로 손대고 싶지 않은 느낌.

과학수사팀은 냉동실 속까지 확인하지 않았을 것이다.

과학수사요원은 현장을 보고 생각하는 틀이 달랐다. 일반적 실종사건에서 그들이 찾으려는 것은 범인이 모르고 남긴 흔적이지, 일부러 남긴 단서가 아니었다.

비닐 백 속 작은 덩어리는 키친타월로 싸여 있었는데, 그 크기로 봤을 때 도장 같았다.

지퍼 백을 열고 내용물을 꺼내 키친타월을 한 겹씩 벗겨냈다. 마침내 마지막 종이를 벗겨냈을 때 그것이 나왔다.

얼어서 은색 얼음가루가 덮인, 잘린 손가락 한 개.

손가락은 엄지 두 마디였다. 잘린 단면이 매끈해 예기(칼처럼 날이 예리한 흉기)를 사용해 일부러 잘라낸 것으로 보였다.

손가락을 싼 종이에 피가 묻어 있지 않은 걸로 볼 때, 사망한 상태에서 잘라냈을 것이다.

누구의 손가락일까? 김영학이나 아내, 둘 중 하나일 것은 분명해 보였다. 손가락을 집어 지문을 살펴보았다.

훼손되지 않았으니, 누구의 것인지 알아낼 수 있을 것이다.

한지수는 싱크대 수도꼭지를 온수 쪽으로 돌렸다. 한참 동안 흘려보내고 나자 물이 따뜻해졌다. 따뜻한 물에 언 손가락의 끝이 녹기 시작했다. 그러자 지문의 굴곡이 펴졌다.

키친타월로 손가락 물기를 꼼꼼히 닦아내고 가방에서 콤팩트 파우더를 꺼내 뭉치지 않게 발랐다.

한지수는 손가락을 든 채 거실을 뒤져 박스테이프를 찾아냈다. 지문을 전사할 테이프 대용이었다.

박스테이프에 지문을 찍으니 식별이 가능할 정도로 선명했다.

휴대폰으로 사진을 찍어 경찰청 AFIS(자동지문식별시스템) 요원 김선주 경사에게 지문을 전송했다.

김 경사는 중앙경찰학교 동기였다. 별다른 설명 없이도 최대한 빨리 결과를 확인해줄 것이다.

얼마 지나지 않아 전화벨이 울렸다. 김 경사였다.

"신원 특정됐어?"

인사도 없이 한지수는 대뜸 결과부터 물었다.

"급하기도 하네. 시체라도 나온 거야?"

"아니, 아직."

"그럼, 별거 아닌 거 같은데?"

"왜?"

"얼마 전에 용산서에서도 의뢰했던 지문이야."

"누군데?"

"김영학."

잘린 손가락은 카피캣이 남긴 단서가 맞았다.

하지만 이제 이걸로 어떻게?

다시 막막해지는 기분이었다. 손가락으로 어떻게 시체를 찾아내야 하는지.

김 경사가 뭐라고 몇 마디 더 덧붙였지만 그녀는 듣지 못했다. '여보세요'와 '한지수'가 몇 번 되풀이되다가 전화가 끊어졌다.

냉동실을 모두 비워냈지만, 카피캣이 남긴 단서는 더 이상 발견되지 않았다. 한지수는 손끝이 얼어버려 감각이 없었다.

그녀는 떨리는 손으로 휴대폰을 꺼내 용산서 손지윤 형사에게 전화를 걸었다.

"어쩐 일이세요? 어디세요?"

손 형사의 목소리에 어쩐지 호기심이 묻어 있는 것 같았다.

"지금 김영학 거주지로 와줄 수 있어요?"

"왜요? 뭐가 나왔어요?"

호기심이 아니라 기대를 하고 있었을지도 모른다.

"김영학의 손가락이요."

"……바로 갈게요."

손 형사는 더 묻지 않고 전화를 끊었다.

한지수는 소파에 주저앉아 난장판이 된 집 안을 둘러보았다. 자신의 머릿속 같았다. 마구 들쑤셔놓은 것처럼 어지러웠다. 숨은 그림 찾기를 하다가, 오히려 그림 속에 빠져 아무것도 분간을 못 하게 된 기분이었다.

얼마나 지났을까, 멀리서 사이렌 소리가 들려왔다. 집 앞까지 사이렌 소리가 밀려오고 나서야 정신을 차렸다.

대문을 열고 손 형사를 기다렸다.

요란하게 다가오던 순찰차가 멈춰서고 손 형사 혼자 내렸다.

그는 근무복 차림의 경찰관에게 몇 마디 지시를 내렸다.

요란하던 사이렌도 번쩍거리던 경광등도 잠잠해졌다.

"퇴근 시간이랑 겹쳐서 빨리 오려다 보니."

손 형사가 괜스레 씨익 웃었다.

그제야 골목이 어둑해져 있는 걸 알았다.

손 형사가 옆으로 비켜선 한지수를 지나 집 안으로 들어섰다.

"솜씨가 서툰 도둑이 들었군요."

한지수는 그의 농담이 반가웠다. 잔뜩 어질러진 거실을 보고도 손 형사는 놀라워하지 않았다. 마치 이렇게 해놓을 줄 알았다는 듯이.

"다른 건 없었어요? 시체의 다른 조각이라든가."

"없었어요. 손가락 말고는."

"그래도 대단하네요. 과수팀도 못 찾은 걸……."

손 형사는 습관처럼 밀어버린 머리카락을 손바닥으로 문질렀다. 머리에서 솔로 타일 바닥을 문지르는 소리가 났다.

"야쿠자도 아니고, 김영학이 지 손가락을 스스로 잘라 냉동실에 보관했을 리는 없고. 어찌됐든 살해된 건 분명한 것 같은데……."

"손가락은 살해한 후에 잘라낸 거예요. 피가 굳어 있었어요."

"시체는 없고, 손가락만 있다. 도대체 무슨 뜻인 겁니까?"

"시체의 몸통을 찾을 수 있는 힌트 같은 게 아닐까 싶어요."

"아무리 사이코패스라 해도 시체 손가락을 잘라 피해자의 집 냉동실에 넣어 두지는 않을 테고. 도대체 누가, 왜 이런 짓을 한 겁니까? 머리 복잡하게."

"카피캣."

손 형사의 눈빛이 일순 날카롭게 변했다.

"모방 살인? 그러니까, 여기서 모방 살인이라면…… 아내의 실종을 카피해 김영학을 살해하고 실종으로 만들었다는 겁니까?"

"주관적으로는 그래요."

손 형사가 길게 한숨을 쉬었다.

"간단하게 정리될 사건이 아니군요."

한지수는 손 형사의 시선이 어질러진 집 안을 훑다가 잘린 손가락에서 멈추는 걸 보았다.

"미안해요."

손 형사가 손을 내저었다.

"미안하긴요. 여긴 저를 비롯해 형사들과 과수요원이 몇 번씩이나 감식한 현장이에요. 그래도 냉동실 안은 아무도 확인하지 않았죠. 우리가 찾고 있던 건 마약이나 금붙이 같은 장물이 아니었으니까. 한 형사님 아니었으면 찾지 못했을 증겁니다. 이제 나머지 상황은 제가 어떻게든 해보죠."

손 형사는 과학수사팀에 전화를 걸어 출동을 요청했다.

"한 형사님은 여기 있어 봐야 도움이 안 되니까 철수하시죠."

한지수는 발 디딜 틈 없는 거실을 훑어보며 남의 일처럼 물었다.

"과수팀에겐 뭐라고 하실 건데요?"

"관할서 형사의 넘치는 열정이라고 해두죠."

그가 다시 싱긋 웃었다.

"그래주면 고맙고요."

"그래도 김영학의 시체는 빨리 찾아야 해요. 이젠 둘 다 감찰조사를 쉽게 넘기기는 글렀으니까."

한지수는 손 형사를 두고 집을 빠져나왔다. 순찰차 안에서 대기하고 있던 경찰관과 눈이 마주쳤다. 멀리서 과학수사팀의 사이렌 소리가 들리는 것 같았다.

퇴근 시간을 한참 넘겼지만, 광화문 일대 사무실 건물에는 퇴근을 잊은 불빛들이 가득했다.

한지수는 김영학의 잘린 손가락과 연쇄살인마 카피캣을 묶을 수 있는 하나의 선을 떠올리며 걸음을 빨리했다.

모자이크처럼 불이 켜진 서울청 수백 개의 창문은 멀리서도 잘 보였다.

사건이 있는 팀은 있어서, 없는 팀은 없는 대로 사건 관련 조서나 서류를 작성하느라 퇴근은 엄두도 내지 못할 것이다.

3층 범죄행동분석팀의 자리는 모두 비어 있었다. 프로파일러들은 사무실을 지킬 인원도 없이 서울 각 서의 요청에 따라 신문전략을 짜고 직접 신문을 하고 있을 터였다.

텅 빈 자리들이 오히려 한지수의 마음을 무겁게 했다. 자신이 감찰조사 때문에 현장 업무에서 배제돼 이들이 한 사람 몫을 더 부담하고 있는 것이다.

그녀는 컴퓨터를 켜고 내부망에 접속했다. 그녀가 작성한 범죄인지보고서는 오대영 형사과장이 보류시켜놓은 상태였다.

오 과장은 아직 김영학 실종사건을 카피캣의 연쇄살인에 포함시키고 싶지 않은 모양이었다.

한지수는 습관처럼 커피를 마시려고 일어서다 위장을 찌르는 통증에 다시 주저앉았다. 생각해보니 하루 종일 먹은 거라고는 커피 세 잔이 전부였다는 걸 깨달았다. 통증이 지나가길 기다렸다. 이마에 땀이 맺혔다. 파도가 치듯 통증이 일정한 간격으로 밀려왔다 밀려갔다.

한지수는 책상 서랍에서 평소 먹던 입원 환자용 유동식을 꺼내 뚜껑을 땄다.

밍밍하고 아무 맛도 없는 액체가 목구멍을 타고 흘러 내려갔다.

언젠가부터 그녀는 맛을 잘 느끼지 못했다. 짠맛이나 단맛 같은 자극적인 맛도 잘 느끼지 못했다. 그래서 먹는 것이 귀찮았고, 사람들과 함께하는 식사가 아니라면 자주 환자식으로 끼니를 때웠다.

한지수는 이마의 땀을 닦아내고 스카스에 접속했다. 딱히 뭘 찾아야 할지 몰랐지만 지금으로서는 뭘 모르는 채로 뒤지는 게 더 나았다. 일부러 찾으려고 하면 몸에 밴 패턴이 눈을 가릴 것이다. 자신의 감을 믿기로 했다. 김영학의 손가락을 찾아낸 것도 그랬으니까.

최근 발생한 사망사건들의 목록부터 훑었다. 변사사건과 시체는 머리와 꼬리처럼 밀접한 관계였다.

하루 동안 발생한 변사사건 보고서만 해도 목록의 한 페이지를 넘겼다.

변사는 자살과 사고사가 대부분이었다.

한지수는 변사사건의 목록을 넘겨보다 한 줄 한 줄의 기록이 한 구 한 구의 시체로 치환되는 환상을 보았다. 그녀는 카피캣이 그 시체들 사이에 김영학을 유기하는 장면을 떠올렸다.

변사자들 사이에?

불현듯 떠올랐지만, 어쩐지 현실감 있게 느껴졌다.

생각해보면 시체를 숨기기 위해 꼭 땅을 팔 필요는 없었다. 관습적으로 그렇게 생각할 뿐.

공간에 대한 집착만 버리면 숨겨놓은 시체가 보일 것 같았다.

사건과 사건 사이에, 시체와 시체 사이에 숨기는 게 가능하다면?

찾을 수도 있을 것 같았다.

카피캣이 김영학의 시체를 변사자들 틈에 숨겨놓았다고 가정한다면, 손가락은 분명 단서로 던져준 것이다.

최근 오 개월 동안 발생한 변사사건 중에서 신원이 확인되지 않은 사건들을 추렸다. 10여 건의 사건이 목록에 떴다. 그 목록을 한 건씩 확인해 나갔다. 단순 변사사건이라 관리자의 승인 없이 열람이 가능했다.

첫 번째와 두 번째는 한강에서 떠오른 익사체였다. 한지수는 피해자가 여성으로 확인된 두 번째 사건은 제외시켰다.

첫 번째 사건은 물속에 너무 오래 잠겨 있어 손가락이 유실되었고, 부패가 심해 신원을 확인하지 못한 상태였다. 용산서에서 DNA 분석을 의뢰했지만, 실종자 데이터베이스와 일치하는 DNA가 없었다. 당연히 신원은 특정되지 않았다.

첫 번째 사건의 부검기록을 확인했다. 부검의는 시체의 폐에서 물과 플랑크톤이 발견되었다고 기록해놓았다. 폐에 물과 플랑크톤이 있다는 것은 물에 빠졌을 때 숨을 쉬었다는 증거였다. 사인은 익사였다.

카피캣이 설사 김영학의 시체를 한강에 유기했다고 해도 이미 살해된 시체의 폐에서 물과 플랑크톤이 발견될 가능성은 없었다. 이건 또한 제외시켰다.

다음 세 건은 봉천동 고시원에서 화재사고로 함께 사망한 사람들의 시체였다. 서울청 화재팀에서 감식한 사건이었다.

세 구의 시체는 모두 불에 크게 훼손된 소사체(새카맣게 탄 사체)로 발견되었다.

시체는 물론 주변의 소훼된 정도가 심해 DNA를 제외하고는 신원을 특정할 만한 단서가 없었다.

세 구의 소사체 중 여성으로 추정되는 한 건을 제외하고 두 구에 대한 부검감정서를 확인했다. 감정서에는 두 사람의 기도에서 그을음이 발견되었다고 기록돼 있었다.

기도에서 그을음이 발견되었다는 것은 화재 당시 숨을 쉬고 있었다는 뜻이다. 이 둘도 김영학은 아니었다.

강원도에서 발견된 백골 사체 두 건은 산사태로 유실된 산기슭에서 발견되었는데, 역시 김영학의 시체로 보기엔 어려웠다. 카피캣이라면 한 번 묻히면 언제 발견될지 모르는 땅 속에 시체를 숨길 리 없었다.

산에서 발견된 목맴 자살사건의 경우도 김영학의 시체로 보기엔 무리가 있었다. 부패가 심하고 동물들이 시체를 훼손해 신원을 특정할 수 없었지만 부검감정서에 따르면 양손 엄지는 모두 남아 있었다.

한지수는 변사사건 중에서 살인사건으로 분류된 건에 집중했다.

남은 살인사건은 모두 두 건이었다.

한 건은 안산단원경찰서 관할인 시화호 주변에서 발견된 토막시체였고, 다른 한 건은 충북 단양경찰서 관할의 농수로에서 발견된 절반쯤 불에 탄 소사체였다.

한지수는 두 사건에 대해 공람을 요청했다. 서울청 관할의 사건이 아니어서 허가를 받는 데 시간이 좀 더 걸렸다.

단양경찰서 관할인 농수로에서 발견된 소사체는 시체를 유기하고 현장에서 불을 질러 태운 것으로 추정됐다. 기도에서 그을음이 발견되지 않았고, 시체 주위에 남아 있는 유류의 흔적으로 볼 때 살인이 분명했다.

시체의 옷가지는 물론 소지품 등을 태운 흔적이 시체 주변에 남아 있었지만, 신원을 직접적으로 특정할 만한 단서는 없었다. 이 건 역시 DNA만 남았다.

사건이 발생한 시기를 확인했다.

시체의 부패 정도를 보면 시체가 유기된 시점은 발견된 시점에서 거슬러 올라가 2개월 안팎이었다.

시기상으로 김영학의 실종시기와는 어긋나지만 부패의 진행속도를 정확하게 추정할 수 없기 때문에 배제시킬 수는 없었다. 또 이 건의 경우 손가락이 모두 훼손돼 있어 김영학일 가능성이 남아 있었다.

마지막으로 시화호 방파제 근처에서 발견된 토막 난 시신은 언론에 집중 조명되었던 건이다.

사건과 직접 관계없던 자신도 기억할 정도다.

이 사건의 토막 시신은 일반적인 경우와 달리 시체의 관절이 아니라 척추를 이등분으로 잘랐다. 그래서 더욱, 엽기적이라고 대서특필되었다.

시체의 상체와 분리된 하체는 주변 수색으로 발견했지만, 머리와 잘린 손가락들은 여전히 발견하지 못했다. 때문에 이 사건 역시 신원을 특정할 수 있는 단서는 DNA가 전부였다.

사건 발생 날짜도 5개월 전으로 김영학이 실종된 시점과 겹쳤다.

한지수는 시화호에서 발견된 토막시체가 김영학일 가능성이 크다고 생각했다. 어떤 살인자도 손가락을 잘라낸 뒤 시신을 불에 태워 신원을 이중으로 지우지는 않는다.

갑자기 공황이 올 때처럼 호흡이 가빠졌다.

며칠 후면 국과수에서 결과가 나오긴 할 것이다. 손지윤 형사가 김영학의 잘린 손가락에서 DNA 샘플을 추출해 국과수에 의뢰하면 유전자데이터베이스에 있는 토막 난 시체의 DNA와 일치 여부가 확인될 것이다.

하지만 그 며칠을 마냥 기다리고만 있고 싶지는 않았다.

그녀는 시화호 사건과 관련된 현장감식보고서와 부검감정서 등을 프린터로 출력했다.

어쩌면 이수인 경감은 DNA 분석결과보다 먼저 카피캣이 저지른 범행 여부를 확인해줄 수 있을 것 같았다.

사무실 끝에 있는 공용프린터에서 서류가 출력되는 소리가 들렸다.

한지수는 가방을 챙겨 일어섰다.

호흡이 조금 유연해졌다.

다시 이수인 경감을 만나야 했다.

갈증 때문에 혓바닥이 바싹 말라 나뭇잎처럼 버석거렸다. 커피 생각이 간절해졌다.

6

누군가 병실의 불을 켰다. 수인은 소스라쳤다.

문이 열리는 소리도, 발소리도 듣지 못했다.

그는 진통제를 줄이고 나서부터 통증 때문에 깊이 잠들지 못할 때가 많았다. 대신 시도 때도 없이 토막잠을 잤다. 잠들었다는 것도 모를 정도로 짧은 잠이었다.

누군가 그 짧은 사이 병실에 들어와 불을 켰다.

수인은 시트 안에서 맥박계와 링거 바늘을 움켜쥐고 귀를 기울였다. 누군가 금방이라도 손을 뻗어 자신의 목을 누를 수도 있다고 생각하면 아찔했다.

그는 숨을 죽이고 속으로 숫자를 셌다. 서른을 넘기도록 병실 안에 아무런 기척도 느껴지지 않았다. 위해를 가하려면 벌써 손을 쓰고도 남았을 시간이었다.

수인은 천천히 몸을 일으켰다. 젖은 환자복이 등에 달라붙었다.

뭐가 두려운 거지?

이런 식의 공포에 시달리는 자신이 당황스러웠다. 기억을 잃고 눈도 안 보이는 마당에 죽는 건 크게 두렵지 않았다. 그가 두려운 건 아무것도 모른 채 살해당하는 것이었다.

카피캣을 기억해 내지 못하고, 잡지 못할까 봐 느끼는 두려움이 공포를 키우고 있었다.

수인은 불이 켜진 천장을 보았다. 완벽하게 밀폐된 암실 같은 눈앞에 바늘구멍만큼의 빛이 새어 들어왔다. 이제 자신이 빛과 어둠의 차이를 구분할 수 있게 됐다는 생각이 들었다.

그는 한 형사에게는 말하지 않기로 마음먹었다. 말하기에는 회복이 너무 미미했고, 시력이 회복된다고 해서 기억까지 회복되는 건 아니니까.

지금 중요한 건 시력이 아니라 기억이었다.

수인은 수시로 시간을 거꾸로 돌려 하루를 역순으로 기억해보려 했다. 하루를 거슬러 올라가다 보면 더 먼 하루를, 자신이 기억해내야 할 하루를 떠올릴 수 있을 것 같았다.

가장 최근의 기억부터 떠올려보면.

깜빡 잠이 들었고, 불이 켜졌고, 그전에 저녁식사를 했다. 저녁식사를 하는 동안 숟가락을 떨어트렸고, 숟가락은 가벼운 플라스틱 재질로 만들어져 떨어져도 소리가 나지 않았다.

얼마 전인지는 모르겠지만 김 간호사와 이 간호사가 들어와 링거를 교체해주었다는 걸 기억해냈다.

이 간호사가 혼자서도 능숙하게 링거를 교체하고 혈관을 잡아 채혈을 할 수 있게 되었음에도 둘은 늘 함께 병실에 왔다.

그리고 그 전에 수인은 검사를 받았다.

김 간호사와 이 간호사가 이동식 침대를 밀었다. 침대 바퀴가 삐걱거리며 굴러가는 소리 사이로 금속들이 부딪히며 내는 소리가 따라왔다. 무장한 최 순경이 걸을 때마다 내는 소리.

병실을 나와 이동할 때면 복도는 항상 조용했다. 그들을 제외하고는 아무도 없는 것 같았다. 수인은 신호등이 꺼진 도로 위를 달리는 기분이었다. 환자용 엘리베이터를 제외하고는 운행이 정지된 듯 승객용 엘리베이터의 소음도 들리지 않았다.

복도가 조용한 것은 그렇다 해도 승객용 엘리베이터의 운행까지 통제했다는 게 신경 쓰였다. 그만큼 병실 밖은 위험하다는 뜻이었다.

이제, 하루 전의 하루를 떠올렸다.

한 형사가 왔던가?

갑자기 그의 기억을 자르고 문이 열리는 소리가 들렸다.

본능적으로 수인은 다음에 들려올 소리에 집중했다.

"주무시고 계셨던 건 아니죠?"

한 형사였다. 그녀가 이렇게 늦은 시간에 온 것은 처음이었다.

수인은 뭔가 심상치 않은 일이 벌어졌다는 걸 짐작했다.

그는 손을 들어 인사를 대신했다.

"너무 늦은 시간에 왔죠?"

"심각한 일인가요?"

그녀가 짧게 숨을 뱉어내는 소리가 처음보다 가깝게 들렸다.

"오 개월 전쯤에 시화호에서 토막난 시체가 발견됐어요. 신원불상이죠."

한 형사는 마치 '옆집에 누가 이사 왔어요' 정도의 어감으로 토막

살인사건을 툭, 던졌다.

"시화방조제에서 낚시를 하던 사람이 수문에 걸린 시체의 발을 보고 신고했어요. 남자의 하반신이었죠. 상반신은 50미터 떨어진 곳에서 발견됐고요."

한 형사의 느리고 심드렁한 말투에도 불구하고 수인은 온몸의 피가 빠르게 도는 것 같았다.

수인이 먼저 물었다.

"혹시…… 카피캣의 짓인가요?"

'톡'하고, 손톱 끝이 단단한 표면을 두드리는 소리가 들렸다.

"저는, 경감님의 생각을 듣고 싶어요."

그녀가 이 밤에 온 이유였다. 한 형사는 시화호 토막살인사건이 카피캣의 짓인지 수인에게 확인받고 싶은 것이다.

수인은 몸을 일으켜 꼿꼿하게 앉았다.

"내가 기억을 찾고 카피캣을 잡는 날이 올까요?"

"분명히 올 거예요……. 경감님이 기억을 되찾지 못한다 해도 결국 놈은 잡힐 테니까."

한 형사가 온기라고는 하나 없는 목소리로 말했다.

수인은 그녀의 차갑고 냉소적인 말에 상처보다는 위로를 받았다.

한 형사의 건조한 목소리는 그녀의 말이 마치 객관적 사실처럼 들리도록 만드는 힘이 있었다.

"꼭…… 잡을 겁니다. 그래야…… 살 것 같으니까."

수인은 확인된 세 건의 살인 말고도 카피캣이 저지른 암수살인(신고 되지 않은 살인사건)이 얼마나 더 남아 있을지 두려웠다. 늘어나는 사건의 숫자만큼 자책감이 자신을 따라다닐 것이다.

놈을 기억해내야만 놈을 잡을 수 있다.

"믿어요."

한 형사가 간결하게 대답했다. 여전히 감정이 실리지 않은 대답이었다. 그녀와 이렇게 심리적으로 적당한 거리를 유지하고 있다는 게 오히려 다행스러웠다.

"시화호에서 발견된 토막 난 사체의 상태는 어떻죠?"

한 형사가 사건기록을 넘기는지 종이 부스럭거리는 소리가 났다.

"부패는 심하지 않았고, 범인은 예리한 흉기로 척추를 이등분했어요. 토막 낸 시신을 이불로 감쌌고요."

"다른 신체 훼손은요?"

"열 손가락을 모두 잘라냈어요."

"또 다른 건?"

"머리와 내부 장기는 함께 발견되지 않았어요. 엽기적이죠?"

한 형사가 토막 난 시체를 '엽기적'이라고 했다. 게다가 흉기가 몇 번 척추 사이를 잘랐는지 정확하게 얘기하지도 않았다.

수인은 그녀답지 않은 대답이라고 생각했다.

살인범이 시체를 토막 내는 이유는 경제적이기 때문이다. 생선도 토막을 내야 가져가기 쉬운 법이니까.

보통의 살인범이라면 주변의 도구를 써서 온몸에 피까지 뒤집어쓰며 시체를 자르는 수고를 감수하진 않는다. 도망가기도 바쁜 상황에서 시체를 토막 냈다는 건 대부분 이동과 관련되어 있다. 팔다리가 붙어 있는 시체를 옮기는 데 불편했다는 뜻이다.

그럼 어디에서 옮겨왔는지 알아야 한다.

수인의 생각이 길어지는 틈을 비집고 그녀가 끼어들었다.

"손가락과 머리를 잘라낸 건 피해자의 신원을 은폐하기 위한 시도겠죠?"

당연한 질문이었다. 시체의 손가락은 신원을 확인할 수 있는 가장 기본적인 단서다. 놈은 그걸 잘라냈다.

거기에 더해 놈은 더 많은 걸 알고 있었다. 시체의 치아 상태와 치과기록을 비교해 신원을 특정할 수 있다는 것. 그래서 머리가 발견되지 않은 것이다.

"토막 시체를 이불로 감쌌다고 했나요?"

수인이 물었다.

"예, 시장에서 흔히 팔리는 이불이라 단서가 되진 못했고요."

"피해자의 신원을 일부러 지웠다면……."

"범인이 누군지 알 수 없도록 하려는 게 목적이고요."

"아뇨, 카피캣이라면 피해자의 신원이 밝혀지면 누구의 범행인지 알 수 있도록 설계할 것 같아요."

"그걸 어떻게…… 추론한 건지 말씀해주실 수 있나요?"

한지수는 질문을 하면서 잠시 뜸을 들였다.

"범인은 남자로, 면식범이에요. 물론 차량이 있고, 범인의 주거지와 유기한 시화호는 심리적인 저항선을 넘는 거리에 있어요."

"그리고요?"

"범행 장소는 피해자나 범인의 거주지 둘 중 하나일 텐데, 둘 중 가족이 없는 쪽의 거주지가 범행 장소일 가능성이 크겠죠."

수인은 자신의 입속에서 갑자기 튀어나온 '심리적인 저항선'이라는 단어가 낯설었다. 분명 뜻은 알고 있는데, 자신의 머릿속 어디에서 건져 올린 건지 알 수 없었다.

수인은 자신의 다른 기억들도 사라진 것이 아니고 머릿속 어딘가에 남아 있다는 생각이 들었다. 다만 꺼낼 수 있는 방법을 모를 뿐.

"왜 남자고, 면식범이죠?"

한 형사가 다시 질문을 했다.

"다리나 그 밖의 관절을 자르지 않고 척주를 잘랐다는 건, 이등분만 하면 옮길 수 있다는 뜻이에요. 무게보다는 남들의 이목을 피해 시체를 옮기기 편한 크기로 잘랐다는 것이 선행하는 이유죠. 이럴 때 보통, 범인은 근력이 있는 남자일 확률이 높지요."

"면식범이란 분석은요?"

한 형사가 아주 기초적인 질문을 했다. 그녀는 아무것도 모르는 일반인처럼 질문을 던지고 있었다.

일반인이라면 '토막'이라는 단어의 센 어감 때문에 사건의 외형에 집중해 사이코패스니 뭐니 떠들어댈 것이다. 하지만 형사라면 왜 토막을 냈는지 본질을 볼 것이고, 그 본질엔 면식범이란 결과가 따라올 것이다.

"사람을 죽이고 수고롭게 토막 내 유기했다는 건, 사체가 살해현장에서 발견될 경우 자신이 유력한 용의자로 지목당할 위치에 있다는 뜻이죠."

"그래서…… 면식범이군요."

"단순히 시체를 매장하거나 유기한 경우라면 범행 자체가 발견되는 걸 지연시키고자 하는 목적이에요. 하지만 토막 내 유기한 경우라면……."

"범행 장소가 범인이나 피해자의 집이라는 건요?"

"사체를 싼 이불. 이불로 쌌다는 건 집 안에서 죽여 토막까지 냈다는 뜻인데, 아직까지 범행이 발각되지 않았다는 건 두 사람의 거주지 중, 혼자 사는 집일 가능성이 크다는 거죠."

한 형사는 그의 대답에 동의하는 듯 질문을 멈췄다.

수인은 뭔가 한 단계씩 시험을 거치는 기분이었다. 그녀가 다음 말을 잇기를 기다렸다.

"음……. 사체를 옮기기 위해선 차량이 필요했을 거고, 차량을 이용한 경우라면 살해현장 부근에 유기할 이유도 없는 거고요?"

"그렇죠."

수인은 토막살인사건의 개요를 머릿속에 정리했다.

범인상이 구체적으로 그려졌다. 그런데 구현된 범인상과 카피캣의 특징이 어긋났다.

이번 사건은 손가락을 자르고 머리를 잘라, 의도적으로 피해자의 신원을 지웠다. 신원을 지우면 범행의 익명성을 얻을 수는 있지만, 카피캣의 범행 목적은 사라진다. 조롱도 메시지도 없는, 살인을 위한 살인이 되고 마는 것이다.

카피캣이 그걸 원했을까?

자신의 범행인 줄 모르는 살인이 카피캣에게 의미가 있을까?

한 형사는 왜 이 사건이 카피캣의 연쇄살인사건이라고 추정했을까? 그가 질문할 차례였다.

"뭔가가 더 있군요. 지웠지만, 지우지 않은 결정적 단서."

"경감님은 그게 뭐라고 생각하세요?"

그게 뭐든 토막 시체의 신원을 특정할 수 있는 결정적 단서라고 수인은 생각했다.

"잘라낸 머리나 손가락?"

한 형사가 짧게 숨을 내뱉는 소리가 들렸다. 그리고 침묵이 이어졌다.

수인은 한 형사의 침묵이 불안했다.

"저…… 뭔가 기억나는 게 있나요?"

짧은 침묵을 깨고 한 형사가 물었다.

수인은 한 형사의 질문이 주치의가 매번 던지던 질문과는 어감이 다르다는 걸 느꼈다.

주치의의 질문이 단순히 상태를 물어보는 거라면 한 형사의 질문에는 '기대'라는 감정이 섞여 있었다.

"아직은……. 미안해요."

"놀랐어요. 너무 정확하게 예측하셔서. 오늘 김영학의 집 냉동실에서 잘린 손가락 한 개를 발견했어요."

내내 건조했던 한지수의 목소리에 생기가 도는 것이 느껴졌다.

"손가락의 주인은 김영학이었고요?"

"맞아요."

"나무를 숲속에 숨겼군요."

카피캣은 김영학의 머리와 손가락을 잘라 신원을 지운 뒤 시체를 5개월 전의 다른 변사체들 사이에 숨겼다.

경찰은 5개월 전에 토막 시체 DNA를 국과수에 의뢰했을 테고, DNA 데이터베이스에서 일치하는 유전자를 찾지 못했을 것이다. 김영학의 실종신고가 되지 않은 5개월 전 데이터베이스에 김영학의 DNA가 있을 리 없다.

결국, 나무는 숲이 돼버린 거였다.

카피캣은 나무를 숲에 숨겨서 너무 빠르지도, 너무 늦지도 않게 발견하도록 범행을 설계했다. 그리고 잘라낸 손가락 한 개를 냉동실에 숨겨 힌트를 남겼다.

"맞아요, 나무를 알아보지 못하고 숲을 헤매게 만든 거죠."

수인은 한 형사의 목소리에서 당황과 분노가 뒤섞인 감정을 읽을 수 있었다.

"결국 나무를 찾아낸 건 한 형사님입니다. 지금부터가 시작인 거고."

한 형사의 표정이 조금은 풀어졌기를 바랐다. 수인은 자신의 말이 끝나는 것과 동시에 손끝이 단단한 표면을 두드리는 소리를 들었다.

수인은 그 소리가 휴대폰의 액정을 두드리는 거라는 걸 깨달았다. 한 형사는 늘 두 사람의 대화를 녹음하고 있었던 것이다.

한지수는 의자에서 일어서는 순간 현기증 때문에 침대의 모서리를 잡아야 했다. 검은 점들이 눈앞을 가득 메웠다가 천천히 사라졌다.

하루는 길었고, 아직 끝나지 않았다.

커피 대신 물이라도 마시려 했지만 포기하고 다시 의자에 주저앉았다.

환자복의 무늬가 소용돌이처럼 일그러졌다.

이수인 경감이 그녀를 쳐다보았다. 아니, 소리에 반응한 그의 보이지 않는 눈길이 그녀를 향했다.

"경감님 분석대로 카피캣과 김영학은 면식 관계였을까요?"

한지수는 휴대전화의 녹음프로그램을 다시 활성화시켰다. 소리의 진동에 맞춰 그래프가 출렁였다.

"아마도요. 침입도 없고, 충돌도 없고, 납치도 없고, 공범도 없는 살인이라는 건 면식관계라는 가정 말고는 성립하지 않으니까요. 게다가 카피캣은 김영학이 혼자 살고 있어 실종신고를 할 만한 동거인이 없다는 것까지 계산에 뒀어요."

"경감님은 카피캣이 김영학의 주변인물일 거라고 추정하시는 건가요?"

"주변인물은 아니에요. 살인에 감정이 없어요. 감정보다는 아주 계획적인 이성에 의한 범행이에요."

"김영학을 잘 알고 있지만 주변인물은 아니다……. 거기서부터 수사가 시작되는 거군요."

"맞아요."

"이를테면?"

침묵이 이어졌다. 한지수는 이 경감의 보이지 않는 시선이 자신을 지나 허공에 머무는 것을 보았다. 그의 상태가 정말 많이 좋아졌다는 걸 알 수 있었다.

그녀는 이 경감이 자신의 질문에 대답을 하고, 추론을 하는 모습을 끊임없이 살폈다. 혹시 그의 기억이 스트레스를 이기지 못하고 뒤로 숨는 것은 아닐까, 걱정을 하면서도 질문의 강도를 조금씩 높여 왔다.

이 경감은 생각했던 것보다 훨씬 더 잘해냈다. 미처 그녀가 파악하지 못한 부분까지 짚어낼 정도였다. 기억을 잃은 채로, 몇 줄도 안 되는 사건개요를 듣고 토막살인사건과 손가락과 카피캣을 같은 사건의 연장선에 둔다는 것이 가능할까?

한지수는 이 경감이 잃어버린 기억에 조금씩 다가가고 있다고 확신했다.

그녀는 그의 시선이 마치 앞이 보이는 사람처럼 다시 자신에게 옮겨오는 걸 느꼈다.

"카피캣은…… 우리 회사와 연관된 사람일 겁니다."

"우리 회사라고요?"

한지수는 자신도 모르게 되물었다. '회사'라는 말은 형사들이 사람들의 이목을 끌지 않고 수사를 하기 위해 밖에서 쓰는 그들만의 은어였다.

그가 은어를 기억하고 있다!

"카피캣은 너무 많은 걸 알고 있어요. 회사 내부에 있거나 적어도 조력자가 있어요."

이 경감은 그녀가 되묻는 의미를 눈치채지 못했다.

"그렇다면 최소한 연차가 있는 부장 정도는 돼야겠죠?"

경찰에서 '부장'은 간부로 승진하지 못한 나이 많은 경사를 지칭하는 또 하나의 은어였다.

"그렇죠, 어쩌면 카피캣은 생각보다 가까이 있을지도 몰라요."

수인이 거부감 없이 받아들였다. 한지수는 자신의 이름도 기억하지 못한 이 경감이 형사들의 은어를 기억하고 있는 것이 흥미로웠다.

"카피캣이 어떤 모습으로 경감님의 기억 속에 나타날지 궁금하네요."

"……두렵군요. 내가 아는 얼굴을 하고 있을까 봐."

한지수는 이 경감이 양손을 깍지 끼고 손가락이 하얗게 될 때까지 힘을 주는 것을 지켜보았다. 그가 느끼는 두려움을 이해할 수 있을 것 같았다. 화제를 바꿔야 했다.

"혹시, 최근에 꿈을 꾼다거나 하진 않으세요?"

"약을 줄이고 나선 꿈을 꿀 정도로 긴 잠을 자지 못해요. 대부분 토막잠이죠."

"푹 좀 주무셔야 할 텐데."

"약을 먹으면 머릿속에 얇은 막이 쳐진 것처럼 몽롱해져요. 다시 살인이 시작되기 전에 카피캣을 기억해내야죠."

한지수는 이번엔 천천히 몸을 일으켰다. 현기증이 물러가면서 상황이 좀 더 객관적으로 보였다.

연쇄살인마 카피캣과 기억을 잃은 카피캣의 추적자. 그리고 그녀.

이 경감은 오 개월 전 발견된 토막 난 시체가 카피캣에게 살해당한 김영학이라고 확인해주었다.

그녀는 이 경감의 머릿속을 뒤지는 것이 카피캣을 잡는 가장 확실한 길이라는 걸 실감했다. 그녀는 계속 이 경감을 찾아와야만 했다.

한지수는 다시 몽롱해지려는 머리를 흔들며 말했다.

"좀 쉬세요. 그래야 카피캣을 쫓을 힘도 생길 거예요."

이 경감은 대답 대신 꼿꼿하게 세웠던 등을 뒤로 기댔다.

한지수는 녹음을 종료시키고 생성된 파일을 오대영 과장에게 메일로 전송했다.

파일전송이 완료되자마자 오대영 과장으로부터 바로 답 메일이 왔다.

오 과장이 보내온 메일에는 사진 세 장이 첨부돼 있었다. 처음 있는 일이었다.

한지수는 첨부파일부터 열어 사진을 확인했다.

첫 번째는 사건현장을 찍은 사진이었다.

피해자는 이미 옮겨졌는지 보이지 않았고, 현장의 바닥에 피가 웅덩이처럼 고여 있었다. 이 정도로 피를 흘렸다면 피해자는 살아

있지 못할 것이다. 살인사건임이 분명했다.

한지수는 사진을 보다가 기시감 같은 걸 느꼈다. 분명 처음 보는 사건현장의 사진임에도 언젠가 한 번쯤 보았던 것 같았다.

두 번째 사진은 사건현장을 좀 더 먼 거리에서 담고 있었다.

원룸 안을 찍은 사진이었다. 넘어진 의자와 바닥에 나뒹구는 컴퓨터 모니터 따위가 찍혀 있었다. 피해자와 범인이 몸싸움을 한 정황이 보였다.

바닥에는 신발 문양을 구별할 수 있는 혈흔족적이 찍혀 있었다.

세 번째는 시체 사진이었다. 남자의 상반신에 크고 작은 칼자국이 빼곡했다.

한지수는 그제야 오 과장이 왜 자신에게 사진들을 보냈는지 의도를 알 것 같았다. 그녀가 지금 수인과 함께 있다는 것을 알고 보낸 거라면.

이건 카피캣이 저지른 살인 현장이었다.

윙.

문자가 도착했다는 알림이 떴다.

이수인 경감이 진동소리에 반응해 그녀에게로 시선을 옮겼다.

'한 형사, 사진 봤지? 내일 이수인 경감과 함께 현장으로 가봐.'

오 과장은 군더더기 없이 짧게 지시했다.

'알겠습니다.'

한지수가 답 문자를 보내고 이 경감을 보았다. 그는 한눈에 보기에도 긴장한 빛이 역력했다.

한지수가 짧게 심호흡을 했다.

"무슨 일이 있나요?"

이 경감이 물었다.

"안 좋은 소식이에요. 카피캣이 냉각기를 깼어요."

"왜 벌써……."

이 경감이 한숨 같은 신음을 내뱉었다.

"내일 사건현장에 경감님과 함께 임장하라는 지시입니다."

한지수는 최대한 사무적이고 건조하게 말을 이었다.

"……."

그는 대답이 없었다. 한지수는 문을 향해 몇 걸음 걸었다. 이 경감의 시선이 그녀를 따라왔다.

"쉬세요. 내일은 쉽지 않은 하루가 될 테니까요."

"왜 벌써……."

이 경감은 의미를 알 수 없는 말을 반복했다.

한지수는 병실 문을 나오기 전에 그를 한 번 더 보았다. 창백한 불빛 밑의 그는 아직 회복되지 않은 환자처럼 보였다.

문이 천천히 닫혔다.

7

손지윤 형사는 담배를 꺼내 물었다. 불을 붙이려다 쓴웃음을 짓고 말았다. 담배를 꺼냈다는 의식이 없었는데 어느새 입에 물려 있었던 것이다.

사건현장에서 담배를 피우는 건 구둣발로 현장을 돌아다니는 것만큼이나 금기였다. 과학수사를 무시하는 무식한 짓이었다. 그는 고개를 설레설레 저었다.

손 형사는 담배를 그대로 물고 있었다. 난장판인 현장에서 담배를 물고 있는 것만으로도 위안이 되었다.

집 안은 이미 꽤 어두워져 사물들이 윤곽선만 남고 희미해져 있었다.

손 형사는 집 안의 불을 모두 켰다.

요란한 사이렌 소리가 가까워지더니 집 앞에서 멈췄다.

웅성거리는 소리가 나며 현관문이 열렸다.

전신 방오복을 입고 마스크와 두건, 신발싸개까지 착용한 과학수사요원들이 들어왔다.

눈만 보고서도 고경식 경사와 과수팀 막내인 최정필 순경을 알아볼 수 있었다.

막내인 최 순경이 현장증거를 보호하기 위해 거실 바닥에 현장통행판을 깔려다가 멈칫했다. 손 형사가 태연하게 신발을 신은 채 담배까지 물고 서 있는 모습을 보았기 때문이다.

거실 바닥은 손 형사와 한 형사의 발자국으로 시장통 길바닥 같았다.

고 경사가 손 형사를 향해 똑바로 걸어왔다.

"오 개월 전에 실종된 사람인데, 집에 뭐가 남아 있겠어. 알면서 멕이는 거야? 왜 자꾸 불러?"

"그러게. 지난 번 감식할 때 좀 자세히 했으면 이런 꼴 안 당하지."

고 경사의 시선이 순식간에 집 안을 한 바퀴 돌고 손 형사에게 돌아왔다.

"뭐야, 여기 왜 이래?"

손 형사가 입에 물고 있던 담배를 빼서 싱크대 위에 있는 잘린 손가락을 가리켰다.

"뭐야, 저건?"

잔뜩 인상을 쓰던 고 경사의 표정이 굳어졌다.

"김영학의 손가락."

"실종된 사람 손가락이 왜 여기서 나와?"

"그러니까."

"여기 이 꼴은 뭐고?"

"내가 증거를 발굴하느라 좀 엉망이 됐지."

손 형사는 애매한 웃음으로 고 경사의 시선을 피했다.

"맥락도 없이 꺼낸 유물은 도굴된 거나 다를 바 없는 거 알지?"

손 형사는 더 이상 변명할 거리를 만들지 못했다.

"발굴이든 도굴이든 일단 찾아야 되잖아. 살인사건을 실종으로 종결하면, 그건?"

고 경사가 억울한 표정으로 입을 다물었다.

"김영학은 카피캣에게 살해당했어."

손 형사의 말에 고 경사의 눈이 커졌다. 고 경사의 눈치를 보던 최 순경도 긴장하는 빛이 역력했다.

"카피캣은 김영학이 저지른 범행수법을 그대로 재연한 거야. 살인에서 실종까지."

손 형사는 한 형사의 말을 되풀이하고 있었다. 자존심이 상했다.

자신이 수사할 게 없다고 사건을 뭉개고 있는 동안, 관할도 아닌 서울청 한 형사가 끼어들었다. 잘린 손가락을 찾아내고 카피캣의 범행이라는 연관성을 밝혀낸 것도 그녀였다. 자기 사건의 주도권을 온전히 빼앗겨버린 꼴이었다.

손 형사는 손에 들고 있던 담배를 신경질적으로 구겨버렸다. 알지 못할 외마디 욕이 입안에서만 맴돌다 사라졌다.

"그럼, 잘린 손가락은 뭐야?"

"김영학을 찾을 수 있는 힌트."

"저걸로, 어떻게?"

"이제부터 답을 찾아봐야지."

손 형사는 김영학의 시체를 찾는 것만큼은 한 형사에게 뒤처지고 싶지 않았다.

"장갑도 안 끼고 현장을 오염시켜놓고 대체 뭘 하자는 거야?"

"미안해. 잘린 손가락의 지문은 김영학으로 확인됐어. 혹시 남아 있을지 모를 카피캣의 흔적을 찾아줘. 다른 흔적이 나온다면 죽은 증거를 되살릴 수 있어."

"막내야, 들었지? 바닥의 족적이랑 흩어진 물건들은 포기하고. 침입로가 될 만한 곳을 특정해서 유류지문이나 침입 흔적 있나 찾아봐."

최 순경이 쭈뼛거리며 장비를 챙겨 밖으로 나갔다. 거실 창문 밖에서 휴대용 광원의 불빛이 어른거렸다.

고 경사는 막내 과수요원이 밖으로 나가자 정색하고 손 형사에게 물었다.

"이제 솔직하게 말해봐. 그래야 도와도 돕지."

"뭘?"

"형사 밥 한두 해 먹은 것도 아니고, 여기 뒤진 거 너 아니잖아. 넌 강력계 형사야. 이렇게 창의적이지 못해."

손 형사는 할 말이 없었다. 맞는 말이었다.

"손가락 찾은 거, 서울청 한지수 형사야."

"행동분석팀?"

"맞아. 한 형사도 김영학 실종 건 때문에 감찰 대상이야. 한 형사는 김영학이 단순하게 실종된 게 아니라 카피캣에게 살해당했다고 분석했어. 카피캣이라면 범행을 숨기지 않고 드러내려 할 테고, 살인에 대한 힌트를 남겼을 거라고 본 거지."

고 경사가 고개를 끄덕였다.

"그래서 마구잡이로 수색했다는 거야?"

"그렇지. 형사들의 패턴으로는 이미 두 차례나 감식을 하고도 아무것도 찾아내지 못했으니까."

"거칠긴 해도, 우리보다 낫군."

고 경사가 쓴웃음을 지었다. 손 형사는 지금 거울을 본다면 자신도 고 경사와 같은 표정일 거라 생각했다.

"그럼, 우린 우리 일을 해야지."

고 경사가 익숙하게 몇 개의 나사를 풀어 냉장고 문의 몰딩을 제거하고 순식간에 손잡이를 분리해냈다.

그는 'KPSI'라는 로고가 찍힌 알루미늄 가방에서 붓과 검정 분말을 꺼내 손잡이 안쪽에서 지문채취를 시도했다.

흐르지 않는 공기 때문인지 고 경사의 이마에 금방 땀이 맺혔다.

"거기서 카피캣의 지문이 나올 거면 지난번에 나오지 않았을까?"

고 경사가 붓질을 하던 손을 멈추고 손 형사를 보았다.

"우리가 감식한 후에 카피캣이 냉장고에 잘린 손가락을 넣었을 가능성은 충분히 있어."

손 형사는 이번에도 반박하지 못했다. 맞는 말이었다.

고 경사는 손잡이의 앞쪽 면과 뒤쪽 면에 붓질을 끝내고 지문채취용 다기능테이프로 지문을 떴다.

"선명한 지문이 다섯 개가 나왔어. 겹쳐 있는 것은 제외하고 말이야. 다섯 개와 중복되는 지문도 있는 걸로 봐서 한 형사 거야. 지문만 보면 이 집에 산다고 해도 믿겠어."

손 형사는 고 경사의 농담에 실없이 웃었다. 두 사람 모두 예상했던 일이었다.

고 경사는 손가락을 싼 비닐봉지에서도 지문을 현출해냈다. 그리고는 손 형사를 보며 고개를 흔들었다.

거기에도 한 형사의 지문만 검출된 것이 분명했다.

"손가락을 싼 키친타월은 실험실에 돌아가서 확인할게. 닌히드린 용액에 담갔다 말리려면 시간이 좀 걸려."

"알았어. 기대하진 않지만 다른 게 나오면 바로 연락 줘. 늦더라도."

고 경사는 지문을 현출한 냉장고 손잡이와 비닐봉지, 잘린 손가락 등의 사진을 서너 장씩 찍었다. 그리고 지문채취 도구를 정리해서 알루미늄 가방에 넣었다.

"DNA는?"

손 형사가 작업을 마무리 짓는 고 경사에게 물었다.

"국과수에 직접 들고 가. 손가락을 가지고 가는 게 샘플 뜬 거보단 빨라."

"지금 시간에 가도 될까?"

"유전자분석실 임수근 박사를 찾아. 전화해둘게. 사정 설명하면 긴급감정으로 해주실 거야."

"고마워."

고 경사는 말없이 증거물 봉투에 손가락을 넣은 뒤 바닥에 뒹구는 꽁꽁 언 고기 덩어리 하나를 함께 쌌다.

"이렇게 가져가면 아쉬운 대로 이동 중에 일어날 수 있는 부패는 막을 수 있을 거야."

고 경사는 익숙한 솜씨로 냉장고 손잡이를 다시 조립하고 분말을 닦아냈다.

그는 장갑을 벗고, 모자를 벗은 뒤 비로소 마스크를 벗었다. 심호흡을 몇 번 했다. 땀에 젖은 얼굴에 마름모꼴의 마스크 자국이 남았다.

"수고했습니다."

손 형사가 가볍게 경례를 했다.

고 경사가 건성으로 인사를 받고 장비를 챙겨 집밖으로 나갔다. 창문에 어른거리던 휴대용 광원의 빛도 꺼졌다.

손 형사도 실내의 불을 하나씩 껐다. 방이 꺼지고, 주방이 꺼지고, 마지막으로 거실이 꺼졌다.

손 형사는 성남을 지나 초월 IC에서 원주로 향하는 고속도로로 진입했다.

머릿속에 떠오르는 생각들이 일관성 없이 뒤엉켰다.

그는 담배를 꺼내 물고 불을 붙였다.

한 형사가 김영학을 신문하던 장면이 떠올랐다. 김영학이 용의자로 전환된 2차 진술이었다. 한 형사는 신문 내내 김영학의 대답에서 오류를 찾아내기 위해 애썼다. 그녀는 김영학이 진술한 알리바이를 거꾸로 되묻기까지 했다.

한 형사의 말에 따르면 직접 행동한 것이 아니고 거짓으로 만들어낸 알리바이는 역순으로 진술할 때 허점이 드러난다고 했다. 김영학은 역순으로도 무리 없이 진술했다. 그가 무죄이거나 계획적으로 범행을 했다는 뜻이다.

한 형사는 누구보다 김영학을 잡고 싶어 했다. 2차 신문을 마치고 나온 한 형사의 눈에 빨갛게 핏줄이 서 있던 것도 기억이 났다.

손 형사는 그런 한 형사의 수사가 객관적이지 못하다는 생각이 들었다. 수사에 어떤 감정이 섞여 있었다.

폐 깊숙이 담배연기를 빨아들였다. 숨이 멈추는 것처럼 생각도 멈추길 바랐다. 형사는 발로 뛰어 범인을 잡는 사람이지 생각으로 범인을 잡는 사람이 아니다.

기침이 터져 나왔다.

담배를 끄고, 자동차의 속도를 높였다. 그의 낡은 쏘나타가 앓는 소리를 냈다.

평일이라 그런지 도로는 막히지 않았다. 이대로 가면 9시 전에는 국립과학수사연구원에 도착할 수 있으리라.

남원주 톨게이트를 빠져나온 시각은 8시 40분경이었다.

자동차의 속도를 줄였다. 이제 목적지까지는 10㎞도 남지 않았다.

그는 DNA 분석으로 뭔가를 얻을 수 있을 거란 확신이 들었다. 형사로서의 촉이었다.

국과수 정문에서 신분증을 확인받은 뒤 주차장으로 들어섰다. 주차장은 어둑하고 한산했지만 본관은 군데군데 불이 켜져 있었다.

손 형사는 차를 주차하고 곧장 3층으로 향했다.

보통의 경우라면 1층 증거물 접수처에서 접수를 한 뒤 절차대로 해야 했지만, 고 경사가 말한 임수근 박사부터 만나보기로 했다.

임 박사는 실험용 흰 가운을 입고 3층 긴급정밀감정실에 혼자 있었다. 그는 40대 후반의 동그란 얼굴에 귀여운 인상이었다.

"저 때문에 퇴근도 못 하신 건 아닌지……."

"부담 갖지 말아요. 긴급감정이 필요하다는 얘기 들었어요."

임 박사는 귀찮은 내색 없이 손 형사를 반겼다.

긴급정밀감정실 안에 컴퓨터와 기능을 알 수 없는 분석기계들이 빼곡하게 자리 잡고 있었다. 분석기계들이 작동하며 내는 낮은 소음이 빈 공간을 메웠다.

임 박사는 벽 쪽의 탁자 위에 있는 유리로 된 실험기구를 조작했다. 아직도 이런 아날로그적인 실험기구를 국과수에서 사용한다는 게 놀라웠다.

그는 유리기구를 사용해 추출한 검정색 액체를 컵에 따라 내밀었다.

"실험실에서 이 정도는 마셔봐야지요. 독약은 아니니까 겁먹지 말고요."

그가 웃는 걸로 봐서 농담인 게 분명한데도 손 형사는 선뜻 컵을 받을 수 없었다.

"더치커피예요. 분별깔때기와 깔때기, 플라스크로 제가 직접 내렸죠. 희석하긴 했는데, 너무 진하면 물을 좀 더 타드리고."

손 형사는 왠지 커피에서 화학약품 맛이 날 것만 같았다. 그가 검은색 액체 한 모금을 넘겼다. 커피는 좀 진하긴 했지만 부드럽게 넘어갔다.

"맛있네요."

임 박사는 칭찬을 받은 바리스타처럼 만족스러운 미소를 지었다.

"자, 듣기로는 냉동실에서 피해자의 손가락이 나왔다면서요? 카피캣에게 살해된."

손 형사는 김영학의 실종과 그의 집 냉장고에서 발견된 손가락에 대해 핵심적인 사항을 설명했다. 그리고 김영학이 아내를 살해한 용의자이며, 아직까지 두 사람 모두 실종 상태라는 것도 덧붙였다.

임 박사는 손 형사가 설명하는 동안 몇 번이나 눈썹 끝을 긁었다. 습관인 것 같았다.

"그래서 김영학이 살해됐다고 추정한 거군. 잘린 손가락을 냉동실에서 발견한 걸 보면 타당한 추정이고. 석방된 용의자를 같은 수법으로 살해하는 방식도 동일하니까 카피캣의 연쇄살인이라고 판단했을 거고요."

"그렇습니다."

"좋아요, 해봅시다. 이번에 새로 들어온 분석기로 돌리면 두 시간이면 DNA 분석은 끝날 거예요. 하지만 이 작업을 통해 얻을 수 있는 건 김영학의 DNA 프로필 뿐이에요. 진짜 뭔가를 얻으려면 그 DNA 프로필과 일치하는 DNA를 찾는 작업이 중요하죠. 카피캣이 저지른 범행이 맞다면 유전자 DB에서 뭔가 걸리겠죠. 이건 시간이 좀 걸릴 거예요."

"기다리겠습니다."

"좋아요, 시작합시다."

임 박사는 포장된 손가락을 꺼내며 피식 웃었다. 물에 한 번 녹였던 손가락의 표면에 살얼음이 얼어 있었다.

"아쉬운 대로 포장을 잘했군요."

"급하게 오느라……."

"아, 칭찬입니다. 예전엔 비닐봉투에 시료만 넣어서 보내는 경우도 있었으니까요. 시료가 부패하면 DNA는 사라집니다."

임수근 박사는 함께 가져온 고기 덩어리를 손 형사에게 내밀었다.

손 형사는 아직 얼음처럼 차가운 고기 덩어리를 들고 긴급감정실을 나왔다. 이제 기다리는 일만 남았다.

그는 담배를 피우기 위해 긴 복도를 지나 계단을 내려간 뒤 건물 밖으로 나갔다.

담배 연기가 큰 한숨처럼 밤하늘에 흩어졌다. 초조하던 마음이 가라앉았다.

나타나지 않을지도 모르는 용의자를 밤새 기다리는 잠복에 비하면 이런 식의 기다림은 아무것도 아니었다. 어찌됐건 시간이 지나면 결과가 나오는 기다림이니까.

주차해둔 차 안에서 한숨 자고 나면 어느 정도 윤곽이 잡힐 일이었다.

자동차 안은 싸늘했지만 늘 시동조차 켜지 못하고 잠복하는 일이 다반사인 형사에겐 익숙한 일이었다. 손 형사는 점퍼의 지퍼를 목까지 올리고 시트를 뒤로 젖혔다. 그리고 눈을 감았다. 피로가 몰려왔다.

얼마나 시간이 흘렀을까. 휴대전화의 진동에 눈을 떴다.

2시 34분.

과학수사팀 고 경사였다.

손 형사는 목이 잠겨 말이 잘 나오지 않았다.

"어때, 그쪽은 잘돼 가?"

고 경사가 먼저 물었다.

"기다리는 중이야. 그쪽은?"

갈라진 목소리로 손 형사가 되물었다.

"좀 이상해."

"왜, 뭐가 나왔는데?"

"한지수 형사 지문."

"난 또. 예상한 거잖아."

"알지, 나도. 그런데 지문이 찍혀 있는 위치가 좀 애매해서."

"어디에서 나왔는데?"

"키친타월의 안쪽. 보통 뭔가 싼 걸 풀어내면 바깥쪽에 지문이 남기 마련이잖아."

"뭐, 어쩌다 보니 찍힌 거겠지. 집 안에 뒤진 꼴 보면 정상이라고는 할 수 없잖아."

"역시, 그렇겠지?"

"고생했어. 그건 그렇고 한지수 형사에 대해 좀 알아?"

"직접 아는 건 아니고, 소문 정도."

"어떤데?"

"6년쯤 전인가 신문하던 용의자가 자살했어. 그 뒤로 칼을 든 프로파일러라는 별명이 따라붙었고."

"아는 대로 얘기 좀 해봐."

"용의자가 성폭행은 인정했는데, 사전에 동네 여자들 속옷을 훔친 사실은 인정하지 않았어. 수사팀에서는 중요 범죄 사실을 인정했으니까 거기서 끝내려고 했고. 그런데 한 형사가 집요하게 속옷 훔친 사실에 대해 물고 늘어졌어. 결국 용의자는 인정했고. 그런데 동네 애어른 할 것 없이 여자들 속옷을 훔치고 다녔다는 게 창피했는지 구치소에서 자살했어."

"성폭행범이 속옷 훔친 게 쪽팔려서 자살했다고?"

"심리적인 자존감이 무너진 거야. 신기하게 강간하는 놈들도 그게 있다니까."

"그러니까 우발적으로 저지른 성폭행범이란 타이틀은 견딜 만하고, 오랫동안 속옷 훔친 변태로는 창피해서 못 살겠다?"

"따지고 보면 그런 거지. 그런데……."

한 형사의 신문은 좀 칼 같은 면이 있다고 했다. 용의자와 심리적 동질감을 형성해서 진술을 받아내지 않고, 철저히 객관적으로 압박한다고 했다. 쉽게 넘어가는 것도 없고, 봐주는 것도 없다는 것이다.

보통의 수사현장에서는 중요범죄를 인정한 용의자의 부수적인 범행 사실은 덮어주는 것이 관행이다. 사소한 범행은 형량에 영향도 주지 않고, 괜히 용의자가 엇나가 진술을 번복하기라도 하면 일이 복잡해진다. 그런데 한 형사는 그렇지 않았다. 같이 수사하는 동료 형사의 입장에서 보면 피곤한 스타일일 수 있었다.

"칼 같긴 해도 일은 잘하던데?"

"그러니까 지금까지 살아남았지. 언제까지 살아남을지는 모르겠지만. 근데, 한 형사는 왜?"

"그냥. 관심이 좀 생겨서."

"개인적인?"

"그런 거 아냐. 끊어."

손 형사는 전화를 끊고 담배를 꺼내 물었다.

막연하게 한 형사에 대해 조금 더 알아봐야겠다는 생각이 들었다.

입안이 텁텁했다. 그는 담배 대신 양치질을 하기 위해 칫솔을 챙겨들고 차에서 내렸다. 윙, 휴대폰이 다시 울렸다. 임 박사였다.

"예, 박사님."

"큰 게 걸렸어요. 빨리 와요."

손 형사는 뛰기 시작했다. 한 번도 쉬지 않고 3층 긴급정밀감정실까지 뛰어 올라갔다. 숨이 턱까지 차올랐다.

"어서 와요. 김영학과 일치하는 DNA 프로필을 찾았어요."

감정실 중앙의 커다란 화면에 각종 자료들과 알 수 없는 수치들이 떠 있었다.

"김영학의 시체를 찾았어요. 오 개월 전에 의뢰된 신원불상의 토막 사체인데, 김영학의 DNA와 일치해요."

"어떤 사건이죠?"

손 형사가 가쁜 호흡을 간신히 누르며 질문했다.

"시화호 토막살해사건 기억하시죠?"

"아!"

시화호 토막살해사건은 시체의 독특한 훼손 때문에 언론에서 크게 다루었던 사건이었다. 관할 사건은 아니었지만 그도 잘 알고 있었다.

침묵이 길게 이어지며 그의 거친 숨소리가 그 자리를 메웠다.

시화호에서 발견된 토막 사체가 김영학이었다고?

손 형사는 카피캣에게 조롱당한 기분이었다. 놈은 대담하게도 김영학의 시체를 국과수 부검실에 숨긴 것이다.

"고생하셨습니다, 박사님. 감사합니다."

임 박사의 동그란 얼굴에 짧은 미소가 스쳐 지나갔다.

"정식감정서가 나가는 데는 며칠 더 걸릴 거예요. 그래도 결과가 바뀌지는 않을 테니까 수사하는 데 큰 무리는 없을 거고."

손 형사는 몇 번 더 감사하다는 말을 남기고 감정실을 나왔다.

시체의 정체를 알았지만, 여전히 뒷맛이 씁쓸했다. 카피캣이 흘린 부스러기를 주우며 따라가는 꼴 같았다. 몸에 열이 올라 뜨거워졌다. 그는 빨리 건물 밖으로 나가 쌀쌀한 공기를 마시고 싶었다.

건물 밖 하늘은 아직 어두웠고, 밝아지려면 한참은 더 있어야 할 것 같았다.

차가운 공기가 그의 체온을 조금 낮춰주었다.

국과수 앞에 있는 커다란 표지석의 글귀가 눈에 들어왔다.

'진실을 밝히는 과학의 힘'

그는 글귀에서 한참 눈을 떼지 못하다가 불현듯 생각난 것처럼 자동차의 시동을 걸었다. 시동이 곧바로 걸리지 않았다. 몇 번을 반복하고서야 시동을 걸 수 있었다.

손 형사는 한 형사에게 문자를 보냈다. 늦은 시간이었지만 그녀가 기다리고 있을 것 같았다.

'김영학이 시화호 토막살인사건의 피해자입니다.'

금방 답 문자가 왔다. 한 형사도 지금까지 잠들지 못하고 있었던 것이 분명했다.

'역시, 그랬군요. 늦게까지 고생하셨습니다.'

간단한 문자였다. 그런데 '역시'라는 건 무슨 뜻일까? 한 형사는 예상하고 있었다는 걸까?

계속 뭔가 찜찜한 기분이 들었다. 마치 누군가가 자신을 장기판의 말로 쓰고 있는 기분이었다.

손 형사가 액셀러레이터를 밟기 시작하자 차가 천천히 움직이기 시작했다.

어찌됐든 카피캣의 연쇄살인사건은 손 형사의 관할사건이 됐다. 액셀러레이터를 밟은 다리에 힘이 들어갔다. 그의 자동차가 굴곡 없는 도로를 따라 질주하기 시작했다.

8

수인은 잠을 이룰 수 없었다.

왜, 벌써 움직였을까?

카피캣이 냉각기를 깼다는 건 이미 수인의 존재가 위협이 되지 못한다는 뜻이었다. 지금 수인의 상태를 눈치챈 걸까? 그게 어떻게 가능하지?

한 형사의 말에 따르면 수인이 기억을 잃었다는 것은 수사국 중에서도 극히 소수만 아는 극비라고 했다. 그런데 카피캣은 그걸 알아냈다. 머릿속에 꼬리를 물고 질문이 이어졌다.

그의 상태를 알 수 있는 수사국 소수 중에 카피캣이 있다면?

합리적인 의심이었다.

김영학 사건을 분석해보면 카피캣은 경찰의 수사방법과 절차에 대해 많은 지식을 가지고 있었다. '회사'에 속한 사람이 아니고서는 알기 힘든 지식들이다.

카피캣이 회사 사람이 아니라면 적어도 그 소수 중에 조력자가 있을 것이다.

수인은 손가락 끝에 힘이 풀려 주먹조차 쥘 수 없었다. 초조함과 자책감이 그의 신경을 끝없이 긁어댔다.

만약 카피캣이 수인의 상태를 모른 채 냉각기를 깼다면?

상황은 더 위험하다. 놈은 정체가 노출됐다는 걸 알면서도 살인을 저지를 만큼 폭주하고 있다는 뜻이다. 카피캣은 잡히는 순간까지 살인을 멈추지 않을 것이다.

수인은 침대에서 일어나 앉았다.

사물의 형체는 보이지 않았지만 어둠 속으로 조금씩 빛이 섞여 들어오는 것을 느낄 수 있었다. 날이 새고 있었다.

그는 두 다리를 침대 밖으로 내려 몸을 일으켰다. 몸의 중심이 앞으로 급하게 쏠려 넘어질 듯 휘청거렸다. 간신히 침대의 난간을 잡고 균형을 잡았다.

그의 두 다리는 자신의 체중조차 감당할 수 없을 정도로 빈약해져 있었다.

수인은 바닥을 더듬어 슬리퍼를 찾아 신으려다 포기하고 침대의 난간을 잡고 일어서 한 걸음씩 발을 내딛었다.

희미한 어둠 속에서 꿈인지 현실인지 모를 공간을 몽롱하게 걷는 느낌이었다. 다만 발바닥에 닿는 차가운 기운이 여기가 현실이라고 그를 일깨웠다.

수인은 손등에 연결된 링거 줄의 범위 안에서 침대 난간을 잡고 걸었다. 현장임장 전에 걷는 연습을 해둬야 할 것 같았다.

난간을 잡은 손에 힘을 줄 때마다 화상을 입은 팔과 어깨의 피부가 탄력의 한계치까지 당겨져서 끊어지는 듯한 고통이 따라왔다.

힘을 줄 때마다 침대 난간이 대신 비명을 지르듯 삐걱거렸다. 수인이 움직일 때마다 삐걱거리는 비명소리가 계속됐다.

환자복 속으로 땀이 줄줄 흘렀다.

수인은 침대 주변을 걷는 동안 미세하게 달라지는 빛의 세기를 느낄 수 있었다.

빛이 들어오는 창문 쪽을 볼 때와 그렇지 않은 쪽을 볼 때의 차이를 알 수 있었다. 시력이 아주 조금씩 회복되고 있었다.

침대 주변을 따라 백 걸음쯤 걸었을 때 병실 문이 열리는 소리가 들렸다. 수인은 소리가 난 문을 향해 돌아섰다.

"일어나셨군요."

한지수 형사의 목소리였다.

"기다리고 있었습니다."

수인은 흔들리는 몸을 들키지 않기 위해 침대 난간을 잡은 손에 힘을 주었다.

"좋아 보여요."

한 형사의 목소리가 가까워졌다. 여전히 그녀는 발소리를 내지 않았다.

"고맙습니다."

"제가 경감님 집에서 옷을 좀 챙겨왔어요."

한 형사의 목소리가 가깝게 들렸다.

수인은 한 형사의 목소리가 들리는 위치를 가늠해 그녀의 키가 자신보다 조금 작다는 걸 알 수 있었다.

"아, 병실 밖에도 제가 있었군요. 잊고 있었어요."

수인은 처음으로 병실 밖, 다른 세상에 존재하던 일상적인 자신을 떠올려보았다. 기억나지 않는 건 물론이고 어떤 감정도 생기지 않았다. 찾아오는 가족 한 명 없는 그에게 병실 안과 밖은 별다른 차이가 없었다.

"죄송해요. 미리 허락도 받지 않고 들어갔어요."

"괜찮습니다. 혼자 사는 집이었을 텐데, 어지럽지 않던가요?"

"아뇨, 짐을 아직 풀지 않은 것 같더라고요."

"이사한 지 얼마 되지 않은 모양이군요. 기억에는 없지만."

"짐은 수사팀이 쌌어요. 경감님이 카피캣을 쫓으며 남긴 흔적을 찾기 위해서였죠."

"그렇군요. 내가 기억을 잃었으니."

한 형사가 부스럭거리는 소리를 냈다. 아마도 침대 위에 옷을 꺼내놓는 것 같았다.

"제가 옷 입는 걸 좀 도와드릴까요?"

"아닙니다. 살인사건현장에 가면서 옷도 혼자 못 입어서야 되겠습니까."

"왼쪽부터 순서대로 속옷과 바지, 셔츠, 겉옷이에요. 신발은 침대 아래 둘게요."

"고맙습니다."

"나가 있을게요. 도움이 필요하시면 부르세요."

한 형사가 병실을 나가고 문이 닫히는 소리가 들렸다.

수인은 손등에 있는 링거바늘을 뽑고 손가락으로 눌러 지혈을 했다. 그리고 환자복을 벗고 한 형사가 놓아둔 순서대로 옷을 입었다.

옷은 원래 그의 옷이 맞을까 싶을 정도로 헐렁했다.

수인은 바지를 입고 나서 한참을 침대에 기대 쉬어야만 했다. 마치 금방 달리기를 한 것처럼 호흡이 가빴다.

"다 됐습니다."

다시 문이 열리는 소리가 들렸다.

"휠체어를 준비했어요. 이편이 훨씬 사람들 눈에 덜 띌 거예요."

수인은 한 형사가 모자와 선글라스를 씌우고 마스크를 해줄 때까지 그대로 서 있었다. 그는 마치 전쟁터에 나가기 위해 갑옷을 입는 병사 같다는 생각이 들었다.

수인은 휠체어에 앉은 채 병실 문을 나섰다.

휠체어는 천천히 움직였고, 몇 걸음 뒤에서 쇠붙이가 부딪치는 소리가 규칙적으로 들렸다. 최정호 순경이 따라오고 있었다.

수인은 이번에도 복도에 그들 말고 아무도 없다는 걸 깨달았다. 다른 사람의 발소리나 말소리도 들리지 않았다. 그는 완벽하게 통제된 공간에서만 안전했다.

수인의 휠체어는 고요한 복도를 지나 엘리베이터 앞에 섰다.

이제 엘리베이터를 타고 병원 밖으로 나가면 그는 통제되지 않는 위험에 노출될 것이다.

문이 열렸고, 수인은 스스로 휠체어의 바퀴를 굴려 엘리베이터 안으로 들어갔다.

엘리베이터는 한 번도 멈춰 서지 않았기에, 그는 누구도 마주치지 않고 1층까지 내려갔다.

문이 열리자 멀리서 사람들의 웅성거리는 소리가 들려왔다. 수인의 휠체어는 사람들의 소리와 가까워지지 않고 멀어지는 방향으로 움직였다.

쇳소리와 함께 최정호 순경이 앞서가기 시작했다.

그가 출입문을 열었는지 차가운 공기가 송곳처럼 얼굴을 찔렀다.

수인은 휠체어에서 일어나 스스로 한 걸음 내딛었다.

한 형사가 서둘러 그의 팔에 팔짱을 꼈다. 수인은 자신의 팔을 통해 한 형사의 뻣뻣하게 굳은 팔 근육을 느낄 수 있었다. 한 형사는 자신보다 더 긴장하고 있었다.

"계단이 있어요."

수인이 한 형사에게 의지해 계단을 더듬거리며 내려가는 동안 금속성의 소리가 빨라지더니 자동차 문을 여는 소리가 들렸다.

수인은 한 형사와 계단을 내려가 자동차에 탔다. 한 형사와는 팔짱을 낀 채였다.

"조심해서 다녀오십시오."

최 순경의 가는 목소리와 함께 자동차의 문이 닫혔다.

자동차는 곧장 정해진 목적지를 향해 움직이기 시작했다.

자동차에 그들 말고 누가 타고 있는지 몰라도 숨소리조차 들리지 않았다.

한 형사는 차에 타고서도 잡고 있던 그의 팔을 놓지 않았다.

수인이 뒷좌석에 등을 기댔다. 잠이 쏟아졌다.

한지수는 이 경감이 뒷좌석에 등을 기대는 것을 보고 안심했다.

그녀가 병실을 찾았을 때, 그는 침대 난간을 잡고 위태롭게 한 발짝씩 걷고 있었다. 그는 삐걱거리는 침대 난간 때문인지, 한 걸음 한 걸음에 집중한 까닭인지 그녀가 들어오는 소리조차 듣지 못했다.

한지수가 일부러 병실 문을 다시 열 때까지 그는 자신의 걸음에 집중했다.

그는 사건현장에서 자신의 힘으로 걷고 싶은 것이다.

한지수는 가지고 온 그의 옷을 침대 위에 꺼내 놓으며, 그의 집을 떠올렸었다.

그의 집은 서울청에서 멀리 떨어지지 않은 경희궁 근처의 낡은 아파트였다.

그가 입원한 뒤 카피캣의 흔적을 찾기 위해 수사팀이 휩쓸고 지난 후라, 마음만 먹으면 현관문의 비밀번호 정도는 언제든 알 수 있었다.

한지수는 현관문을 열면서 왜 지금까지 한 번도 그의 집에 가볼 생각을 안 했는지 스스로도 이상하다고 생각했다.

이 경감이 일상적으로 생활한 공간이라면 그의 잃어버린 기억에 다가갈 수 있는 힌트가 있으리라. 하지만 그녀의 기대는 현관에 들어서는 순간 깨졌다. 현관의 자동센서 등이 켜지고 잠깐 동안 보인 거실은 일상적인 생활공간이 아니었다. 이삿짐처럼 아직 풀지 않은 종이상자가 거실 안에 가득 쌓여 있었다.

센서등이 꺼졌다. 이 경감의 기억처럼 그의 상자들이 사라졌다.

한지수는 거실의 전등을 켰다. 종이상자는 어떤 분류체계도 없이 아무렇게나 쌓여 있었는데 상자마다 내용물에 대한 목록이 붙어 있어 그나마 다행이었다.

목록을 훑어보니 옷에서부터 신발, 책과 생활용품 등 그의 물건 대부분이 들어 있었다. 한지수는 상자들의 목록만으로도 그가 얼마나 건조하게 살았는지 알 수 있었다. 목록은 간단했고, 일정한 패턴을 벗어난 항목은 하나도 없었다. 취미생활을 위한 용품도 전혀 없었다.

한지수는 거실과 연결된 주방으로 가 냉장고 문을 열었다. 안에는 2리터짜리 생수 세 병이 전부였다. 반찬이나 먹다 남은 음식물의 흔적은 아예 없었다. 물만 먹고 살았던 것처럼.

주방에도 그가 일상적인 삶을 살았던 흔적은 전혀 없었다.

한지수는 상자를 지나쳐 방 안으로 들어갔다.

침대가 있고, 책상이 있었다. 책상 위에는 컴퓨터 모니터와 본체에 연결되지 않은 선들이 어지럽게 흩어져 있었다. 그만 알고 있는 카피캣의 단서를 찾기 위해 본체는 수사팀이 떼어갔을 것이다.

책상의 서랍은 열려 있었고, 모두 비어 있었다. 옷장 안도 텅 비어 있었다. 그의 집은 말 그대로 껍데기만 남은 것 같았다.

한지수는 책상 주변을 훑어보다 벽에 남겨진 희미한 직사각형 자국을 발견했다. 아마도 뭔가 붙어 있었던 자국 같았다.

자국의 경계는 분명했지만 억지로 떼어낸 흔적이 없는 것으로 볼 때 과수팀이 수거했는지는 불분명했다.

이 경감이 책상 앞에 붙여두고 매일 보았던 거라면 의미가 있을 것 같았다.

상자들의 목록을 뒤졌다. 하지만 책상 앞에 붙어 있던 뭔가에 대한 항목은 찾을 수 없었다. 그걸 찾으려면 모든 상자를 열어 일일이 확인해야만 했다.

만약 상자에도 없다면 수사팀이 수사에 필요하다고 판단해 아직 보관하고 있을 것이다. 한지수는 수사팀에서 보관중인 자료목록을 가방에서 꺼내 살펴보았다.

벽에 붙어 있던 뭔가와 일치하는 것은 찾을 수 없었다. 너무 간단한 거라 따로 항목을 만들지 않았을 가능성도 있었다.

한지수는 휴대폰으로 시간을 확인했다. 사건현장에 가야 하는데, 지금 상자들을 열어 찾아볼 시간은 부족했다. 다음에 다시 찾아보기로 마음먹었다.

방을 나서려다 문득 그녀는 다시 책상으로 다가갔다. 책상을 앞으로 당겨 뒤쪽을 확인했다. 혹시나 하는 생각에서였다. 그녀는 책상 뒤쪽 좁은 틈에서 사진 한 장을 발견했다. 추측컨대 사진은 수사팀이 감식하기 전에 책상 뒤로 떨어졌을 것이다.

수사팀은 벽에 남은 자국을 발견했다 하더라도 그녀처럼 크게 의미를 두지는 않았을 것이다. 감식팀과 그녀는 현장을 보는 방식이 달랐다.

사진은 프린터로 출력한 듯 선명하지 않았다. 중학생 정도 돼 보이는 여자아이가 놀이공원에서 활짝 웃고 있는 사진이었다.

사진을 벽에 남은 자국에 대보았다. 딱 들어맞았다.

한지수는 사진을 다시 자세히 들여다보았다. 단발머리 여자아이의 웃는 얼굴이 조금 눈에 익었다. 하지만 아이를 어디서 보았는지는 기억나지 않았다.

그녀는 자신의 형사수첩 사이에 사진을 끼워 넣었다.

방 안을 나와 거실을 살펴보았다. 이 경감을 제외하고 다른 사람이 살았던 흔적은 없었다.

상자의 목록을 뒤져 옷상자를 찾아 열었다. 아무렇게나 잡히는 대로 집어넣은 듯 옷들은 짝이 맞지 않았다. 윗옷과 바지, 속옷과 신발 등을 찾기 위해 몇 개의 종이상자를 더 열어야만 했다.

한지수는 이 경감의 옷을 챙기고 난 뒤 상자를 닫았다. 집 안의 불을 끄고 현관문도 닫았다. 그의 집이 거대한 종이상자처럼 닫혔다.

차는 어느덧 고속도로를 빠져나와 국도에 들어섰다.

한지수는 이 경감이 잠에서 깼다는 걸 알 수 있었다. 잡고 있던 그의 팔이 긴장으로 굳어지는 게 느껴졌다.

수인은 고속도로 통행요금이 차감되는 소리에 잠에서 깼다. 오랜만에 깊은 잠을 잔 탓인지 머릿속이 맑아졌다.

그는 여전히 한 형사가 자신의 팔을 잡고 있다는 것을 깨달았다. 바로 몸이 굳어졌다.

차는 고속도로를 빠져나온 뒤에도 속도를 줄이지 않고 달렸다. 사건현장이 도심과는 떨어진 곳인 듯했다.

한 번도 멈춰 서지 않았던 차는 좌회전을 한 뒤 속도를 줄였다. 병원에서부터 얼마나 떨어진 곳인지 가늠이 되지 않았다.

수인은 차량 엔진의 소음이 작아지며 속도가 빠르게 줄어드는 것을 느꼈다. 사건현장과 가까워지고 있는 듯했다. 손바닥에 땀이 뱄다. 그는 축축해진 손바닥을 감추기 위해 주먹을 쥐었다. 얼마나 힘을 주었는지 손톱이 빈 주먹을 쥔 손바닥을 파고드는 감각이 생생했다.

수인은 한지수 쪽으로 고개를 살짝 틀고 물었다.

"발생한 사건의 개요가 어떻게 됩니까?"

한 형사가 기다렸다는 듯이 바로 대답했다.

"피해자의 이름은 이정우. 30세, 회사원이에요. 자신의 오피스텔에서 사망한 채 발견됐어요. 성매매와 성폭행 전과가 있고, 최근에 발생한 고1 여학생 사망사건의 중요 용의자였어요. 알리바이가 있어 무혐의로 풀려난 상태였고요. 수사팀은 이런 정황 때문에 카피캣의 범행으로 추정하고 있어요."

"두 사람의 사인은요?"

"여고생과 이정우 모두 실혈사예요. 과다출혈로 사망한 거죠."

두 사람의 사인이 일치했다. 섣부른 추정이긴 했지만 사인만으로도 앞선 사건을 카피하는 카피캣의 패턴이 보였다.

수인이 더 묻기 전에 자동차가 멈춰서고 운전석 창문이 내려가는 소리가 들렸다.

"직원분이십니까?"

군인처럼 딱딱한 말투였다.

"서울청에서 왔어요."

처음 듣는 중저음의 남자 목소리가 대답했다.

"들어가십시오."

창문이 닫히는 소리가 들리고 자동차가 움직였다. 사건현장으로 들어가는 진출입로에서 검문검색을 하고 있는 것 같았다.

사건이 발생하면 경찰은 사건현장 주변의 주요 도로와 길목에서 검문검색을 한다. 혹시라도 현장주변을 벗어나지 못한 범인을 검거하기 위한 것이다. 수인은 카피캣의 살인이 발생한 지 얼마 지나지 않았다는 걸 실감했다.

어쩌면 카피캣은 지금 이 순간 그의 옆을 지나치고 있을지도 모른다. 수인은 놈이 웃으며 자신을 빤히 지켜보고 있는 것 같은 기분이 들었다.

차량이 완전히 멈춰서고 한 형사가 그의 팔을 잡아 차에서 내리는 것을 도와주었다. 관할 서에서 현장을 완벽하게 통제한 듯 소음은 물론, 사람들의 기척조차 없었다.

두 사람은 건물의 출입구를 지나 한참을 걸었다. 범행이 벌어졌던 오피스텔의 규모가 큰 듯했다.

서울청에서 온 중저음의 남자가 두 사람의 뒤를 따랐다. 그는 아무 소리도 내지 않고 따라붙었다.

수인은 그가 형사라는 걸 쉽게 알 수 있었다. 금속성 소리를 내지 않는 건 경찰 장구를 하지 않았다는 것이고 그가 사복을 입었다는 뜻이다. 발소리가 나지 않는 건 운동화를 신었다는 뜻이다. 강력계 형사의 전형적인 복장이다.

한 형사는 수인을 끌고 복잡한 복도를 지나 엘리베이터를 타고 올라간 뒤 다시 복도를 따라 몇 걸음 걸은 후 멈춰 섰다.

수인은 오피스텔 건물의 구조가 머릿속에 그려지지 않았다. 그가 생각한 보통의 오피스텔보다 넓었고, 복도의 구조가 복잡했다.

한 형사가 오피스텔 문을 열었다. 피 냄새가 묵은 공기와 함께 쏟아져 나왔다.

"이정우의 정확한 사인은 다발성자창(날카로운 것에 찔려서 두 군데 이상 생긴 상처)에 의한 실혈사예요. 동맥이나 장기를 건드린 치명적인 상처는 없어요."

수인은 한 형사가 이끄는 대로 오피스텔 안으로 들어섰다.

복도보다 싸늘한 냉기에 몸이 움츠려들었다.

한 형사가 오피스텔의 불을 켰는지 캄캄한 어둠 속으로 빛이 섞여 들어왔다.

수인은 자신의 발자국이 현장을 훼손할까 봐 한 걸음 내딛는 데도 신경이 쓰였다.

"현장 오염을 방지해야 하니까 방오복을 입혀드릴게요."

긴장해서인지 한 형사의 목소리가 동굴 안에서 듣는 것처럼 울렸다. 수인은 입혀주는 대로 방오복을 입고 신발싸개까지 했다.

한 형사가 그의 팔을 잡고 안으로 끌었다.

"현관에 들어서면 바닥에 혈흔족적이 많이 보여요. 모두 같은 문양인 걸로 봐서 한 사람의 발자국이에요. 크기는 280 정도 되고요. 과수팀에서 족적을 채취해 족윤적검색시스템에 돌려보았는데, 중국산 밑창이에요. 저가 신발제조공장에 대량 공급돼 상표를 특정할 수는 없었고요. 현관 앞에는 낙하혈흔이 있어요. 낙하혈흔의 돌기가 형성된 모양으로 볼 때 최초 공격은 현관에서 이루어졌고, 피해자는 공격당한 뒤 집 안쪽으로 이동했어요."

수인은 한 형사가 이끄는 대로 몇 걸음 더 걸어 들어갔다. 피 냄새가 진해졌다.

"경감님이 서 있는 곳 주변에 몸싸움을 한 흔적이 있어요. 모니터가 바닥에 떨어져 있고, 의자가 넘어진 채 있어요. 책상은 뒤로 밀려 있고요. 바닥에 떨어진 낙하혈흔의 양이 많아졌어요. 동맥혈은 건드리지 않았는지 피가 힘 있게 분출된 패턴은 없어요. 예기에 의한 공격이 계속된 것으로 보여요."

수인은 한 형사의 말을 들으며 카피캣과 피해자의 움직임을 머릿속에 그렸다.

피해자는 문을 열어준 뒤 무방비 상태에서 최초의 공격을 당한 것이 분명했다. 공격당한 피해자는 본능적으로 뒤로 물러섰을 테고,

카피캣은 쫓아가며 계속해서 공격을 가했다. 몸싸움의 흔적은 두 사람이 싸움을 했다기보다는 피해자가 공격을 회피하는 과정에서 생긴 흔적일 것이다.

바닥에 혈흔족적이 있다는 것은 카피캣이 신발을 벗지 않았다는 뜻이고, 이는 두 사람의 관계가 면식관계일 수는 있어도 가까운 사이는 아니라는 뜻이다. 지인이었다면 신발을 벗고 들어가 집 안에서 공격할 타이밍을 노렸을 것이다.

"이상하군요."

수인은 한 형사가 녹음기 켜는 것을 기다렸다. 하지만 액정을 두드리는 소리는 나지 않았다.

수인이 말을 이었다.

"카피캣이라면 처음부터 살인이 목적이고 그렇다면 최초 공격할 때 치명적인 동맥이나 심장과 같은 장기를 노렸어야 합니다. 놈은 전문가고 망설일 이유가 없으니까. 그런데 동맥혈이 뿜어져 나오는 혈흔 형태가 없다는 건 카피캣이 동맥이나 심장 등의 주요 장기를 의도적으로 피해 찔렀다는 거지요. 회피하는 이정우를 쫓아가며 마구잡이로 찔렀다면 이를 건드리지 않는 게 어려울 텐데 말이죠."

"경감님은 카피캣이 의도적으로 동맥과 중요 장기를 피해 찔렀다고 생각하시는 거죠?"

"이유가 있을 겁니다."

"혹시, 이정우를 고통스럽게 살해하기 위해서가 아니었을까요?"

"지금까지 카피캣이 저지른 살인의 형태를 보면 놈은 의미 없는 짓을 하지 않아요. 이것도 카피캣이 남긴 메시지일지 몰라요."

한지수는 별다른 대답이 없었지만, 왠지 고개를 끄덕거렸을 것 같았다.

카피캣의 메시지를 파악하려면 이정우가 유력한 용의자였던 과거 사건을 파악하는 것이 먼저였다.

"이정우가 유력한 용의자였던 고1 여학생 사망사건에 대해 더 자세히 알고 싶군요."

"이정우는 랜덤 채팅으로 성매매 상대를 골랐어요. 몇 번의 성공을 했고, 일상화됐죠. 그러다가 그 여학생과 연결이 됐어요. 이정우가 살해당하기 한 달 전이죠. 여학생은 가출한 상태라 돈을 벌 목적으로 이정우와의 원조교제에 응했어요. 두 사람은 만났고, 그 후 여학생의 핸드폰이 꺼졌어요. 여학생과 같이 생활했던 가출팸 아이들이 불안한 마음에 피해자를 찾아다녔다고 해요. 그리고 돈이 떨어지면 자주 가던 건물 옥상에서 사망한 피해자를 발견해 신고한 거고요."

"여학생의 사인은요?"

"치명상은 없었는데, 심하게 폭행을 당해 출혈이 심했어요. 사인은 실혈사였고요. 피해자의 혈중알코올농도는 만취 수준이었고, 현장에서 핸드폰은 발견되지 않았어요."

"이정우는 어떻게 혐의를 벗은 거죠?"

"이정우는 피해자와 만나기는 했지만 너무 어려서 돌려보냈다고 주장했어요. 또 피해자가 옥상에서 사망한 시간대의 알리바이도 분명했고요. 결국 풀려났죠."

그렇게 석방된 이정우가 한 달 만에 시체로 발견된 것이다.

수인이 먼저 한 발 내딛었다. 그는 사망한 이정우의 상태가 궁금했다.

"이정우의 손에 방어흔이 있나요?"

"그게 좀 이상한데, 없었어요. 치명상을 피한 상황에서 몸싸움이 있었던 것으로 보이는데 말이죠."

"약물중독이나 혈중알코올농도는요?"

"국과수에서 분석 중이에요. 경감님 생각은 어떠세요?"

"뭔가 나올 거예요. 그래야 이정우의 움직임이 이해가 되거든요. 이정우는 본능적으로 회피했을 뿐 저항하지 못했어요. 치명상이 없는데도 방어흔조차 없다는 건 피해자의 상태가 정상적이지 않았다는 겁니다."

"동의합니다."

수인은 다시 한 형사가 자신을 시험하고 있다는 생각이 들었다. 아주 간단한 추론조차 그녀는 돌다리를 건너는 사람처럼 그에게 물었다.

수인이 몇 걸음 더 집 안으로 들어갔다. 피비린내가 더욱 진해졌다.

"이정우는 계속 뒤로 밀리다 창문을 등지고 쓰러져 사망한 채 발견됐어요. 경감님이 계시는 곳에서 다섯 걸음 정도 떨어진 정면이에요."

수인은 시체가 발견된 창문 쪽을 보았다. 그리고 머릿속에 시체의 모습을 떠올려보았다.

"시체의 상태는요?"

"부검결과 흉부에 예기에 의해 깊이 찔린 십여 군데의 자상이 있어요. 복부에는 십여 개의 얕게 벤 상처가 있고요."

"흉부에 있는 예기에 의해 깊게 찔린 자상은 이해가 되는데, 복부에 있는 얕게 벤 상처는 뭐죠? 상처의 형상이 달라졌다는 건 범구

(범행도구)가 다르다는 건데, 공범이 있나요?"

"아뇨, 혈흔족적은 한 사람의 것이 분명해요."

"그럼 범구가 바뀌었다는 건데……. 그건 찾았습니까?"

"그게 문제가 좀 있어요."

"이 사건에서 범구는 핵심이 될 겁니다. 현관에서부터 공격이 있었다는 건 카피캣이 범구를 처음부터 준비해왔다는 뜻이고, 그 구입 경로를 수사하면 범인을 특정할 수도 있으니까요."

"범구를 찾기는 했는데, 법정에서 증거능력을 상실할 상황이에요."

"오염됐나요?"

"의경들까지 동원한 수색이라 증거물을 취급하는 데 결정적인 실수가 나온 거죠."

"실수라면?"

"수색하던 의경이 오피스텔 화단에 떨어진 피 묻은 칼을 보고 자신의 지문이 묻지 않게 옷으로 감싸들고 뛰어왔어요."

의경이라면 살인사건현장과 떨어진 곳에서 발견한 범구는 경찰을 제외한 제3자 입회하에 수거해야 한다는 사실을 몰랐을 수 있다. 사진으로 기록하지 않고, 제3자도 입회시키지 않고 범구를 수거했다면 증거가치는 소멸된다.

"카피캣을 법정에 세운다 해도 증거로 사용할 수 없어요. 경찰이 범죄를 덮어씌우기 위해 일부러 범행도구를 조작해서 현장 주변에 유기했다고 놈의 변호사가 주장할 빌미가 생긴 거죠."

"수거된 범구가 실제 살인에 사용됐다는 직접적인 연결고리를 찾지 못하는 이상 배제되겠군요."

"그렇죠. 연결고리를 못 찾으면 구입처와 구매자를 특정해도 증거로 쓸 수 없으니까요."

"이정우가 입은 상처의 형상과 구체적인 데이터가 필요해요. 잘하면 죽은 증거를 되살릴 수도 있어요."

"가슴 부위에서 발견된 열아홉 개의 상처는 세로 방향이고 위에서 아래로 찔렸어요. 깊이는 10㎝ 정도고요. 복부의 상처는 열세 개로 수평으로 찔렸고, 가로 방향이에요. 깊이는 3㎝ 정도고요."

수인은 머릿속에 마주보고 선 카피캣과 이정우를 떠올렸다.

카피캣은 칼을 치켜들고 이정우를 위에서 아래로 찔렀고, 이정우는 계속 뒷걸음치며 공격을 벗어나려 했다.

그러다 창문까지 밀린 이정우는 계속해서 칼에 찔렸고, 바닥에 쓰러졌다. 이정우의 상처에서 피가 울컥거리며 흘러나왔을 것이다. 어쩌면 지금 그가 서 있는 곳까지 피가 흘러 웅덩이처럼 고여 있을지도 모른다.

수인은 그 자리에 쪼그리고 앉아 바닥을 손으로 훑었다. 피가 고여 있었고, 아직 마르지 않아 미끈거렸다.

카피캣은 이정우의 동맥이나 장기를 건드리지 않고 상처를 냈다. 치명상을 피해 공격한 것이다.

이정우가 쓰러지고 카피캣은 자리를 떴다가 돌아와 이정우의 복부를 칼로 재차 찔렀다.

자리를 뜬 상황에서 어떤 이유에서건 칼이 손상됐을 것이다. 흉부와 복부의 깊이가 다른 상처가 이를 뒷받침하고 있었다.

수인은 이정우에게 남은 상처의 방향이 무엇 때문에 바뀌었는지 깨달았다.

"세로 방향의 상처는 카피캣이 서 있는 상태의 이정우를 공격했을 때 생긴 겁니다. 가로 방향은 이정우가 쓰러진 상태에서 추가로 공격했을 때 생긴 거고요. 공격에 시간차가 있었어요."

"상처의 방향으로는 공격의 시간차를 설명할 수 없는데, 어떤 근거죠?"

"상처의 깊이가 달라진 거요. 흉부와 복부의 공격 사이에 범구가 손상됐다는 증거죠."

"범구가 손상됐다고요?"

"수거된 범구를 보셨죠?"

"사진으로요."

"칼끝이 뭉툭하지 않던가요?"

"그게…… 그랬던 것 같아요."

"어떤 이유에서인지 칼끝이 부러진 거예요. 처음부터 뭉툭한 칼이었다면 세로 방향 10cm 깊이의 상처는 생기지 않았을 거예요. 그래서 흉부와 복부 상처 사이에 시간차가 있다고 추론한 겁니다."

"그럼 부러진 칼끝이 현장 어딘가에 남아 있을 수 있겠군요?"

"현장에서 부러진 칼끝을 찾아 수거한 범구와 파단면이 일치하면 증거의 증명력이 되살아나는 거죠. 물론 칼끝을 수거할 때는 적법한 절차 하에 해야겠지만."

"혹시, 뭔가 기억이 나는 게 있으세요? 칼끝에 대해서는 그동안 과수팀의 누구도 주목하지 않은 사항이거든요."

"아니요, 여전히 먹통입니다."

수인은 자신의 팔을 잡고 있던 한 형사의 손에 힘이 들어가는 것을 느꼈다.

"그런데 카피캣은 왜 이렇게 여러 번 찌른 거죠? 놈의 실력이라면 치명적인 한 번의 공격으로 살인을 끝낼 수 있었을 텐데."

"지연살인이에요. 카피캣이 남긴 메시지죠."

"지연살인이라는 건……."

"살인의 방법은 경우의 수가 대단히 많아요. 목을 졸라 죽이거나 독극물을 사용하거나 추락시키거나 망치로 머리를 때리거나 칼로 찌르거나 셀 수 없이. 그런데 이들 살인의 공통점이 뭔지 알아요?"

"……."

"모두 빠르고 확실하게 사람을 죽이는 방법이라는 겁니다. 다시 말해 살인의 행위로 인해 피해자의 사망이라는 결과가 즉시 나오는 방법들이에요. 그래서 경찰은 발견된 시체의 사망추정시간을 통해 살인의 행위가 있었던 시간을 추정합니다. 사망과 살인의 행위가 붙어 있는 거죠. 그런데 지연살인은 살인의 행위가 있은 후에 피해자가 즉시 죽지 않고 시간이 흐른 뒤에 사망한 거예요. 살인의 행위에 따른 죽음이라는 결과가 즉시 나오지 않고, 시간의 간격이 생긴 거죠. 따라서 시체의 현상이나 체온으로 사망시간을 추정하는 방식으로는 살인의 행위가 있던 시간을 추정할 수 없게 됩니다. 카피캣은 이정우의 수법을 모방한 거예요."

"이정우가 중요 용의자였던 여고생 사건도 지연살인이라는 건가요?"

"아마도요. 여고생은 폭행을 당한 채로 옥상에 방치됐어요. 치명적인 상처가 없었기 때문에 출혈이 계속되고 있었지만 살아있었을 겁니다. 여고생이 피를 계속 흘려 실혈사로 사망할 때까지, 꽤 오랫동안. 그러니까 이정우가 여고생을 폭행한 후, 실혈사로 사망할 때까지 시간의 간격이 생긴 거죠. 계획적이었는지는 모르겠지만 덕분에 여고생의 사망추정 시간에 이정우는 알리바이를 가질 수 있었을 겁니다."

"카피캣이, 이정우가 저지른 지연살인을 카피했다는 거군요."

"제 생각은 그렇습니다."

"카피캣은 저항조차 못하는 이정우를 왜 부러진 칼로 재차 찔렀을까요?"

"일종의 확인사살이라고 생각해요. 출혈이 멈추거나 산 채로 발견되면 안 되니까. 이정우는 자신의 피가 몸에서 빠져나가는 걸 지켜봤을 겁니다. 천천히 죽어가는 자기를 느끼면서요."

"과장님께 바로 보고해야겠어요."

한 형사가 그의 팔을 놓고 보고를 하기 위해 자리를 떴다.

무거운 발소리가 가까워졌다.

수인은 더듬거리며 다섯 걸음을 직선으로 걸었다. 발소리가 따라왔다.

수인은 피 냄새가 섞인 공기 때문인지 머리가 아파왔다. 그는 창문을 더듬어 손잡이를 찾아 돌렸다. 창문의 손잡이가 돌아가기는 했지만 정작 창문은 열리지 않았다.

한 형사가 그의 팔을 다시 잡고 부축했다.

"과장님이 만족해하세요. 이제 돌아가시죠."

"그래도 카피캣이 누군지 특정할 만한 증거는 찾지 못했어요."

"이제부터 시작이죠."

9

한지수는 이정우의 집 근처, 생활용품 전문점을 찾았다.

수십 개의 조명이 빈틈없이 빛을 뿌려댔다. 매장 안에는 작은 그림자조차 없었다.

선반마다 가성비 좋은 물건들이 빼곡하게 진열되어 있었다.

한지수는 부엌용품 코너로 다가가 선반에 있던 부엌칼 한 자루를 집어 들었다. 칼은 스테인리스 재질로 날이 날카롭게 벼려져 있었다.

눈대중으로 칼의 폭을 가늠해보다 내려놓았다. 이정우의 사체에 남은 자창의 크기로 보면 카피캣이 고른 칼은 부엌칼보다 폭이 좁은 회칼에 가까웠다.

이번에는 회칼을 골라 손잡이 부분의 포장을 벗겨내고 쥐어보았다. 손에 감기는 손잡이의 느낌이 섬뜩했다.

한지수는 카피캣이 이곳에 들러 칼을 고르는 모습을 상상해보았다.

그도 칼을 뒤져가며 이렇게 손잡이를 쥐어보았을까?

카피캣이 칼을 계산하고 비닐봉지에 담아, 퇴근하는 사람처럼 이정우의 집으로 향하는 모습이 떠올랐다.

이정우의 오피스텔 현관문에는 강제로 침입한 흔적이 없었다.

이정우는 가벼운 실내복 차림이었고, 신발도 신고 있지 않았다. 아무런 의심 없이 카피캣에게 문을 열어주었다는 뜻이다. 놈이 택배기사나 배달원으로 위장했을까?

한지수는 기억을 더듬어 오피스텔의 CCTV 수사에 대한 기록을 되짚어보았다. 오피스텔에 설치된 CCTV 중 네 대가 정상적으로 작동하고 있었다.

광역수사팀이 이정우가 집에 돌아온 순간부터 범위를 넓게 잡고 CCTV를 훑었지만, 카피캣으로 의심할 만한 사람은 수사기록에 없었다.

오피스텔 후문에 설치된 CCTV는 주차장 쪽을 찍고 있어 칼을 버리는 카피캣의 모습이 찍히지 않았다. CCTV의 사각지대만을 골라 정확한 동선으로 침입해 살인을 하고 도주했다는 것이다.

이게 사전답사 없이 가능할까?

한지수는 뭔가 어긋나는 느낌이 들었다.

게다가 왜 카피캣은 흉기를 버리고 갔을까? 칼이 발견되면 구입처에 대한 수사가 진행되리라는 걸 뻔히 알면서.

그렇다고 초범이나 저지르는 실수를 그에게 적용하는 것은 바보짓이었다.

한지수는 칼의 손잡이를 쥐고 무의식중에 허공을 찌르고 있다는 것을 자각했다. 자신도 모르게 카피캣을 재연하고 있었다. 투명한 케이스에 고정된 칼날이 차갑게 빛났다. 주변의 사람들 시선이 그녀에게 쏠려 있었다.

한지수는 서둘러 칼을 제자리에 내려놓고 생활용품 전문점을 빠져나왔다. 사람들의 수군거리는 소리가 따라왔다.

광역수사대는 카피캣이 사용한 칼의 구입처를 이미 모두 뒤졌을 것이다. 이 사건을 담당하고 있는 광역수사대에 전화를 걸었다. 확인할 게 있었다.

그녀는 걸음을 빨리해 사람들 속으로 섞여들었다. 발신음이 서너 번 울리기도 전에 상대방이 전화를 받았다.

"광역수사대 정주섭 경감입니다."

"서울청 한지수 경삽니다. 카피캣 사건 때문에 전화 드렸습니다."

"오 과장님께 말씀 들었습니다. 뭐든 적극 협조하라고."

정 경감은 '뭐든'이라는 단어에 힘을 주어 발음했다. 퉁명스럽고 투박한 목소리였다. 그는 오 과장의 지시가 불합리하다는 것을 은연중에 내비쳤다.

한지수는 정 경감의 목소리에서 그가 형사로 잔뼈가 굵은 강력통이라는 걸 읽어냈다. 그는 경감 계급을 달기까지 중요 피의자 검거로 몇 번의 특진을 했을 것이다. 그런 강력통에게 수사 중인 자료를 내놓으라는 건 갈비뼈 하나쯤 빼달라는 것과 다르지 않았다. 그의 경계심이 이해가 되었다.

한지수는 최대한 예의를 갖춰 그의 불편해하는 심기를 피해가기로 했다.

"감사합니다. 광수대 에이스라고 정 경감님 소문은 많이 들었습니다."

"바쁘니까 필요 없는 얘긴 생략하고, 알고 싶은 게 뭡니까?"

한지수가 얕게 한숨을 흘렸다. 말하는 내용은 거칠었지만 방어적인 느낌이 처음보다 줄어들었다. 게다가 한정적으로라도 정보를 주겠다고 먼저 얘기했다는 것이 중요했다.

"범구에 대한 구입처 수사에서 뭐 좀 나온 게 있나요?"

"구체적으로 뭐 말입니까? 구입처를 찾았냐는 걸 물어보는 겁니까?"

정 경감이 되물었다.

다분히 의도적인 반문이었다. 구입처 수사에서 아직 공개되지 않은 뭔가가 나왔다는 낌새가 보였다. 그렇지 않다면 증거로 사용할 수 있을지 여부도 불투명한 구입처 수사에 대해 그가 방어적일 필요가 없었다.

"구입처는 벌써 찾으셨을 테고, 칼을 구입한 사람에 대해 뭔가 이상한 점이 없는지 여쭤보는 겁니다."

"……예를 들면?"

그는 짧은 침묵 후에 되물었다.

그게 그녀에게는 정 경감이 가진 정보에 가까이 갔다는 신호처럼 들렸다.

이쯤에서 자신이 추론한 내용을 던져서 확인해야 했다. 설령 틀렸더라도 정 경감은 수사 내용을 무용담처럼 말해줄 것이다.

"칼을 산 사람, 이정우 아닙니까?"

"……뭔가 알고서 확인하는 겁니까?"

정 경감은 불쾌한 느낌을 숨기지 않고 되물었다.

"그건 아니고요."

"그럼 죽은 이정우가 칼을 샀다는 걸 왜 확인한 겁니까?"

"제가 추정한 카피캣은 경찰 수사기법에 대해 잘 알고 있는 고학

력의 지적인 사람이에요."

"그래서요?"

"그런 카피캣이 왜 현장에 칼을 유기했을까요?"

"카피캣이 일부러 유기했다는 말입니까?"

"저는 그렇게 추정합니다."

한지수는 목소리를 낮췄다. 같은 방향으로 걸어가던 캐주얼한 양복 차림의 남자가 그녀와 보조를 맞춰 걷기 시작했다. 한지수는 걷는 속도를 늦췄다. 남자도 걸음을 늦췄다. 기자?

"이정우라는 결론은 어떻게 나온 겁니까?"

정 경감의 말투가 점점 바뀌어 갔다.

그 역시 이해되지 않았을 것이다.

"어떻게 이정우라고 생각한 거죠?"

재차 묻는 말끝이 부드럽게 바뀌어 있었다.

그는 이 순간 더 이상 정보를 쥐고 경계하는 강력계 형사가 아니었다. 이해되지 않는 범죄자의 행동분석을 듣고 싶지만, 내색하지 않으려는 티가 역력한 신참 같았다.

"일단, 제가 추론한 내용이 맞습니까?"

한지수는 아예 멈춰 섰다. 남자가 무안한 표정으로 걸음을 빨리해 그녀를 지나쳤다.

그녀는 남자가 시야에서 사라질 때까지 시선을 떼지 않았다.

"맞습니다. 칼은 전국에 체인점이 있는 생활용품 전문 브랜드에서 독점적으로 수입해 판매하는 제품이었습니다. 사건이 발생한 시점을 기준으로 한 달간 전국 체인점에서 팔린 칼의 숫자는 186자루였고요. 우린 이정우의 집과 가까운 체인점 순서대로 우선순위를 정해 CCTV 수사를 했습니다. 다행히 전국 단위의 대형 생활용품 전문점이라 CCTV자료가 삭제되지 않고 남아 있었고요. 그런데 나오라는 카피캣은 안 나오고, 이정우가 칼을 사는 모습이 나온 겁니다. 멘탈이 나갈 수밖에 없었죠."

더 이상 사람들 틈에서 사건과 관련된 대화를 할 수는 없었다. 한지수는 근처를 둘러보다 아직 문을 열지 않은 주점의 현관에 자리를 잡았다.

지나다니는 사람들의 모습이 한눈에 들어왔다.

"옥상에서 실혈사로 사망한 가출 여고생 사건 기억나십니까? 이정우가 중요 용의자였던."

"물론이죠. 그 사건과 연계성이 있을 거라고 해서 사건 초기부터 분석했으니까요."

"제 생각에는 여고생 사망사건에 그 회칼이 사용된 것 같습니다."

"여고생의 직접적인 사인은 폭행에 의한 실혈사였습니다. 피해자 사진만 봐도 자창은 없고요."

"지금 여고생 사진 확인할 수 있습니까?"

"확인할 수는 있지만 시간낭비 같은데."

"부탁드립니다."

심드렁한 대답과는 달리, 여고생의 사진을 띄우라고 지시하는 목소리가 전화기 너머로 들렸다.

"좋습니다. 자, 이제 뭘 확인해야 하죠?"

"우선 피해자 시체에서 얕게 찔린 상처가 있는지 확인해주세요."

"어차피 볼 거, 우리 애들이랑 같이 보는 게 낫겠군요."

그가 스피커폰 기능을 켰는지 주변의 소음이 커졌다.

"제 생각엔 이정우가 여고생을 제압하는 데 회칼을 사용한 것 같아요."

"아, 근데 물리적인 힘의 차이를 봐도 아이를 제압하는 데 칼 같은 게 필요할 것 같진 않은데요."

"수사기록을 보면 이정우가 채팅으로 만난 여자들의 연령이 갑자기 낮아졌어요. 보통 자존감이 낮은 사람의 경우 관계에서 스트레스를 경험하면 상대에 대한 지배력을 높이기 위해 흉기나 폭력을 사용합니다. 이정우의 경우는 지배력을 높이기 위해 대상을 성인 여성에서 미성년자로 바꾸고 물리적 폭력까지 사용한 것으로 보입니다. 그 과정에서 가학적인 패턴이 굳어졌고요. 그래서 흉기도 준비했을 겁니다."

광수대 형사들이 모니터 주변에 모여 서로 의견을 주고받는 목소리가 수화기 너머로 들렸다.

"여기 확대해봐. 옆구리에 이거 칼자국 아냐?"

"그건 폭행 흔적 같은데요."

"팔목에 있는 이거 아닐까요?"

"확대해봐. ……아냐, 자해 흔적 같아. 상처가 아물었어."

"여기 목 부분, 이거 같은데요."

"어, 뭔가 좀 이상하긴 한데."

"그렇죠? 여기에 이런 식으로 길게 상처가 생길 이유가 없잖아요."

광수대 형사들의 의견이 모아지고 있었다.

기다리는 동안 문득 그녀의 마음 한편에 부러움 같은 감정이 일었다. 함께할 수 있는 팀원이 있다는 것. 그녀는 항상 혼자 일하는 게 편했지만 이 순간만큼은 그들 속에 있다면 어떨까, 하는 기분이 들었다.

"사진으로는 한계가 있어 정확하다고 할 수는 없지만, 목 부위에서 빗장뼈까지 이어지는 가는 선이 보입니다."

"부검소견에는 따로 언급되지 않았지요?"

"실혈사라는 사인과 직접적인 연관도 없고, 폭행당한 상처가 많아 그 과정에서 긁힌 흔적이라고 판단했을 겁니다. 성인 남자가 여고생을 대상으로 칼씩이나 써서 협박했다고 누가 생각하겠습니까. 게다가 현장에서 범구가 발견된 것도 아니니까요."

"카피캣은 이정우가 회칼을 써서 여고생을 협박한 것을 알았던 것 같아요. 그래서 이정우의 칼로 이정우를 살해한 뒤 고의적으로 현장 근처에 칼을 유기한 거죠. 수사팀이 체인점 CCTV에서 이정우를 찾아낼 걸 예상했던 거예요."

"경찰도 모르는 걸 카피캣이 어떻게 안답니까. 그러니까 어디까지나 추정 아닙니까? 그럴 수도 있고, 아닐 수도 있는."

정 경감은 신중한 태도를 보였다. 하지만 공격적인 느낌은 아니었다.

"맞습니다. 추정. 그래서 확인이 필요해요."

"좋습니다. 확인은 해보죠. 뭐, 더 궁금한 건 없습니까?"

"사건 당일 이정우 오피스텔 CCTV 말인데요."

"없습니다. 있었으면 벌써 범인을 잡았죠."

"역시…… CCTV 사각지대 때문인가요?"

"오피스텔에는 현관과 엘리베이터 등 총 4대의 CCTV가 있습니다. 그중 뒷문과 주차장을 함께 찍는 CCTV가 결정적인데, 주차장 쪽으로 치우쳐 있어요. 사각지대가 생긴 거죠. 카피캣은 그쪽으로 침입해 CCTV가 없는 비상계단을 사용한 것 같습니다."

"일부러 CCTV 카메라를 돌린 건가요?"

"아닐 겁니다. 설사 일부러 돌렸다 해도 여고생 사망사건 전입니다. 카피캣의 짓으로는 보이지 않습니다."

한지수는 오피스텔의 뒷문 CCTV가 무용지물이 된 걸 카피캣이 어떻게 알고 범행에 이용했는지 납득할 수 없었다. 카피캣은 범행 현장을 사전에 답사할 만큼 어리석지 않았다. 사전답사를 하면 어떤 경우든 그의 모습이 CCTV에 남을 테고, 삭제 기간이 지나지 않은 자료는 결정적인 증거가 되기 때문이었다.

그렇다면 그는 범행 전에 뒷문 CCTV의 사각지대가 있다는 걸 알고 있었다. 어떻게?

"여고생 사망사건 당시 오피스텔 뒷문 CCTV에 관한 기록이 남아 있나요?"

"유력한 용의자라 당시 관할 수사팀에서 확보한 게 있습니다. 이정우가 퇴근하는 모습은 정문 CCTV에 찍혀 있는데, 여고생을 만나러 갔다가 돌아오는 모습은 뒷문 CCTV 각도 때문에 확인하지 못한 걸로 나와 있습니다."

"역시 그렇군요. 감사합니다."

한지수는 전화를 끊고 나서 갑작스러운 허기를 느꼈다. 손이 떨리기 시작했다.

그녀는 다시 사람들 틈에 섞여 그들과 함께 걷기 시작했다. 정해놓은 목적지는 없었지만 사람들 속에서 걷는 것이 안정감을 주었다.

카피캣은 이정우가 유력 용의자였던 여고생 사망사건의 수사기록을 보고 범행계획을 세운 것이 분명했다.

형사들조차 자신이 담당한 사건이 아닌 개별사건의 수사기록을 보려면 절차가 복잡했다. 따로 허가를 받아야 하고, 그러면 당연히 기록이 남아야 했다. 그런데 어떻게?

의문은 또 있었다. 카피캣은 이정우가 협박용으로 사용한 회칼을 들고 침입했다. 혈흔은 현관문부터 이어져 있었다. 칼은 외부 침입자가 들고 온 것이다.

그런데 카피캣은 이정우가 사용한 칼을 어떻게 구했을까?

한지수는 답을 구할 수 없는 의문 때문인지, 아니면 허기 때문인지 땅이 출렁거리는 것 같았다. 걸음을 멈췄다. 자신의 몸이 앞뒤로 흔들리는 것을 느꼈다.

그대로 주저앉아 손으로 땅을 짚었다. 보도블록의 차가운 기운에 어지러움이 조금 가셨다.

불현듯 다른 질문이 떠올랐다. 카피캣이 범구를 바꿨다면?

카피캣이 침입할 때 사용했던 칼과 현장 주변에 유기한 칼이 다른 거였다면?

카피캣은 자신이 준비한 칼로 이정우를 살해하고, 오피스텔에서 여고생을 협박하는 데 사용한 칼을 찾아내 일부러 현장에 유기했다? 가능성이 있었다.

그러면 이정우의 복부에 남은 깊이가 얕게 벤 상처도 설명이 됐다. 카피캣은 오피스텔에 보관된 칼의 끝이 부러진 것을 보고 의도적으로 이정우의 복부를 찔러 범구의 변형이 생긴 것처럼 조작했을 가능성이 있었다.

어쩌면 범구의 변형이 있었던 것이 아니고, 실제로 범구가 바뀐 건지도 모른다. 하지만 사건현장에서 칼끝이 나오면 다시 원점이었다.

의문과 답이 뫼비우스의 띠를 따라 도는 것처럼 머릿속에 계속 맴돌았다.

현기증이 점차 가시자 이수인 경감이 떠올랐다. 결국 그에게 기댈 수밖에 없었다.

그는 바닥에 찍힌 혈흔족적이 보이기라도 하는 것처럼 카피캣의 동선과 공격 패턴을 재연해냈다. 카피캣이 창문을 열어 환기를 시키려고 했던 것까지.

그에게는 보이지 않았겠지만, 이정우의 오피스텔 창문에는 피 묻은 장갑 문양이 남아 있었다.

한지수는 이 경감의 답을 듣고 싶었다.

손지윤 형사는 내부망으로 접속해 킥스(KICS: 형사사법시스템)를 구동시켰다.

로그인을 한 뒤 자신이 진행 중인 사건의 목록을 불러왔다.

김영학의 실종사건에 대한 수사진행 과정이 한 화면에 떴다. 그동안 면피용으로 진행했던 몇 가지 기초적인 수사 자료만 남아 있었다. 이 사건에 대해 새롭게 작성된 보고서는 없었다.

손 형사는 변사사건에 대한 기본 자료를 볼 수 있는 스카스에도 접속해 시화호 토막살인사건도 훑어보았다. 아직 피해자의 신원도 밝혀지지 않은 상태였다.

한 형사는 시화호 사건에 끼어들 마음이 전혀 없는 것 같았다. 있었다면 한 형사가 범죄인지보고서를 작성했을 테고, 바로 전담수사팀이 배정됐을 것이다.

손 형사 또한 남의 공을 가로채 실적을 쌓고 싶은 마음은 일 퍼센트도 없다. 그가 그런 욕심이 있었다면 벌써 경위 계급장은 달고도 남았을 터였다.

손 형사는 망설이다 자신이 먼저 범죄인지보고서를 작성하기로 마음먹었다. 시간이 없었다.

벌써 과학수사팀과 김영학 사건에 대해 내부적으로 상황을 공유한 상태였다. 국과수에 유전자분석도 의뢰했다. 이런 마당에 사건에 대해 어물쩍 뭉개고 있을 수만은 없었다.

게다가 자신이 카피캣의 연쇄살인사건 수사에 직접 뛰어들 수 있는 지금 상황을 놓치고 싶지 않았다.

손 형사는 범죄인지보고서를 작성하면서 한지수 형사가 얽혀 있는 민감한 부분은 축소해서 작성했다. 객관적으로 보면 현장을 훼손하고 손가락을 찾아낸 한 형사의 행동은 다분히 의심을 받을 만했다.

그는 작성이 끝난 보고서를 다시 읽어보다 한 형사에 대한 부분을 아예 삭제해버렸다.

한 형사에게도 문제였지만, 보고서를 윗선에서 보고 엉뚱한 방향으로 수사를 지휘할 여지가 있었다. 그는 누군가 개입해 수사의 방향을 마음대로 꺾어대는 것이 탐탁지 않았다. 지금 단계에선 이렇게 하는 것이 최선이었다.

손 형사는 심호흡을 한 뒤 저장버튼을 클릭했다. 그가 작성한 범죄인지보고서가 결제 요청상태로 바뀌었다.

이제 팀장의 결제와 용산서 형사과장의 결제가 떨어지면 본격적으로 수사에 뛰어들 권한이 자신에게도 생길 것이다.

손 형사는 담배를 꺼내 물고 생각을 정리했다.

그는 수사의 방향을 카피캣보다는 수사국 내부에 있는 조력자에게 맞추는 것이 효과적이라는 계산이 섰다. 생각해보면 내부 도움 없이 카피캣이 독자적으로 범행대상을 선정하고 그들의 수법을 카피해 범행을 한다는 것은 사실상 불가능해 보였다. 언론에 나오지 않은 수사 정보를 일반인이 알 수는 없었다. 누군가 수사국 내부에서 수사기록을 넘겨주고 있다는 의심이 들었다. 한 형사가 떠올랐다.

한 형사는 시화호의 토막시체가 김영학이라는 걸 예상하고 있었다. 아무리 뛰어난 프로파일러라도 DNA 증거 없이 그와 같은 결론에 도달하는 건 논리적이지 않았다.

또 손가락을 싼 키친타월 안쪽에서 한 형사의 지문이 발견됐다는 과수팀 고 경사의 말도 이제는 그냥 넘길 수 없었다. 혹시 한 형사가 카피캣의 범행을 드러내기 위해 손가락을 찾아내는 쇼를 한 건 아닐까? 옅은 의심이 조금 더 짙어졌다.

손 형사는 그 의심의 끝을 자신이 직접 확인하기로 결심했다. 그는 한 형사의 혐의를 입증하기 위해서가 아니라 벗겨주기 위해 수사를 한다고 스스로를 납득시켰다.

손 형사는 담배를 피우기 위해 자리에서 일어났다.

동료 형사의 뒷조사를 시작하는 것 같아 마음에 걸렸지만 어쩔 수 없었다. 합리적인 의심이 사라질 때까지 수사를 하는 것은 강력계 형사의 기본이다.

강력팀 사무실 앞에는 길 고양이 한 마리가 어슬렁거리고 있었다. 낯익은 녀석이었다. 가끔 동료들이 참치 통조림으로 먹이를 준 탓인지 그를 보고서도 도망가지 않았다.

담배에 불을 붙여 폐에 고인 숨을 쏟아냈다. 답답한 마음이 조금 희석되었다.

손 형사는 한 형사의 과거 행적부터 파보기로 했다. 카피캣이 살해한 용의자들이 연루된 사건들에 한 형사가 모두 투입되었다면 수사기록을 넘겨줬다는 혐의는 보다 구체화될 것이다. 만약 그렇지 않다면 의심만으로 끝날 것이다.

어느 쪽이든 나쁘지 않았다. 하지만 방법이 문제였다. 지금으로서는 그녀의 과거행적을 수사하는 데 한계가 불을 보듯 뻔했다. 한 형사가 과거에 참여했던 사건의 수사기록에 접근하려면 공람을 신청해야 하는데 그럴 근거가 없었다.

주변 동료들을 만나도 깊이 있는 얘기가 나오기는 어려울 것이다. 무턱대고 미행을 하거나 잠복을 하는 것도 의미가 없다. 그렇다고 드러내놓고 한 형사에게 혐의를 두고 수사를 진행할 수도 없는 노릇이었다.

손 형사는 내키지 않아 제쳐두었던 마지막 방법밖에는 답이 없다고 결론 내렸다.

그는 서울청 감찰계를 찾아가기로 했다. 감찰계라면 감찰 중인 한 형사의 과거자료를 모두 가지고 있을 터였다.

담배를 끄고, 서울청 감찰계에 전화를 걸었다. 이미 시작한 수사라면 방법 때문에 망설이고 있을 시간이 없었다. 그는 신호음을 들으며 주차장으로 향했다.

서울청 감찰계는 경찰서의 청문감사실과는 분위기나 규모가 달랐다.

손 형사는 어쩔 수 없이 위축되기는 했지만 티를 내지 않으려고 어깨에 힘을 주었다. 그는 무엇보다 동등한 위치에서 감찰계 조사관과 마주 앉아야만 했다.

한 형사를 담당하는 조사관은 김정민 경위였다. 어려 보이는 외모에 경위라는 계급은 그가 경찰대나 간부후보생 출신의 엘리트라는 걸 유추할 수 있게 했다.

김 경위가 명함을 내밀자 손 형사는 자신의 소속과 계급을 밝혔다. 그는 건넬 명함이 없었다. 형사가 영업사원도 아니고 이름 팔려봐야 좋을 게 없다는 생각에서 따로 명함을 만들지 않았다.

"김영학 씨의 시체가 발견됐다고요?"

김 경위가 흘러내린 안경을 올리며 방어적인 태도로 물었다. 책상 위에는 한 형사의 파일을 올려놓은 채였다.

김 경위가 한 형사의 파일을 들고 조사실에 들어왔다는 것은 그가 그 파일을 보여줄 생각이 있다는 걸 짐작케 했다.

손 형사는 김 경위가 자신의 편인지는 모르겠지만 한 형사의 반대편에 있다는 건 알 수 있었다.

"시화호 토막살인사건의 피해자가 김영학 씨로 밝혀졌습니다. 곧 국과수에서 감정서가 회보될 겁니다."

"그렇다면 한지수 경사의 혐의가 벗겨졌다는 건데, 왜 절 보자고 한 거죠?"

김 경위의 태도는 여전히 방어적이었다. 상대를 경계하는 게 아니라, 자신의 패를 먼저 보여주지 않는 감찰 특유의 습성으로 보였다. 그에게서 한 형사의 과거 행적을 얻어내려면 그가 원하는 걸 줘야 했다.

“그게 좀, 이상한 점이 있어서요.”

“구체적으로 어떤 점이죠?”

“김영학의 시체를 발견하는 데는 한 형사의 분석이 결정적이었습니다.”

“그런데요?”

“김영학을 살해한 범인이 카피캣이라고 결론을 낸 것도 한 형사입니다.”

“그래서요?”

김 경위는 티를 내지 않으려고 했지만 ‘카피캣’이라는 이름을 듣고 표정이 변했다. 그는 경험이 많은 노련한 조사관은 아니었다.

“뭔가 있는 것 같지 않습니까?”

김 경위가 한 형사의 파일을 손톱 끝으로 두드렸다.

“이를테면 한 형사가 카피캣 사건에 연루되었을지 모른다는 겁니까?”

김 경위는 안경을 추켜올렸다. 그는 손 형사에게 파일을 보여주기 위한 명분을 찾고 있었다.

“그럴 가능성을 배제할 수 없다는 게 제 생각입니다.”

손 형사는 보고서에나 쓰는 애매한 문장으로 대답했다. 그도 빠져나갈 구멍은 만들어둬야 했다.

“사실 한지수 경사가 지난 조사에서 김영학 씨가 살해된 거라고 단정 지을 때부터 이상했습니다. 제가 보기에 지나치게 감정적이기도 했고요.”

김 경위는 손 형사가 자신의 편에 서 있는지 확인했다.

"그럴 만도 하죠. 두 사건 사이에는 아무런 인과관계가 없을 때였는데 혼자서 그런 결론을 내렸으니까요."

손 형사가 맞장구를 쳤다. 그의 목적이 무엇이든 지금은 이해관계가 맞아떨어졌다.

"과거 용의자를 신문한 기록만 봐도 용의자에게 예단을 가지고 판사처럼 판결을 하려는 경향이 있습니다. 한 경사가 신문을 한 피의자가 자살을 하거나 자살 시도를 한 기록이 많은 것도 어떻게 보면 카피캣과 통하는 부분이 있고요. 카피캣은 물리적으로 살해했다면 한 경사는 심리적으로 자살로 몰았다는 게 다른 점이지만요."

김 경위는 한 형사에 대해 일종의 확증편향으로 정보를 재구성하고 있었다. 그가 그렇게 반응하는 것은 조사 당시 신문전략에 능통한 한 형사에게 주도권을 빼앗겼기 때문일지도 모른다.

"아, 그런 부분도 있었군요."

손 형사가 다시 맞장구를 쳤다. 객관적으로 보면 그의 추론은 감정이 실려 비약이 너무 심했다.

"김영학이 살해된 거라면 누가 죽였느냐는 조사관의 질문에 유가족 아니면 자신이라고 답한 것도 내내 걸렸습니다. 지금에 와서 보니까 일종의 자백일 수도 있다는 생각이 드네요."

김 경위는 엘리트 감찰 조사관으로서 한 형사의 빈정거림에 자존심이 상했을 것이다. 그래서 그는 손 형사의 전화를 받고 상황을 역전시킬 수 있는 정보를 얻을 수 있다는 생각으로 오늘의 미팅을 허락했을 것이다.

"맞습니다. 저랑 생각이 통하시는군요."

"제가 뭘 도와주면 됩니까?"

"한 형사와 관련된 과거 수사기록을 보고 싶습니다. 카피캣이 노린 용의자들과 한 형사가 수사한 사건과의 접점이 있는지부터 확인해야 하니까요."

"개인기록을 무작정 보여줄 수는 없습니다."

"하지만 경위님이나 저나 이 정도의 의심만으로는 공개적으로 수사를 할 수 없다는 걸 아시잖아요. 이대로 묻어도 괜찮겠습니까?"

김 경위는 망설이고 있었다. 아마도 득과 실을 계산하고 있을 것이다. 그에게 명분과 도망갈 길을 열어주어야 했다.

"정 어려우시면, 잠깐 급한 일을 처리하고 오시면 됩니다. 그동안 저는 허락 받지 않고 한 형사의 사건파일을 잠깐 들춰본 거죠."

"김영학이 살해되었다 해도 한 형사에 대한 조사는 종결되지 않고 연기될 겁니다. 꼭 카피캣이 아니더라도 뭔가 정보를 찾으면 알려주십시오. 그러면 급한 일이 생각날 것도 같습니다."

"찾으면 알려드리겠습니다."

김 경위는 규정보다는 자신의 자존심을 선택했다. 그가 자리에서 일어났다. 한 형사의 파일을 둔 채였다.

"갑자기 처리해야 할 일이 생각났네요. 금방 돌아오겠습니다."

그가 조사실을 나갔다. 손 형사는 한 형사의 파일을 펼쳤다. 얼마 전 과수팀 고 경사에게 들은 사건부터 정리되어 있었다.

손 형사는 빠르게 파일을 읽어내려 갔다.

10

수인은 싸늘한 한기에 눈을 떴다.

창문으로 스며든 달빛이 병실 바닥에 희미한 빛을 뿌리고 있었다. 병실 안은 눈앞에 있는 침대의 경계조차 구분되지 않을 만큼 어두웠다. 그 어둠 속에 누군가 있었다.

수인은 발소리 없이 어둠을 가로질러 다가오는 사람들의 인기척을 느꼈다.

한 명, 두 명, 세 명.

그들은 수인이 누워 있는 침대 주변을 둘러쌌다. 그들 여섯 개의 눈동자가 어둠 속에서 빛났다. 수인은 소리를 내지도, 링거 바늘을 뽑을 생각도 못한 채 얼어붙었다.

첫 번째 남자가 손을 뻗어 수인의 입과 코를 막았다.

남자의 힘에 눌려 수인은 비명조차 지르지 못했다. 남자의 손을 떼어내기 위해 두 손을 들어 올리려고 했지만 꼼짝할 수 없었다.

두 번째 남자가 폭이 좁은 칼로 수인을 찔렀다. 칼날이 갈비뼈 사이를 파고드는 것이 느껴졌다.

두 번째 칼날이 다시 옆구리 근육을 자르고 깊숙이 들어왔다.

비명이 터져 나왔지만 남자의 손이 입을 막고 있어 신음조차 새어나오지 않았다. 남자는 수인의 중요 장기를 피해 노련하게 칼을 쓰고 있었다. 죽음의 공포가 그를 덮쳤다.

세 번째 남자가 장난처럼 수인의 몸 위에 두루마리 휴지를 뜯어서 던졌다. 휴지가 팔랑거리며 떨어져 수의처럼 그를 덮었다.

어둠 속에서 그들의 눈과 하얀 이빨이 도드라져 보였다. 그들은 웃고 있었다.

살인은 이제 시작이다. 세 번째 남자가 라이터를 켰다. 라이터 불빛에 그의 얼굴 아랫부분이 드러났다. 가늘고 붉은 입술이었다. 세 번째 남자가 수인을 덮은 휴지에 불을 붙였다.

수인은 뜨거운 열기에 허우적댔다. 불꽃이 커지면서 살인자들의 얼굴이 보였다. 세 명 모두 얼굴이 같았다!

눈을 떴다.

눈앞에서 생생하게 보이던 불꽃이 사라졌다. 창문을 넘어 온 달빛처럼 병실 천장등이 흐릿하게 보였다.

막이 쳐 있는 듯 뿌옇게 보이는 병실에는 아무도 없었다. 꿈이었다. 온몸이 땀으로 젖어 있었다.

수인은 몸을 일으켜 세웠다. 젖은 환자복이 등에 달라붙으면서 한기가 느껴졌다. 이빨이 부딪치는 소리가 들렸다. 수인은 자신이 떨고 있다는 걸 깨달았다. 침대시트를 당겨 몸을 감쌌다.

병실 안을 휘젓듯이 훑어보았다.

이제 형광등 불빛과 창문의 햇빛을 구분해낼 수 있었고, 빛과 그림자의 형태 정도는 구별해낼 수 있었다. 하루가 다르게 시력이 회복되고 있었다.

수인은 꿈속에서 본 살인자의 얼굴을 기억해내려 애썼다.

어쩌면 살인자의 얼굴은 자신의 과거 기억 속에 남은 카피캣의 얼굴일지도 모른다. 숨이 막혀오는 질식의 고통과 몸을 파고드는 칼날의 차가운 느낌, 몸을 태우던 열기는 생생하게 떠올랐지만 정작 살인자의 얼굴은 기억나지 않았다.

눈을 떠도, 눈을 감아도 얼굴은 보이지 않았다. 몸의 떨림이 계속되고 있었다.

수인은 침대에 걸터앉아 난간을 잡고 일어섰다. 발바닥이 땅에 닿자 안정감이 생겼다.

무게중심이 잘 잡히지 않아 휘청거렸지만 두 발로 걷기 시작하자 떨림이 사라져 갔다.

수인은 긍정적으로 생각하기로 했다. 기억을 잃은 후 처음으로 카피캣과 관련된 꿈을 꾸었다면 자신의 무의식은 이미 기억을 되찾고 있는 것인지도 모른다.

난간에서 손을 떼고 창문을 향해 걸었다.

땀이 나기 시작하면서 떨림이 멈췄다. 수인은 창문에 가까이 다가갈수록 창문의 윤곽을 뚜렷하게 볼 수 있었다.

환기를 하기 위해 창문의 손잡이를 잡았다. 그리고 불현듯 어제 갔던 사건현장의 창문이 떠올랐다. 현장의 창은 암막이 쳐 있던 것도 아닌데 빛이 전혀 새어들지 않았다. 마치 창문 앞을 무언가가 막고 있는 느낌이었다.

뭔가 찜찜한 구석이 있었지만 한 형사가 언급하지 않은 이상 중요한 것은 아니라고 넘겼다.

지금 중요한 건 어제의 사건현장에서 카피캣의 신원을 특정할 만한 어떤 단서도 찾지 못했다는 사실이다.

원숭이도 나무에서 떨어지듯 카피캣도 언젠가 실수를 하겠지만 놈이 실수할 때까지 기다리는 건 사람의 생명을 걸고 하는 도박과 같았다. 게다가 이길 확률이 너무 낮아 극도로 위험한 도박.

카피캣이 저지른 살인의 흔적만 쫓다간 영원히 그를 잡을 수 없을 것이다.

조급한 마음과 좌절감, 자책감이 그의 생각을 자꾸 벼랑 끝으로 몰았다.

카피캣이 살인을 계속 저지르고, 사람들에게 놈의 범행 패턴이 자세하게 알려지면…….

연쇄살인은 새로운 국면으로 접어들게 될 것이다. 스스로 억울하다고 믿는 보통의 사람들이 카피캣을 모방해 놈의 이름으로 사적인 복수를 시작할 것이다.

어떤 기준도 없이 행해지는 사적인 복수는 또 다른 복수를 낳을 것이고, 이 연쇄반응이 우리 사회에 어떤 결과를 가져올지는 감히 예측하기 어려웠다. 테러보다 무서운 재앙.

식은땀이 흘러내렸다.

어떻게 해서든 연쇄살인을 멈춰야 한다. 더 늦기 전에.

수인은 카피캣으로부터 연쇄살인의 명분을 빼앗으면 놈을 잡을 수 있다는 생각이 들었다.

카피캣이 아무런 근거 없이 사적인 복수를 위해 사람을 살해했다고 대중에게 알린다면.

놈은 지금까지와는 다르게 움직일 것이다.

수인은 지금이 그때라는 걸 알 수 있었다. 그는 손잡이를 돌려 창문을 열었다. 차가운 공기가 밀려들어 왔다. 정신이 맑아지는 것 같았다.

창문 밖 풍경은 보이지 않았지만 천천히 해가 뜨는 쪽을 바라보았다. 해는 시계바늘을 따라 도는 것처럼 아주 조금씩 움직였다. 그는 지루한 줄 모르고 해가 움직이는 걸 보고 있었다.

수인은 한 형사를 기다렸다. 카피캣을 잡으려면 그녀가 필요했다.

해가 창문의 직사각형 모서리에 왔을 때쯤, 병실 밖에서 한 형사의 목소리와 가는 톤의 최 순경 목소리가 들렸다.

한지수가 경찰병원 로비를 가로질러 엘리베이터를 향해 걸어가고 있을 때였다. 등산복을 입은 남자가 그녀를 향해 일직선으로 걸어왔다.

한지수는 걸어오는 남자의 얼굴을 알아보았다. 서울청 출입기자였다. 어디서부터 따라붙은 거지?

한지수는 못 본 척 고개를 숙이고 걸었다. 주머니 속에서 휴대폰을 쥐고 있는 손에 땀이 뱄다.

"한 형사님? 저 수도일보 진중일 기잡니다."

"……."

한지수는 대답하지 않고 걸음을 옮겼다. 그가 한지수의 앞을 가로막았다.

"이거 한 번 봐주시죠."

진 기자가 다급하게 자신의 휴대폰을 내밀었다.

그가 내민 휴대폰 속 사진은 이정우가 살해된 오피스텔이었다.

그가 손가락으로 사진을 넘겼다. 다음은 과학수사팀이 오피스텔 안으로 들어가는 모습이었다.

"카피캣이 살인을 저지른 사건현장 맞죠?"

진 기자가 물었다. 한지수는 그가 무엇을 확인하려고 자신을 쫓는지 몰라 도망치듯 걸음을 옮겼다.

"제가 연쇄살인사건의 현장인지 몰라서 확인받으려는 건 아닙니다. 다만, 제가 알고 싶은 건."

그가 말을 멈췄고, 한지수도 걸음을 멈춰 섰다.

"이미 몇 번이나 감식을 한 현장인데, 왜 과수팀이 다시 들어갔냐는 거죠."

"……."

"최근에 카피캣의 범행을 입증할 수 있는 뭔가 중요한 증언이 확보됐다는 게 저의 추측인데. 맞습니까?"

과수팀이 이정우의 오피스텔을 다시 감식한 건 이 경감이 말한 부러진 칼끝을 찾기 위해서였다.

"……."

한지수가 엘리베이터의 스위치를 눌렀다.

"그리고 전 그 중요한 증언의 소스가 한 형사님한테서 나왔다고 들었습니다."

한지수가 그를 정면으로 노려보았다. 진 기자가 시선을 피했다.

"아, 정보의 출처에 대해서는 노코멘트……."

문이 열리자 한지수는 엘리베이터를 탔다.

그녀가 대답을 하든, 대답을 하지 않든 기자는 카피캣에 대한 기사를 쓸 것이다. 그리고 결국 이 경감의 상태에 대해 추정한 내용을 보도할 것이다.

"저 진료 받으러 가는데 타실 건가요?"

한지수가 기자에게서 시선을 떼지 않고 물었다. 그가 멈칫하는 게 느껴졌다.

"아직도 회복 중인 거 맞습니까?"

그의 마지막 질문과 함께 엘리베이터 문이 닫혔다. 그의 의도는 분명했다.

이제 이 경감에게 사람들의 시선이 집중되는 건 시간문제였다. 한지수는 초조한 나머지 평소보다 걸음이 빨라졌다.

병실 앞을 지키던 최 순경이 한 형사가 오는 것을 보고 벌떡 일어섰다.

"다른 방문자는 없었죠?"

"병원 관계자 외에는 없었습니다."

"다행이군요."

한지수는 몸을 돌려 병실로 향했다.

"저……."

"무슨 일이죠?"

한지수가 고개를 돌려 최 순경을 돌아보았다.

"저기, 병실 안에서 창문을 자주 여는 것 같던데 괜찮을까요? 혹시나 해서요."

한지수는 최 순경이 뭘 걱정하는지 알 것 같았다. 하지만 그는 이 경감에 대해 잘 모른다.

"병실 안을 자주 확인해주세요."

한지수는 최 순경에게 설명하는 것보다 지시하는 것이 빠르다고 생각했다.

"알겠습니다. 그리고……."

그녀는 최 순경과의 대화를 끝내겠다는 뜻으로 병실 문을 열었다. 최 순경은 아직 할 말이 남아 있는 표정이었다. 한지수는 병실 문을 닫았다.

이 경감은 마치 풍경을 보는 사람처럼 창문 앞에 서 있었다.

문을 여는 소리에 그가 돌아섰다. 창문을 열어놓은 상태였다.

"아직 바람이 차지 않나요?"

그는 대답 대신 창문을 닫았다. 창문의 손잡이를 잡는 것이 익숙한 듯 더듬지 않았다.

한지수는 휴대폰을 꺼내 서둘러 녹음기능을 활성화시켰다. 손이 땀에 젖은 탓인지 여러 번 눌러야만 실행이 됐다.

액정을 두드리는 소리가 여러 번 들리도록 이 경감은 말없이 그녀를 기다려주었다.

"이번 사건을 언론에 알려야 합니다."

이 경감은 아무런 설명 없이 본론부터 꺼냈다.

한지수는 당황했다. 이 경감이 나서지 않아도 수도일보 기자의 기사가 터지면 곧 건잡을 수 없는 상황이 될 것이다.

언론의 속성으로 보자면, '단독'이나 '특종'을 놓쳐 '낙종'한 매체는 그때부터 물어뜯을 거리를 찾아 마구잡이로 덤빈다. 사건이 공개되면 그때부터 마녀사냥이 시작될 것이다.

"지금 알려지면 경감님이나 저나 사건에서 아예 손을 떼야 할지도 몰라요."

"그래도 알려야 합니다. 이대로 두면 또 다른 살인사건이 일어날 겁니다. 우린 현장에서 카피캣이 던져준 흔적만 쫓게 될 거고요. 놈이 실수하기만 기다리고 있을 수는 없습니다."

"안 그래도 방금 병원 로비에서 기자가 따라붙었어요. 경감님이 나서지 않아도 곧 폭탄이 터질 거예요."

"그래서 먼저 알려야 한다는 겁니다. 기자가 카피캣의 범행을 그대로 알리면 놈을 따라서 사적인 복수를 하는 모방범이 생길 겁니다."

"모방범을 막기는커녕 카피캣을 지지하고 사적인 보복을 정당화시키는 계기가 될 거예요."

한지수의 목소리 톤이 높아졌다. 휴대폰의 녹음 그래프가 가파르게 상승했다.

"그러니까 언론에 알려서 카피캣이 저지른 살인의 명분을 뺏어야 합니다."

"살인의 명분을 뺏자고요?"

"카피캣이 살해한 용의자들이 모두 무죄였다고 밝히는 거죠."

"무죄라고 해도 죄가 없다는 뜻은 아니잖아요. 증명할 수 없다는 거지. 김영학만 봐도 그렇고요."

"김영학을 포함해 그들이 모두 진짜 무죄라고 밝혀지면요?"

김영학이나 다른 용의자들도 진짜 무죄라고?

한지수는 한 번도 생각해본 적 없는 질문이었다.

아마도 그들이 진짜 무죄라면 카피캣의 메시지는 사라질 것이다. 그리고 메시지가 사라지면 카피캣이 저지른 살인만 남게 될 것이다.

생각이 이어지면서 한지수는 이 경감의 뜻을 알아챘다. 휴대폰 속 그래프가 뛰지 않는 심장처럼 잠잠했다.

"……카피캣은 그냥 연쇄살인마가 되겠군요."

"맞아요. 메시지 같은 건 없는."

이 경감은 마치 눈이 보이는 사람처럼 여섯 걸음을 걸어 침대에 걸터앉았다.

"경감님의 계획은 카피캣이 살해한 사람들이 모두 무죄라고 언론을 통해 발표하자는 거죠?"

"그렇게 카피캣이 스스로 만든 살인의 명분을 뺏는 겁니다."

"사람들은 그렇다고 해도, 카피캣은 그들이 유죄라는 걸 알고 있어요."

"카피캣은 그래서 화가 나겠죠."

한지수는 그가 뭘 노리는지 알 수 없었다. 언론을 통해 연쇄살인마를 일부러 자극하자는 건 추가살인을 부추기는 거나 다름이 없었다. 그녀는 자신도 모르게 침대 주변을 서성이고 있다는 걸 깨달았다. 한지수는 의자에 앉았다. 이 경감에게 초조한 모습을 들켜서 좋을 건 없었다.

"화가 나서 카피캣이 실수할 거라는 뜻인가요?"

"아니요, 카피캣은 자신의 원칙을 스스로 깨게 될 겁니다."

"원칙이라면……."

"사람을 죽였지만 무죄로 풀려난 범인을 내가 죽인다."

"그럼 카피캣이 원칙을 깨고 누굴 죽인다는 거죠?"

이 경감이 생각을 정리하는 듯 잠시 말을 끊었다. 병실 안이 너무 조용해 그녀의 심장 뛰는 소리까지 들렸다.

"저를 죽일 겁니다."

"……."

한지수는 아무 말도 할 수 없었다. 갑자기 숨이 막혀왔다.

눈앞의 사물들이 일그러지기 시작했다. 공황이 시작되는 것 같았다.

"제가 카피캣이 무고한 사람들을 죽였다고 인터뷰를 할 거니까요."

한지수는 침대의 난간을 잡고 헝클어지는 정신을 다잡았다.

난간이 삐걱대는 소리가 가늘게 들렸다.

그녀는 호흡에만 집중한 채 한참을 그대로 있었다. 다행히 이 경감은 한지수의 다음 말을 기다려주었다.

"후, 너무 위험해요. 왜 그렇게까지……."

한지수는 혼란스러웠다. 그가 스스로 목숨을 걸고 카피캣의 목표물이 되기를 자처하는지 알 수 없었다.

"누구를 노리는지 알면 카피캣을 잡을 수 있습니다."

"실패하면요?"

"카피캣이 정의로운 메시지 같은 건 없는 연쇄살인마라는 걸 증명할 수 있죠."

"경감님의 목숨을 걸고 그걸 증명하겠다는 거예요? 전 동의할 수 없어요."

"남의 판돈으로 하는 도박보다는 자기가 가진 걸 걸어야 배팅을 크게 할 수 있습니다."

이 경감이 미소 짓고 있었다. 한지수는 어떤 말도 할 수 없었다. 침묵이 계속됐다.

이 경감은 창문을 등에 지고 그녀를 향해 있었다. 빛이 그의 윤곽을 더 도드라져 보이게 만들었다.

"과거의 경감님도 지금의 결정을 지지할까요?"

"지지할 겁니다. 과거의 나도 지금의 나와 같을 테니까요."

"일단…… 과장님께 보고 드릴게요."

이 경감의 의지는 확고한 것 같았다. 한지수는 휴대폰의 녹음기능을 종료시켰다. 새로운 파일이 생성되었다.

한지수는 병실 문을 열고 나왔다. 최 순경이 일어섰지만 눈에 들어오지 않았다.

"저……."

한지수는 생성된 녹음파일을 오대영 과장에게 전송했다. 이제 나머지 일은 오 과장이 결정해 지휘할 것이다.

최 순경은 빠르게 멀어져 가는 한 형사를 불러 세우지 못했다.

그는 고개를 저었다. 막상 한지수 형사에게 말을 한다 해도 불안감은 사라지지 않을 것이다.

병실 안에서 규칙적으로 삐걱거리는 소리가 들렸다. 최 순경은 병실 문을 살짝 열고 안을 들여다보았다.

그가 앞이 보이는 사람처럼 침대 주변을 걷고 있었다.

조사실 문이 열리고 김정민 경위가 들어왔다.

손지윤 형사는 파일의 마지막 장을 읽고 있었다. 마지막 장은 한 형사의 정신과 진료기록이었다. 그녀는 공황장애와 우울증 진단을 받았고, 약을 처방받은 기록이 남아 있었다.

김 경위는 파일을 읽고 있는 손 형사를 잠시 기다려주었다.

손 형사가 파일을 덮었다.

"자, 저의 바쁜 일은 끝났습니다."

김 경위가 파일을 달라는 뜻으로 손을 내밀며 말했다.

"아, 저는 바쁜 일이 막 생각났습니다."

손 형사가 파일을 넘겨주며 일어섰다.

"그럼 약속 지키시고, 연락주세요."

"알겠습니다. 참, 아무리 감찰이라고 해도 개인의 의료기록 같은 걸 조사하는 건 불법 아닙니까?"

손 형사가 파일의 끝을 놓지 않은 채 물었다.

"허가되지 않은 파일을 몰래 보는 게 더 큰 불법입니다. 참고로 진료기록은 과거 단기휴직을 위해 본인이 제출한 겁니다."

김 경위가 파일을 잡은 손에 힘을 주었고, 손 형사는 파일을 넘겨주었다.

"아…… 그렇군요. 전 아무것도 못 봤습니다."

손 형사가 문 쪽으로 향하자 김 경위가 파일을 들고 한쪽으로 비켜섰다.

손 형사는 조사실을 나와 빠른 속도로 청사를 벗어나 주차장으로 향했다. 혹시라도 한 형사와 마주칠지도 모른다는 불편함 때문이었다.

기록을 보면 그동안 한 형사는 매번 용의자를 벼랑 끝으로 모는 신문전략을 사용했다.

용의자와 공감대나 신뢰감을 형성해 자백을 받아내는 것이 아니고 논리와 증거로 용의자들을 압박했다. 하지만 그럼에도 자백을 받아낸 비율은 높지 않았다.

그녀는 실적을 내기 어려워 다들 꺼리는 사건에 주로 투입되었다. 사건의 목록만 봐도 짐작할 수 있을 정도였다. 증거가 자백밖에 없는 경우나 용의자가 변호사와 함께 치밀하게 대처하는 사건들이었다.

그 때문인지 한 형사의 승진고과는 엉망이었다. 동료들의 평가도 좋지 않아서 심사승진은 불가능한 수준이었다.

손 형사는 자신보다 승진고과가 낮은 그녀에게 일종의 동질감마저 느꼈다.

손 형사는 담배를 피워 물었다. 입맛이 썼다. 그는 자동차의 시동을 걸고 차를 빼려다 서울청 강력계의 낯익은 얼굴이 보이자 시동을 끄고 몸을 낮췄다. 그는 누구에게도 서울청에 온 것을 들키고 싶지 않았다.

주머니를 뒤져 형사수첩을 꺼냈다. 조금 전 조사실에서 써놓은 두서없는 메모들이 눈에 들어왔다. 수첩에는 네모와 화살표, 밑줄들이 그의 머릿속처럼 뒤죽박죽 섞여 있었다.

손 형사는 자신이 밑줄 쳐놓은 낱말들을 키워드로 몇 가지 사실들을 정리했다.

'자살'이라는 단어의 밑줄 옆으로 그녀가 신문전략을 짠 사건들의 목록이 간단히 메모돼 있었다.

사건 옆에는 용의자의 자살과 자살 시도 등이 표시돼 있었다. 대충 봐도 그 비율이 높았다. 기록으로만 보면 그녀는 칼을 든 프로파일러가 맞았다. 용의자들을 심리적으로 압박해 자살로 몰았다는 김경위의 의심이 아주 근거가 없는 것은 아니었다.

두 번째 밑줄은 '단기휴직'에 그어져 있었다. 단어 옆에는 '우울증, 공황장애'가 쓰여 있었다. 그는 '왜?'라는 질문을 써넣었다.

손 형사는 공황장애와 우울증이 그녀가 맡았던 사건 때문은 아닌지 추측해보았다.

사건목록을 훑어보니 그녀가 휴직하기 전에 참여한 가장 큰 사건은 일명 '욕조 속 신부'라는 사건이었다.

이 사건 역시 언론에서 자극적으로 다뤘었다. 사건의 내용을 누구나 알 정도였다. '욕조 속 신부'라는 사건명도 1900년대 영국의 연쇄살인사건과 공통점이 있다며 언론이 만들어낸 것이었다.

영국의 '욕조 속 신부' 사건은 조지 조셉 스미스라는 남자가 자신과 결혼한 세 명의 아내를 차례로 살해한 사건이었다.

스미스는 물이 가득 찬 욕조에서 목욕을 하는 아내의 발목을 잡아당겨 익사시켰다. 갑자기 발목을 잡아당기면 피해자는 당황해 허우적거리지만 잡을 것이 마땅하지 않아 익사하고 만다.

이렇게 살해당한 아내의 몸에는 아무런 흔적이 남지 않아 스미스는 아내의 재산과 생명보험금을 챙길 수 있었다. 검거될 때까지 스미스는 살해하고 다시 결혼하는 패턴을 반복했다.

한 형사가 투입된 일명 '욕조 속 신부' 사건도 비슷했다.

남편은 PC방에 갔다가 집에 돌아와 보니 아내가 욕조에서 익사해 있었다고 주장했다.

영국의 사건과 마찬가지로 아내의 몸에는 어떤 외부 상처도 없었다. 게다가 욕조의 뜨거운 물 때문에 사망시간을 추정할 수 없게 됐다.

사람의 체온은 보통 생활환경보다 높다. 그래서 피해자가 사망하면 열손실이 일어나 체온은 발견된 현장의 대기 온도와 비슷해진다. 그 차이를 이용해 사망시간을 추정할 수 있다. 그런데 뜨거운 욕조의 물 때문에 체온의 손실은커녕 체온이 더 높아진 경우라면 사망시간을 추정할 수 없다. 또 죽은 뒤 근육이 굳어지는 사후경직의 정도로 사망시간을 대략 추정할 수 있는데, 뜨거운 물에 사후경직의 속도가 달라지면 그마저도 의미가 없어진다.

아내의 사망 추정 시간을 알 수 없다면 어떤 알리바이든 입증이 가능하다.

결국 이 사건의 용의자인 남편은 자신에게 유리하게 증언해줄 외국의 법의학자까지 동원해 무죄로 풀려났다.

손 형사는 '욕조 속 신부'에서 화살표를 그어 '스토킹' 단어와 연결시켜놓았다.

한지수 형사는 욕조 속 신부 사건의 용의자가 풀려나자 그를 미행하다 스토킹으로 조사받은 기록이 있었다. 그녀는 남편이 술자리에서 실수로라도 자신이 저지른 살인에 대해 떠들어대길 기대했는지도 모른다.

그런데 얼마 후 남편은 자신의 아내와 같은 방식으로 욕조에서 익사한 채 발견되었다.

카피캣이 등장한 첫 번째 살인이었다.

손 형사는 카피캣의 이름에 네모를 쳐놓았다. 한 형사와 카피캣의 행적이 겹쳐졌다.

손 형사는 카피캣과 '단기휴직-공황장애, 우울증'을 긴 화살표로 이어놓았다. 그는 한 형사가 용의자인 남편을 미행하면서 카피캣과 만난 것은 아닐까 의심했다. 개연성은 있었다.

수첩을 몇 장 뒤로 넘겼다.

그녀가 2017년에 6개월 휴직한 기간 동안 카피캣의 두 번째 살인이 발생했다. 그리고 복직한 뒤 맡은 사건이 김영학 아내의 실종 건이었다.

손 형사는 '단기휴직'이라고 메모해놓은 부분에 '추가조사'라고

써 넣었다.

한 형사의 단기휴직 기간 동안 그녀의 행적과 카피캣의 두 번째 살인과 겹치는지 조사하는 게 먼저다. 만약 연관성이 있다면 단순한 우연은 아닐 것이다.

서울청 강력계 직원은 이제 보이지 않았다. 손 형사는 자동차의 시동을 걸고 주차장을 빠져나갔다.

그가 작성한 범죄인지보고서의 결제가 떨어졌으면 두 번째 사건에 대한 조사가 한결 수월할 것이다.

손 형사는 칼을 들고 용의자를 찌를 듯 노려보는 한지수 형사를 떠올렸다. 잘 어울렸다. 그녀는 칼을 든 프로파일러였다.

11

"인터뷰 허락 떨어졌어요."

오대영 과장이 이 경감의 인터뷰를 허락하는 데는 하루밖에 걸리지 않았다. 예상보다 빠른 결단이었다. 그도 지금 상황에서 더 나은 대안이 없다고 판단했을 것이다.

"다행이군요. 쉽지 않았을 텐데."

"신문기사가 먼저 터지면 여론의 초점이 무능한 경찰로 모아질 게 뻔하잖아요. 그래서 하는 언론플레이죠. 오 과장님은 물론이고 서울청 청장님도 앞날이 불투명해지니까. 아마 마지못해 허락했을 거예요."

"어떤 이유에서건 우리 계획대로 됐군요."

오랜만에 수인은 환자가 아니라 형사로 돌아온 기분이었다.

"인터뷰의 질문은 사전에 정해진 것만 받기로 했어요."

수인은 고개를 끄덕였다. 기억을 잃은 지금 상태로는 모든 질문에 답하기란 사실상 불가능했다.

"물론 사전녹화고요."

"이해합니다."

"인터뷰는 서울청에서 하기로 했어요."

"인터뷰는 병원에서 해야 합니다."

수인은 단호하게 말했다. 그는 카피캣이 인터뷰를 보고 자신이 있는 곳을 바로 알아챌 수 있어야 한다고 생각했다.

수인은 한 형사가 반박할 새도 없이 말을 이었다.

"카피캣에게 제가 어디에 있는지 알려주어야 합니다. 놈이 아무 계획 없이 흥분한 채로 저를 찾아야 우리에게 승산이 있습니다."

한 형사는 쉽게 반박하지 못했다. 그녀의 침묵은 이미 수인의 말에 동의했다는 걸 의미했다. 한 형사 역시 자신의 목숨을 걸고 도박을 하는 거라면 쉽게 대답할 수 있는 문제였다.

수인이 먼저 말을 꺼냈다.

"카피캣에게 제가 기억을 잃었다는 것도, 눈이 보이지 않는다는 것도 들켜서는 안 됩니다."

"그러려면 먼저…… 기자를 속여야겠군요."

수인이 고개를 끄덕였다. 미디어의 속성상 기자들은 두 사람의 의도대로 움직여주지 않을 것이다. 그들을 끝까지 속일 수 있을까?

수인은 기자들이 자신의 상태를 눈치채는 순간 뉴스의 방향이 어떻게 바뀔지 알 것만 같았다.

"기자들의 질문은 제가 먼저 뽑아서 드릴게요. 경감님이 현장에 가본 사건들을 중심으로 얘기할 겁니다. 그러면 돌발질문이 나오더라도 대답할 수 있을 거예요. 만약 대답할 수 없는 질문이 나오면 수사 중이라고 대답하세요."

"알겠습니다."

"인터뷰 태도는 지금처럼 질문하는 사람 쪽을 쳐다보시면 돼요. 인터뷰 기자는 정면에서 15도 정도 오른쪽에 있을 거예요. 기자의 질문이 끝나면 정면을 보세요. 거기에 카메라 기자가 있으니까요. 자연스러운 시선처리가 중요해요."

"이렇게 말이죠?"

수인은 한 형사의 말이 끝나는 것과 동시에 15도 정도 고개를 돌려 정면을 보았다.

창문으로 들어오는 환한 빛 속에서 한 형사의 윤곽이 초점이 맞지 않아 흔들린 사진처럼 잔상을 끌며 따라왔다.

"잘하셨어요. 그리고 혹시라도 대답하기 곤란한 질문이나 기자에게 경감님의 상태가 들켰다고 생각되면 인터뷰를 중단시키세요. 쉽지는 않겠지만 녹화된 영상을 회수할 거예요. 물론 제가 중단시킬 수도 있고요."

수인은 카피캣이 자신을 살해하려고 올지 모르는 상황에서 역설적이게도 불안보다는 안도감을 느꼈다. 이제 카피캣이 눈치채지 못하도록 덫을 잘 숨기고 기다리기만 하면 되었다.

인터뷰 1시간 전, 수인은 머리를 감고, 면도를 했다.

그는 한 형사가 지난번에 가져다준 양복으로 갈아입었다. 때론 옷이 말하는 사람의 권위를 높여줄 수 있다. 수인은 넥타이를 매면서 그가 유능한 형사처럼 보이길 바랐다.

수인은 한 형사가 읽어준 사전 질문과 답을 떠올렸다. 손가락 끝의 감각만으로 넥타이의 매듭을 만드는 건 쉽지 않았다. 몇 번을 되풀이하다 한 형사에게 도움을 청했다.

그녀는 수인의 옷매무새를 만져주고 넥타이를 고쳐 매주었다. 준비는 끝났다.

인터뷰 20분 전, 수인은 병원 1층의 회의실에 먼저 도착해 기자들을 기다렸다.

눈이 보이지 않는 걸 들키지 않으려고 기자들보다 먼저 도착해 자리를 잡았다.

회의실의 조명은 밝지 않았고, 커튼마저 쳐 있어 어두웠다. 간신히 한 형사와 최 순경의 윤곽 정도만 간신히 구별할 수 있었다.

수인은 한 형사에게 자신의 뒤편으로 병원의 로고가 보이는지 확인을 요청했다. 카메라의 시선 끝에 병원의 로고가 실수처럼 잡혀야만 했다.

한 형사는 수인이 기자의 질문에 대답을 하기 전 자료를 보는 것처럼 시선을 아래로 내렸다가 다시 정면을 보는 것이 좋겠다고 조언했다. 수인은 그녀의 말대로 시선처리를 연습했고, 질문에 맞게 자료를 넘겨 눈이 보이는 척 연기를 했다.

너무 오랫동안 자료를 보거나 매 질문마다 자료를 보는 건 자칫 정해진 대답을 읽고 있는 것처럼 보일 수 있어 자연스러워질 때까지 몇 번이고 연습을 했다.

"이제 자연스러워요. 눈치채지 못할 거예요."

"머릿속만 들키지 않으면 되겠군요."

"잘해낼 거예요. 긴장하지……."

띠릭, 뒤편에서 권총의 실린더를 열었다 닫는 소리가 들렸다. 그 소리에 한 형사도 말이 끊겼다.

연이어 삼단봉을 펼치는 소리가 들렸다. 최 순경이었다. 그가 긴장하고 있다는 게 소리들로 분명하게 느껴졌다.

수인도 덩달아 몸이 굳어졌다. 인터뷰 때문에 카피캣의 존재가 더 구체적으로 느껴졌다.

"긴장해서 나쁠 건 없잖아요."

최 순경이 분위기를 느꼈는지 어색하게 한마디 했다.

한 형사가 들릴 듯 말 듯 한숨을 쉬었다.

"밖에서 대기하는 건 어때요?"

"인터뷰 내내 지켜보라고 하셨습니다."

"……."

한 형사의 침묵은 최 순경에 대한 무언의 질책이었다.

수인은 서둘러 둘 사이를 수습하고자 했다.

"전 든든하고 좋은데요."

거짓말은 아니었다. 카피캣이 온다면 처음으로 대면해야 할 사람이 최 순경이고, 수인은 그가 스스로를 지킬 수 있었으면 했다. 최 순경이 자신이 놓은 덫의 피해자가 되는 건 원치 않았다.

"여긴 제가 책임집니다. 그러니까……."

한 형사의 말이 멀리서 들렸다. 그녀는 늘 발소리가 나지 않게 움직였다. 낮은 목소리 때문에 그녀의 마지막 말은 들리지 않았다.

문이 열리는 소리와 함께 기자들이 들어왔다.

한 형사는 기자들과 구면인 듯 인사조차 하지 않고 그들을 안내했다.

"이쪽은 이수인 경감님입니다."

수인은 자리에서 일어나 기자보다 먼저 손을 내밀었다. 기자가 그의 손을 맞잡았다. 자연스러웠다.

"반갑습니다. 저는 JBC의 이세형 기자입니다."

"잘 부탁드립니다."

카메라 기자가 카메라를 세팅하고 조명을 켰다. 강렬한 빛 때문에 눈이 부셨다.

수인은 조건반사처럼 눈을 감았다. 조명의 빛이 눈꺼풀을 뚫고 들어왔다.

빛에 어느 정도 익숙해지자 다시 눈을 떴다. 취재기자의 윤곽이 도드라져 보였다.

"경감님, 건강은 많이 회복되셨는지요?"

"보시다시피 괜찮습니다."

"입원 기간이 길어지는 것 때문에 회복하기 어려운 상태라는 소문이 돌던데, 괜찮으신 거죠?"

기자는 같은 질문을 다시 했다. 의례적인 안부인사가 아니었다.

"건강상 문제는 없습니다. 검거 과정에서 당한 부상은 전부 회복됐습니다."

수인은 기자의 의도를 모른 척하고 의례적인 답변을 되풀이했다.

"좋습니다. 카피캣의 연쇄살인과 관련한 범죄 사실은 스튜디오에서 따로 정리해서 보여줄 겁니다. 경감님은 카피캣의 연쇄살인과 관련된 특징을 중심으로 답변해주시면 됩니다."

"알겠습니다."

"질문에 대답을 하실 때는 이쪽을 보고 해주세요. 제 손 보이시죠?"

카메라 기자의 목소리가 들렸다. 수인은 강렬한 조명 너머에 있는 카메라 기자의 윤곽도, 그의 손도 보이지 않았다.

수인은 고개를 끄덕였다.

"경감님은 왜 카피캣이 이런 식의 살인을 계속한다고 생각하십니까?"

기자는 사전에 약속된 순서대로 질문을 하지 않았다.

수인은 들고 있던 질문지를 내려놓았다. 전형적인 개방형 질문이었다. 수인은 카메라를 똑바로 보고 가능한 명확하게 대답하고자 했다. 설명이 길어지면 신뢰도가 떨어진다.

"살인 자체가 목적입니다. 객관적으로 보면 카피캣은 자신과 아무런 인과관계 없는 사람들을 연쇄적으로 살해했습니다. 살인과 살인 사이의 냉각기도 짧고요. 저는 카피캣이 살인 자체에 충동과 쾌감을 느끼고 있다고 생각합니다."

"잠깐만요, 경감님 답변부터 다시 가겠습니다. 시선이 엇갈립니다. 질문이 끝나면 여기를 봐주세요. 여기요, 여기. 혹시, 제 손이 안 보이시나요?"

카메라 기자가 인터뷰를 끊었다.

수인은 어느 곳을 봐야 할지 몰라 당황한 채 조명만 뚫어지게 보았다.

한 형사가 다가와 옷매무새를 고쳐주는 척하며 봐야 할 시선의 위치를 잡아주었다.

"편집 때문에 그러니까 마지막 답변만 다시 해주세요. 주어 빼고 살인 자체부터 말씀해주시면 됩니다."

"살인 자체에 충동과 쾌감을 느끼고 있습니다."

조금 전과 어감이 달라졌지만 시선에 신경 쓰느라 기자는 알아차리지 못했다.

답변이 끝나자 아무 일도 없었다는 듯 취재기자가 다음 질문을 했다.

"그럼 사이코패스라고 단정 지을 수 있는 겁니까?"

수인은 다시 기자 쪽을 쳐다보았다. 그는 기자와 눈을 맞추고자 노력했지만 제대로 맞추고 있는지는 알 수 없었다.

취재기자의 질문이 끝나자 수인은 기억해둔 각도로 고개를 돌렸다. 너무 높아도 안 되고 너무 낮아도 안 되었다.

"카피캣의 심리검사를 한 것은 아니니까 확답할 수는 없지만, 드러난 정황만으로 판단해도 고도의 사이코패스입니다. 냉각기가 짧아지는 것으로 볼 때 저는 충동조차 조절하지 못하는 단계라고 생각합니다."

"소수이기는 하지만 일각에서는 카피캣이 법이 해결하지 못한 정의를 구현하기 위해 살인을 저지른다는 의견도 있습니다."

수인의 시선이 조명을 기준으로 정해놓은 위치를 따라 취재기자와 카메라 사이를 오갔다.

"카피캣은 경찰이 아직 해결하지 못한 미제사건의 범행수법을 훔쳤을 뿐, 피해자들을 심판한 게 아닙니다. 그럴 자격도 없고요. 카피캣은 범행수법을 분석해 학습했습니다. 그리고 자신의 지식과 솜씨를 과시하기 위해 이런 식의 살인을 저지르는 거죠. 그야말로 범행수법을 베껴서 우쭐해하는 미성숙한 살인마일 뿐입니다."

수인은 카피캣의 심리적 자존감을 건드리기 위해 범행수법을 훔쳐서 베낀다는 말과 우쭐, 미성숙이라는 단어를 일부러 골라 썼다.

그는 단어들로 카피캣을 찔렀다. 그렇지 않다고 놈이 아무리 부인해도 단어의 잔상은 남을 것이다. 또 카피캣을 자신의 아래에 두고 평가하는 것처럼 도발해 놈의 분노가 자신을 향하도록 만들었다.

"질문하기 조심스러운데, 카피캣에게 희생된 피해자들이 과거 사건과 관련해 받고 있던 혐의가 모두 무죄라고 확신하십니까?"

"확신합니다. 경찰에서 수사를 해서 죄가 없으니 풀어준 겁니다. 그들은 피해를 입은 당사자이기도 하고, 피해자의 가족이기도 합니다. 카피캣은 한 번 피해를 입은 피해자들을 두 번 죽인 것과 같습니다. 그래서 더 악랄하죠. 범죄와 관련해 어떤 것도 증명된 사실이 없는 무고한 사람을 살해한 것이 이들 사건의 본질입니다."

"입장을 바꿔, 경감님의 가족 중에 희생자가 있다고 해도 경찰의 수사를 절대적으로 신뢰하실 수 있습니까?"

미리 준비된 질문이 아니었다. 하지만 여기서 조금이라도 머뭇거리면 인터뷰는 실패다.

"물론입니다."

취재기자가 들고 있던 자료를 확인하는지 종이 넘기는 소리가 들렸다. 인터뷰는 한 형사가 준비해준 질문의 순서대로 흘러가지 않았다.

"좋습니다. 그렇게 확신하는 근거가 있습니까?"

"최근 옥상에서 폭행으로 사망한 가출 여고생 사건, 기억하십니까?"

수인은 질문을 던지고 나서야, 아, 소리 없이 탄식을 내뱉었다.

경찰이 이 사건을 카피캣의 연쇄살인으로 언론에 아직 밝히지 않았다는 걸 깨달은 것이다. 실수였다.

수인은 주변을 두리번거리며 한 형사를 찾았다.

"뭐, 필요하신 거라도? 잠깐 쉬었다 할까요?"

취재기자가 수인의 당황해하는 태도를 보고 인터뷰를 멈췄다.

한 형사가 다가왔다. 수인이 한 형사에게 속삭이듯 물었다.

"이정우 사건은 아직 미공개……."

"잘하고 있어요. 편집하면 됩니다."

한 형사가 종이컵을 쥐어주며 들릴 듯 말 듯 대답했다.

"자, 경감님 답변부터 다시 가겠습니다. 앵글을 살짝 바꿔보겠습니다. 여기 봐주세요. 카메라하고 시선이 안 맞습니다. 조명 때문에 잘 안 보이시나……."

카메라 기자가 마지막 말끝을 흐렸다. 조명이 꺼졌다.

"제 손, 보이시죠?"

여전히 카메라 기자의 손은 보이지 않았다. 눈치챘을까?

컵에 든 물을 마시는 것으로 일단 카메라의 시선을 피했다. 등줄기로 땀이 흘러내렸다. 침착해야만 했다.

수인은 카메라 기자의 목소리를 기준으로 그가 흔드는 손의 위치를 가늠했다. 아마도 손이 닿는 거리 안에 카메라 렌즈가 있을 것이다. 하지만 그의 왼손과 오른손 중 어느 쪽에 카메라가 있을까? 운에 맡기는 수밖에 없었다.

수인은 왼손을 향해 고개를 끄덕였다. 조명이 다시 켜졌다.

"좋습니다. 준비되셨으면 계속하시면 됩니다."

수인은 종이컵을 바닥에 내려놓으며 안도의 숨을 내뱉었다.

"이 사건의 용의자였던 사람은 평범한 회사원이었습니다. 단순히 사망한 여고생과 통화한 적이 있다는 이유만으로 카피캣에게 살해당했습니다."

"잠깐만요, 여고생 폭행사망사건의 용의자가 카피캣에게 살해당했다는 말씀입니까?"

"그렇습니다."

"좋습니다. 관련 내용은 스튜디오에서 자료화면으로 보강하겠습니다. 경강님은 설명을 이어가시면 됩니다."

"사망한 여고생 아이와 통화를 한 기록만으로 죄를 묻는다면, 통화목록에 있는 모든 사람이 그 대상이 될 겁니다. 수사팀은 살해당한 회사원이 아닌 유력한 용의자를 수사하고 있습니다. 그 외 카피캣 사건도 유력 용의자를 파악해 수사 중에 있고요."

거짓말이었다. 수인은 여고생을 폭행하고 죽어가는 걸 방치한 인물이 이정우라고 확신했다. 수인은 카피캣을 잡기 위해 이 정도의 거짓말은 충분히 할 수 있었다.

"옥상에서 폭행으로 살해당한 여고생 사건의 진범을 쫓고 있다는 말이죠?"

"그렇습니다."

취재기자가 다음 질문을 바로 던졌다.

"욕조 속 신부 사건의 경우에도 카피캣에게 살해된 남편 외에 또 다른 유력한 용의자가 있습니까?"

수인은 이 사건에 대해 자세히 알지 못했다. 이미 현장은 오래전에 정리되었을 테니 직접 가볼 수도 없었다. 그는 인터뷰를 준비하면서 한 형사로부터 사건의 개요 정도만 들었을 뿐이었다. 어떤 이유에서인지 한 형사는 사건에 대해 브리핑하듯 자세히 설명하지 않았다.

"그렇습니다."

"구체적으로 언급해주실 수 있습니까?"

수인은 멈칫했다. 간단하게 '수사 중'이라고 말하기에는 부족했다.

"수사 중인 건이라 자세하게 말씀드릴 수는 없지만, 살해당한 부부와 모두 면식관계에 있는 사람입니다."

"어떻게 특정하신 거죠?"

수인의 말이 끝나자마자 기다렸다는 듯이 기자가 다시 질문했다.

수인은 사건현장의 구체적인 정보조차 없는 상태에서 개요만으로 사건을 분석해야 했다.

"사망한 아내는 욕조에서 벌거벗은 채 발견됐습니다. 피해자는 누군가 욕실에 들어오는 것을 보고도 그대로 있었다는 거죠. 이런 관계는 대단히 한정적입니다."

"그래서 남편이 용의선상에 올랐던 것 아닙니까?"

"그렇습니다. 다만 남편의 경우 알리바이가 있었죠. 우리가 용의선상에 두고 수사 중인 사람은 알리바이가 없습니다. 용의자를 의심할 만한 유의미한 정황증거도 있고요. 카피캣은 이런 수사사항을 알 리 없으니 엉뚱하게 피해자의 유가족을 살해한 겁니다."

수인은 되는대로 대답했다. 어차피 이 인터뷰에서 진실은 중요하지 않았다. 단지 자신의 상태를 들키지 않고, 어떻게 카피캣을 자극하느냐가 중요했다.

"카피캣의 방화살인사건 당시 부상을 당하셨는데, 혹시 카피캣과 몸싸움이 있었던 겁니까?"

수인은 자신이 화재현장의 불 속에서 무엇을 했는지 기억나지 않았다. 카피캣과 몸싸움이 있었다고 답해야 할지, 없었다고 할지 판단이 서지 않았다.

수인은 범위를 넓혀 대답했다.

"검거과정에서 당한 부상입니다. 자세한 내용은 카피캣을 검거한 후 말씀드리겠습니다."

"범행이 종료되기 전 사건현장에 갔다는 건 카피캣이 노리는 범행대상을 어느 정도 예상했다는 뜻인데, 경찰에서 따로 보호 중인 대상자가 있습니까?"

"있습니다. 이번 대상자는 카피캣이 살해할 수 없을 겁니다."

수인은 보호대상자가 자신이라고 밝힐 수는 없었다.

그는 취재기자가 최근 살해된 이정우는 왜 보호하지 못했는지 되물을 것이라 예상했다. 하지만 더 이상 캐묻지 않았다. 대답은 이미 정해져 있었다. 그래서 카피캣이 연쇄살인마일 뿐이라고.

"경찰은 아직까지 진범을 검거하지 못한 다섯 건의 살인과 카피캣이 이들 수법을 모방해 용의자를 살해한 다섯 건의 연쇄살인을 해결하지 못하고 있습니다. 유가족과 국민들에게 하실 말씀은 없습니까?"

기자의 질문은 질문이 아니라 질책이었다. 수인은 자신의 상태와 무능에 화가 났다.

"고개 숙여 죄송하다는 말씀을 드립니다. 반드시 카피캣을 검거해 합당한 처벌을 받도록 하겠습니다. 죄송합니다."

"더 이상의 희생자가 발생하지 않도록 꼭, 검거하시길 바랍니다."

카메라의 조명이 꺼졌다. 강렬한 조명 빛에 익숙해진 수인의 눈엔 아무것도 보이지 않았다. 수인은 눈을 감았다.

취재기자의 발소리가 가까워졌다. 그는 아마도 손을 내밀었을 것이다.

수인은 바로 눈을 뜨지 못했다. 보이지 않는 그의 손을 맞잡을 수 없었다. 회의실의 희미한 빛에 익숙해질 시간이 필요했다.

"입원 중이신데 장시간 인터뷰 때문에 피곤하신가 보네요."

수인이 눈을 떴다. 여전히 취재기자의 손은 보이지 않았다. 한 형사가 수인을 대신해서 악수를 했다.

"잘 부탁드립니다, 이 기자님"

수인은 그 상황을 놓치지 않고 일어나 기자를 향해 허리를 숙였다.

"수고하셨습니다."

"쾌유를 빕니다."

취재기자의 인사말이 들렸다.

그의 발소리가 멀어졌다.

인터뷰는 끝났고 운이 좋았다. 한 형사가 그를 부축했다. 이제 그가 할 수 있는 건 기다리는 일뿐이었다.

수인은 어둠 속에서 그를 향해 다가올 카피캣을 상상했다. 공포보다 흥분에 가까운 감정이었다.

오대영 과장은 서울지방경찰청 5층 보안 유리문 앞에서 당황해하고 있었다.

유리문은 지문이나 출입증을 인식해서 열리도록 되어 있는데, 몇 번이나 지문을 대보아도 계속 오류 메시지가 떴다. 최근 한 달간 계속된 일이다.

그래서 그는 출입증을 들고 다녔는데 급하게 나오느라 사무실에 두고 온 것이다. 결국 강력계에 전화를 걸어 유리문을 열어달라고 하는 수밖에 없었다.

오 과장은 자신의 방에 들어와 앉자마자 홍보계에서 넘겨받은 마이크로 메모리칩을 스마트폰에 꽂았다.

플레이 버튼을 누르자 동영상이 바로 재생됐다. 이수인 경감 인터뷰의 편집 전 동영상이었다.

오 과장은 인터뷰를 따로 풀어놓은 녹취록과 동영상을 비교하면서 보았다.

인터뷰가 시작되자 이 경감은 기자의 질문에 한 치의 망설임도 없이 대답했다.

"건강상 문제는 없습니다. 검거 과정에서 당한 부상은 모두 회복됐습니다."

오 과장은 고개를 끄덕였다. 출발이 좋았다.

이 경감은 카피캣의 범행 동기에 대해서도 명쾌하게 답변했다. 그가 사용한 '살인충동', '쾌감'이라는 단어는 자칫 카피캣에게 중첩될 수 있는 사회적 의미를 차단하고 대중들의 귀에 강렬하게 꽂힐 터였다.

카피캣이 다섯 건의 미해결 사건의 수법을 베껴서 연쇄살인에 이용했다는 답변도 대중적으로 설득력이 있었다.

이 대답으로 사람들의 호기심은 카피캣이 살인을 어떻게 저질렀는지에 집중될 것이다. 그리고 카피캣이 엽기적인 모방범일 뿐이라는 이미지가 덧씌워질 것이다.

이 경감은 카피캣과 대중을 심리적으로 어떻게 떼어놓을지 고심해서 답변하고 있었다.

다만 이 경감은 시력을 여전히 되찾지 못하고 있었다. 그의 시선과 카메라의 시선은 번번이 엇갈렸다.

카메라 기자가 손을 들어 카메라의 위치를 알려주는데도 이 경감은 이를 보지 못하고 조금씩 어긋난 곳을 보며 답변을 했다. 하지만 완전히 다른 곳을 보는 것은 아니라서 편집이 끝난 영상을 보고서는 누구도 쉽게 알아채지 못할 것이다.

오 과장은 동영상을 보면서 삭제해야 될 답변과 덜어내거나 쪼개야 할 부분을 녹취록에 붉은색 펜으로 표시했다. 간결하면서도 핵심적인 답변만 남겼다.

"확신합니다. 경찰에서 수사를 해서 죄가 없으니 풀어준 겁니다. 그들은 피해를 입은 당사자이기도 하고, 피해자의 가족이기도 합니다. 카피캣은 한 번 피해를 입은 피해자들을 두 번 죽인 것과 같습니다. 그래서 더 악랄하죠. 범죄와 관련해 어떤 것도 증명된 사실이 없는 무고한 사람을 살해한 것이 이들 사건의 본질입니다."

오 과장은 이 경감의 답변을 몇 번이나 되풀이해서 보았다. 그의 답변은 분명했지만 조금 아쉬웠다. 너무 객관적인 답변이라 편집을 어떻게 해야 할지 고민스러웠다.

시계를 보았다. 언론 브리핑까지는 한 시간이 채 남지 않았다.

서울청장의 지시가 아니라면 카피캣 사건의 브리핑을 늦추고 싶었다. 하지만 차기 경찰청장을 노리는 지방청장의 입장에서는 카피캣 사건을 그냥 둘 수 없었을 것이다. 피라미드의 맨 꼭대기 위로 올라가는 것은 '공'보다는 '과'에 좌우됐다. 정치적 감각이 뛰어난 서울청장은 지금이 '과'에 대한 부담을 털어낼 적절한 타이밍이라고 판단했을 것이다.

오 과장은 이 경감의 답변을 머릿속으로 재구성해보았다. 잘만 편집하면 이 경감의 냉철한 모습이 부각될 수도 있겠다는 생각이 들었다.

그는 녹취록에 편집해야 할 내용을 메모했다.

동영상은 이 경감이 연쇄살인에 대해 구체적으로 언급하는 장면으로 이어졌다. 오 과장은 이 부분을 빠르게 넘겼다. 어차피 이 경감이 언급한 부분은 카피캣을 도발하기 위해 참과 거짓을 섞어놓았기 때문에 공개할 수는 없었다.

오 과장은 동영상을 편집하는 것보다는 이 경감의 분석을 토대로 자신이 사건에 대해 설명하는 게 낫겠다고 판단했다. 브리핑에 당장 쓸 수 없는 것에 대해 궁리하고 있을 시간이 없었다. 그는 이 경감이 사건에 관해 대답한 몇 개의 답변을 건너뛰었다. 그리고 녹취록에서 이 부분 전체를 삭제하고 편집하라고 지시사항을 메모했다.

인터뷰는 이 경감의 사과를 마지막으로 끝이 났다.

"고개 숙여 죄송하다는 말씀을 드립니다. 반드시 카피캣을 검거해 합당한 처벌을 받도록 하겠습니다. 죄송합니다."

적절한 마무리였다.

오 과장은 부속실 직원을 불러 동영상과 녹취록을 홍보계장에게 전달하라고 지시했다. 눈치 빠른 홍보계장은 최고의 인력을 동원해 제 시간 안에 인터뷰 동영상을 편집해서 가져올 것이다.

오 과장은 청장에게 보고를 하기 위해 부속실에 전화를 걸었다.

부속실 직원이 기다렸다는 듯 청장에게 전화를 연결시켰다.

"오대영 과장입니다."

"시간이 촉박했을 텐데 준비는 끝났나?"

"예, 마무리했습니다."

"브리핑이랑 마무리까지 실수 없도록 해."

"알겠습니다."

"믿어. 내가 본청으로 가면 자넨 오대영 부장이 되는 거야."

"감사합니다."

청장은 승진에 대한 언질을 주고는 전화를 끊었다. 그가 경찰청장이 되면 아마 약속을 지킬 것이다. 청장이 자신의 오른팔로 쓰고 있는 경찰청 수사국장도 그런 케이스였다.

오 과장은 입안이 바짝 마르는 느낌이었다. 승진에 크게 관심은 없었다. 다만 카피캣 때문에 경력에 오점을 남기고 싶지는 않았다.

브리핑을 하고 나면, 달리는 말에 올라탄 것처럼 모든 일에 가속도가 붙을 것이다. 사건현장에 대한 검증을 요구하는 목소리가 커질 게 분명했다.

이 경감의 지금 상태로 현장검증은 무리다. 오히려 기자들에게 이 경감의 상태를 들킬 수도 있다. 오 과장은 앞으로 전개될 상황을 자신이 통제할 수 없다는 생각에 더 불안해졌다.

오 과장은 몇 걸음을 걸어 책장 앞에 섰다. 책장의 맨 위 칸에는 상패와 공로패, FBI연수기념품 등이 비스듬히 세워져 있었다.

그는 허리를 숙여 작은 어항을 들여다보았다. 관상어가 자기 몸보다 긴 지느러미를 흔들며 유유히 헤엄치고 있었다. 오 과장은 관상어의 고요한 유영을 한참 바라보았다. 불안했던 마음이 서서히 가라앉았다.

답이 보이지 않는 골치 아픈 문제는 뒤로 미뤄두고 언론 브리핑에 집중하기로 마음먹었다. 지금 그는 한 형사를 믿고 기다릴 수밖에 없다. 그녀의 판단과 능력을 믿고 기다리는 수밖에.

오 과장은 사무실 옷장에서 정복을 꺼냈다. 사람들은 이런 것들을 믿는다. 권위적인 유니폼, 계급과 지위, 지상파 언론.

거짓말은 이런 것들에 기대어 만들어진다. 그는 정복으로 갈아입었다. 준비는 끝났다.

12

수인은 꿈을 꿨다. 기억을 잃고 나서 두 번째 꿈이었다.

두 남자가 불이 활활 타는 집 안에서 몸싸움을 벌였다.

연기 때문에 앞이 보이지 않았고 숨도 쉴 수 없었다.

불이 붙은 채 창문 쪽으로 달아나는 남자를 다른 남자가 잡아채 바닥에 내동댕이쳤다. 바닥에 쓰러진 남자의 몸에서 불꽃이 일었다.

일어나려는 남자의 가슴을 다른 남자가 손으로 눌렀다. 남자의 손으로 불이 옮겨 붙었다.

불은 계속 번졌고, 수인은 열기에 눈을 뜰 수조차 없었다. 뭔가가 터지는 작은 폭발음이 들렸다.

눈을 감았다 다시 뜨자, 수인은 불이 붙은 남자를 내려다보고 있었다.

그는 몸부림치는 남자를 담요로 덮었다. 불길이 담요를 태우고 수인의 두 팔을 타고 올라왔다. 수인은 비명을 질렀다.

수인은 자신의 입에서 터져 나온 비명소리에 놀라 잠이 깼다.

"무슨 일이죠?"

문이 열리면서 곧바로 중저음의 목소리가 들려왔다. 2교대로 밤에 근무하는 김 경장이었다.

"악몽을 꿨습니다."

"그래요? 별일은 아니군요."

냉정한 목소리였다. 그의 발소리가 들리고 이어서 문이 열렸다 닫혔다.

수인은 이 꿈이 자신의 무의식 속 기억인지, 스트레스의 결과인지 알 수 없었다.

꿈속 장소는 카피캣의 방화 살인사건현장이었다. 오늘 그 현장검증을 해야 한다. 기억도 시력도 없는 자신이 잘 해낼 수 있을지 두려웠다.

수인은 창밖을 보았다. 평소보다 일찍 일어난 탓인지 창문 밖은 더디게 밝아왔다.

그는 한 형사를 기다렸다.

한지수는 지하철역에서 나와 경찰병원으로 향했다. 경찰병원 정문에는 한 무리의 기자들이 몰려 있었다.

어제 언론 브리핑의 여파였다.

이 경감의 인터뷰 동영상은 편집돼 오 과장의 언론 브리핑 자료로 사용되었다. 이 동영상은 인터넷을 통해 삽시간에 퍼져나갔다.

오 과장은 카피캣이 사람을 얼마나 엽기적으로 살해했는지 범행수법을 공개했고, 대중은 경악했다. 그리고 다분히 의도적으로, 비공개였던 김영학 사건을 마지막에 공개함으로써 언론브리핑의 클라이맥스를 연출했다.

머리와 손가락이 잘리고 척추가 이등분으로 토막 난 시체의 이미지는 강렬했다. 정의를 실현한다는 카피캣의 메시지는 삭제되었다. 놈은 미치광이 연쇄살인마로 사람들에게 재인식되었다.

언론브리핑이 끝나도 기자들은 자리를 뜨지 않았다. 계속 추가 질문을 하고 현장검증을 요구했다. 속보가 터져 나오고 지상파는 물론 종편에서도 종일 카피캣에 대해 떠들어댔다.

결국 서울청장은 이 경감이 사건현장에 나가 공개적으로 현장검증을 하도록 지시했다.

오 과장은 지금 상태에서 공개검증이 무리라는 것을 알았지만 서울청장의 지시와 여론에 밀려 어쩔 수 없었다. 언론 브리핑이 결정된 순간, 오 과장은 이런 결과를 예측했을 것이다.

오 과장은 한지수에게 이 경감과 함께 현장검증을 하도록 지시했다.

한지수는 시간이 더 필요하다는 얘기조차 할 수 없었다. 차기 경찰청장 후보군 중 1순위인 서울지방청장이 나선 이상 오 과장이 할 수 있는 건 아주 제한적이었다.

그리고 그녀 역시 SNS를 타고 번지는 이 경감의 동영상을 보며 결국 그가 현장검증을 하게 되리라 예상했었다.

한지수는 사건현장의 폴리스라인을 넓게 쳐 일반인뿐만 아니라 기자들의 접근도 막아야 한다고 주장했다. 그게 그녀가 할 수 있는 전부였다.

오 과장은 서울청의 형사과 전원과 의경을 투입해 현장을 통제하고, 관할 서에도 협조를 요청해 공개검증에 대비하도록 했다.

한지수는 기자들 무리와 가까워질수록 식은땀이 나고 손이 떨렸다. 공황의 전조였다.

그녀는 걸음을 멈추고 숨을 크게 쉬었다. 온 신경을 숨 쉬는 것에 집중해 들이마시기와 내쉬기를 규칙적으로 반복했다.

기자들을 피해 장례식장 쪽으로 걸음을 옮겼다. 그녀는 장례식장을 통해 병원 안으로 들어갔다.

6층, 엘리베이터 문이 열리자 근무복 차림의 경찰관이 그녀의 신분을 확인했다. 이 경감이 나와 있을 때만 통제됐던 복도에 아무도 없었다.

한 층 전체가 통제되고 있는 건지 복도를 돌아다니는 환자나 보호자의 모습은 보이지 않았다.

병실 앞에 최정호 순경이 사복을 입은 채 서성이고 있었다.

최 순경은 한지수를 보자 반가운 얼굴로 경례를 했다. 사복 차림이라 그런지 더 앳돼 보였다.

그를 이번 현장검증에 데려가도록 추천한 건 한지수였다. 최 순경이라면 이 경감의 상태를 설명할 필요도 없고, 이 경감도 익숙해 별다른 경계를 하지 않을 것이라 생각했다.

한지수는 병실 문을 열고 들어갔다.

이 경감은 이미 환자복을 벗고 양복을 입은 채 창밖을 향해 서 있었다. 그의 어깨가 경직되어 보였다. 그는 정문 앞에 무리지어 있는 기자들을 내려다보는 것 같았다.

"준비는 되셨어요?"

"네……."

한지수는 휴대폰으로 시간을 확인했다.

지금 시간이면 관할 서에서 경찰력을 동원해 포토라인을 정리하고 병원의 정문에 차량을 대기시켜놓았을 것이다.

그녀는 이 경감에게 마스크와 모자를 씌워주었다. 헐렁한 소매 끝으로 붕대가 감긴 얇은 팔목이 드러났다.

모자와 마스크를 쓰고 헐렁한 양복을 입은 이 경감의 모습이 어릴 적 영화에서 본 투명인간과 비슷하다는 생각을 했다. 나중에 붕대를 풀고 모자와 마스크, 헐렁한 양복까지 벗어버리면 투명인간처럼 눈에 보이지 않을 것 같았다.

한지수가 이 경감의 팔짱을 껴서 부축했다.

이 경감은 한지수 형사에게 이끌려 한 걸음씩 움직였다.

병실 문을 열었다.

최 순경이 기다렸다는 듯 이 경감의 다른 쪽 팔에 팔짱을 꼈다.

세 사람은 이인삼각 경기를 하듯 보조를 맞춰 복도를 걸었다.

수인은 두 사람에게 의지해 복도를 지나 엘리베이터를 탔다.

1층에 도착하자 웅성거리는 소리가 멀리서 들려왔다.

"정문 쪽에 있는 경찰 차량은 가짜고 우리는 장례식장에 있는 구급차를 타고 이동할 거예요."

구급차를 탈 때까지 그들을 막아서는 사람은 아무도 없었다.

한 형사가 팔짱을 풀고 수인의 팔을 잡아끌어 구급차의 의자에 앉혔다. 등에 구급차의 한쪽 벽이 닿았다.

최 순경은 수인의 팔을 붙잡고 놓지 않았다.

그들이 모두 타자 구급차가 곧바로 움직였다.

차는 두 번의 좌회전과 한 번의 우회전 후에 속력을 내기 시작했다. 중심도로에 진입한 뒤로는 사이렌을 켜고 몸이 가속도에 밀릴 정도로 급가속을 했다.

수인은 구급차의 높았다 낮아지는 사이렌 사이로 계속해서 요란하게 울려대는 경찰차의 사이렌 소리를 들었다. 경찰차가 앞서서 그들을 호위하고 있는 게 분명했다.

구급차는 한 번도 멈추지 않고 도로 위를 나는 듯 달렸다. 이 정도의 속도로 이 정도의 시간을 달려왔으면 구급차는 서울의 외곽 어디쯤을 달리고 있을 것이다.

얼마 후 속도가 줄어들었고 사이렌도 꺼졌다.

중심도로에서 이면도로로 들어섰을 것이다. 차량은 차츰 속도가 줄어들다가 완전히 멈췄다.

경찰차의 사이렌이 다시 울렸다. 이윽고 '퍽'하는 소리가 연달아 들렸다. 차체에 무엇인가 부딪쳐 가볍게 깨지는 소리였다.

"무슨 일이죠?"

수인이 물었다.

"시민들이 계란을 던졌어요."

한 형사가 별일 아니라는 듯 대답했다.

"……왜죠?"

"연쇄살인마를 잡지 못한 무능한 경찰에 대한 분노죠."

차량은 사이렌을 울리며 앞으로 조금씩 전진했다.

사람들이 외치는 구호와 울부짖는 비명, 경찰차와 구급차의 사이렌 소리가 뒤섞였다. 수인은 아무 생각도 할 수 없었다. 계란이 날아와 깨지는 소리와 사람들의 날선 소리가 차츰 잦아들었다.
잠시 후 차량이 멈춰 섰다.
한 형사와 최 순경이 먼저 내려 그를 부축했다.
멀리서 웅성거리는 소리가 들리긴 했지만 명확하게 들리지는 않았다.
하늘이 흐려서인지 사물의 윤곽이 선명하게 보이지 않았다.
"도착했어요. 방화살인사건의 현장인 다세대주택이에요."
한 형사와 최 순경이 그를 부축해서 인도했다.
"앞은 좁은 층계예요. 사건현장은 2층이고요."
누군가 수인에게 다가와 목에 네임카드 같은 걸 걸어주었다.
"일종의 출입증 같은 거예요."
한 형사의 설명에 수인은 고개를 끄덕였다.
그는 한 걸음 내딛는 것조차 쉽지 않았다. 층계의 높이를 알 수 없어 발이 번번이 계단코에 걸렸고, 그때마다 한 형사와 최 순경이 잡아주었다. 수인은 좁은 보폭으로 계단을 올라갔다.
먼저 올라간 한 형사가 경찰의 출입통제 테이프를 뜯어내는 소리가 들렸다.
연이어 현관문 열리는 소리가 들리고 코를 찌르는 매캐한 냄새가 났다. 화재현장에서 맡을 수 있는 불에 탄 냄새였다. 방화의 흔적인 기름 냄새는 나지 않았다.
수인은 한 형사가 휴대폰의 녹음기능을 활성화하기를 기다렸다. 액정을 두드리는 소리 대신 '띵'하는 경쾌한 신호음이 들렸다. 캠코더의 녹화버튼이 눌리는 소리였다.
"불에 탄 냄새가 나는군요."

"아시다시피 다세대주택에서 발생한 화재로 오정태가 사망했어요. 화재는 2층의 일부를 태웠고요. 화재신고가 빨리 이루어진 덕에 불이 번지기 전에 진화됐죠."

"사망자의 위치는 어디죠?"

한 형사가 수인을 현장 안으로 인도했다.

사건현장은 다른 건물의 그늘에 가려 있는지 희미한 빛만 들어오고 있었다. 수인은 사물의 윤곽을 구별할 수 없었다.

뻘 위를 걸을 때처럼, 마르지 않은 화재의 잔사가 들러붙어 신발이 무거워졌다.

"오정태는 화재가 발생한 2층의 안방에 있었어요. 지금 경감님이 서 계신 곳이죠. 피해자는 창문 앞에서 투사형 자세(고온에 오랫동안 노출된 시신의 근육이 수축하면서 일어나는 일종의 열강직 현상. 불에 탄 시신은 손목과 팔목을 오므리는 권투 자세를 취하는 경우가 많다)로 발견되었고요."

수인은 마치 앞이 보이는 사람처럼 방을 둘러보았다. 한 번쯤 와 본 것처럼 방의 구조물이 머릿속에 선명하게 그려지기 시작했다.

"오른쪽 벽에 침대가 있고, 정면의 벽에 창문이 있는 방인가요?"

"맞아요. 뭔가 기억나는 게 있나요?"

"여기서…… 불이 붙은 남자가 창문으로 도망을 치려는 걸 카피캣이 잡아 바닥에 내동댕이쳤죠. 저는 담요로 남자의 불을 끄려고 했지만 실패했고요."

"기억이 돌아온 건가요?"

"여기, 꿈을 꿨습니다."

"꿈? 좋은 징조네요."

드러내지는 않았지만, 한 형사는 실망했을 것이다.

"……오정태에게 외상은 없었나요?"

"없었어요."

"시체의 기도에서 그을음은 발견됐고요?"

"예, 불이 날 때 숨을 쉬고 있었다는 증거죠."

"발화점은요?"

"탄화된 상태를 보고 추정해보면, 불꽃은 침대 한 지점에서 발생해 벽을 타고 방 전체로 번졌어요."

수인은 카피캣이 합리적이지 않다고 생각했다. 놈이 합리적인 방화범이라면 불이 빨리 번질 수 있도록 발화점을 여러 개 만들었을 것이다.

카피캣은 의도적으로 한 곳에만 불을 질렀다. 실화로 위장하려고 실패의 위험을 무릅쓴 거다. 그리고 멀리 가지 않고 오정태가 사망할 때까지 지켜보고 있었을 테고.

"오정태가 받고 있던 혐의는요?"

"5개월 전, 보험금을 목적으로 자신의 노래방에 불을 지른 방화 혐의를 받고 있었어요. 이 화재로 여중생을 포함해 일곱 명이 사망했어요."

"구속되지 않은 걸 보면 직접증거가 없었군요?"

"감지기에 유류도 검출되지 않았고, 노래방의 발화점도 한 곳이었어요. 무엇보다 오정태가 노래방에서 나온 뒤 15분 정도 후에 화재가 발생해서 혐의를 벗었죠. 거액의 보험금이 동기가 될 수는 있었지만 잿더미 속에서 방화의 매개물을 찾을 수 없었어요. 결국 실화로 결론이 났죠."

"만약 방화였다면 실화로 위장하기 위해 발화를 지연시키고 흔적이 남지 않는 방화매개물을 사용했을 겁니다."

"맞아요. 화재현장에서 타고 남은 흔적이 발견되더라도 전혀 이상할 게 없는 매개물이었던 거죠."

수인은 자신이 꾸었던 첫 번째 꿈이 떠올랐다. 꿈속에서 남자는 수인의 몸 위에 휴지를 덮은 뒤 불을 붙였다. 휴지가 방화의 매개물이었을까? 마치 꿈속의 수인이 현재의 수인에게 메시지를 보내는 것 같았다.

휴지를 이용해 흔적도 남기지 않고 발화를 지연시킬 수 있는 방법이 뭘까?

오정태는 노래방의 비닐 소파 위에 두루마리 휴지를 놓고 불이 붙은 담배를 올려놓아 발화를 지연시키는 수법을 썼을지도 모른다.

수인은 자신의 가설이 논리적 추론에 의한 것인지 아니면 과거 기억 속에 있던 사실이 불쑥 떠오른 건지 알 수 없었다.

그는 천천히 몸을 돌려 뼈대만 남은 침대 앞에 섰다. 한 형사가 눈치 빠르게 반대편 팔짱을 꼈다.

수인은 카피캣이 침대의 오정태 위에 두루마리 휴지를 풀어 수의처럼 덮는 것을 상상했다.

"이를테면 두루마리 휴지 같은."

수인은 팔짱을 끼고 있던 한 형사가 움찔하는 걸 느낄 수 있었다.

"뭔가 기억나는 게 있으세요?"

"다…… 꿈에서 본 것들이에요."

"경감님의 꿈이 카피캣을 거의 따라잡은 것 같아요."

"세 번째 꿈에서는 카피캣의 얼굴을 기억했으면 좋겠군요."

매캐한 냄새를 뚫고 바람이 불어왔다. 창문까지의 거리가 멀지 않았다.

수인은 왜 오정태가 자신의 몸에 불이 옮겨 붙을 때까지 몰랐을까 의아했다. 발화점이 한 곳뿐이었다면 불이 번지기 전에 충분히 피할 수 있었을 것이다.

"오정태는 왜 피하지 못한 거죠?"

"혈중 알코올농도가 0.35로 나왔어요. 만취 상태였죠."

수인은 코로 숨을 쉬며 꿈속 기억을 따라갔다. 아니 냄새를 따라갔다.

만취 상태의 오정태가 자욱한 연기 속에서 창문을 찾아 허둥대고 있었다. 단백질이 타는 노릿한 냄새가 코를 찔렀다.

수인은 허둥대는 오정태의 동선을 따라 움직였다. 팔을 잡고 있던 한 형사가 그를 따랐다. 앞도 보이지 않는 수인이 한 형사를 이끄는 모양새였다.

수인은 창문이라고 생각되는 곳 앞에 멈춰 섰다. 발밑에서 유리 조각이 부서지는 소리가 들렸다. 코끝에 신선한 공기가 느껴졌다.

"이곳에서 오정태가 투사형 자세로 발견됐습니다."

최 순경의 목소리였다.

수인이 자세를 낮춰 바닥을 더듬었다. 마네킹의 딱딱한 몸이 만져졌다.

창문으로 탈출하려던 오정태를 카피캣이 잡아채 바닥에 내동댕이쳤다. 그리고 카피캣은 오정태가 탈출하지 못하도록 손으로 가슴팍을 누르고 있었다. 불이 온몸에 번지도록.

아마도 그 시점에 수인이 현장에 도착했으리라.

만약 119의 출동이 조금이라도 늦었다면 수인도 오정태와 같이 시체로 발견됐을 것이다.

그런데 수인은 뭔가 공교롭다고 생각했다. 만취한 오정태를 노리고 카피캣이 방화를 했는데, 불이 번지기 전에 누군가 신고를 했다?

너무 잘 짜인 각본 같았다. 어쩌면 화재를 신고한 것이 카피캣일지도 모른다.

"신고는 누가 했습니까?"

"남호희 41세. 불이 난 걸 최초 신고한 신고자예요. 덕분에 오정태 한 명만 사망하는데 그쳤죠. 그런데 주변 거주자가 아니에요. 진술에 따르면 우연히 걸어가다가 불을 보고 신고를 했다고 해요. 알리바이를 확인해보니 발화 추정시간에 지하철역에서 내렸고요."

"용의선상에 올랐던, 다른 사람들도 있나요?"

"이주호 41세. 보험사 직원이에요. 사건 당일 피해자와 술을 마신 사람이죠. 노래방 화재보험 건으로 만난 거예요. 술을 마신 이후 알리바이가 확인되어 용의선상에서 제외됐어요. 김현. 대학교수, 40세. 범죄심리학 겸임교수로 오정태 노래방 화재사건에서 딸을 잃었어요. 하지만 화재가 발생한 발화시점에 근처 편의점에 찍힌 CCTV가 있어 알리바이가 확인됐어요. 화재가 발생하고 나서는 화재현장에서 구경꾼들과 함께 있었던 것으로 밝혀졌고요. 진술에 의하면 오정태의 집인 줄도 모르고 있었다고 해요. 과거 카피캣이 저지른 연쇄살인사건과는 인과관계가 없는 인물이고, 사건 당일 현장 주변에 있었다는 것만으로 체포할 수는 없었어요."

수인은 김현이라는 이름이 어딘지 모르게 익숙하게 들렸다. 그러나 그 익숙함이 어디에서 오는 건지 기억나지 않았다. 자신의 착각이 아니라면, 기억하는 것과 기억하지 못하는 것 사이 어디쯤에 김현이 있을 거라고 그는 짐작했다.

"김현……. 그 이름 들어본 적이 있는 것 같아요."

"김현이라는 이름…… 기억나세요?"

한 형사는 한 단어씩 끊어서 천천히 물었지만 긴장한 듯 목소리 끝이 갈라졌다.

"아니요, 기억나지는 않습니다."

"아마 과거에 들어본 적이 있을 거예요. 서울청에서 수사하던 미제사건의 분석을 김현에게 맡긴 적이 있거든요."

수인은 다행이라고 생각했다. 착각이 아니었다. 그가 감정적으로 익숙하다고 느낀 이름이 그의 기억 속에 남아 있다는 뜻이었다. 어쩌면 기억이 아주 조금씩이라도 돌아오고 있는지도 모른다.

수인은 바닥에 주저앉아 오정태를 대신하고 있는 마네킹을 더듬으며 자신이 놓치고 있는 게 무엇인지 생각해내려 애썼다. 지금까지 분석했던 사건을 하나로 꿸 수 있는, 중요한 무엇.

마네킹의 표면은 시체의 살갗처럼 차가웠다.

매캐한 공기 때문인지 두통이 시작됐다.

13

한 형사는 며칠째 병실에 오지 않았다.

수인은 최 순경의 가는 목소리와 서 순경의 굵고 낮은 목소리가 몇 번을 교차해도 깊은 잠을 잘 수 없었다.

사건현장에 다녀 온 후부터였다. 시도 때도 없이 병실 문이 열리는 소리가 들렸고 아주 익숙한 냄새가 계속 콧속을 맴돌았다. 비린내 같기도 하고 불에 탄 매캐한 냄새 같기도 했다.

그는 하루 종일 창밖을 보았다. 창밖에서 해가 뜨고 해가 졌다. 해가 지면 어둠을 배경삼아 그의 얼굴이 유리창에 비쳤다. 시력이 회복되고 있었다.

수인은 유리창에 비친 자신의 얼굴윤곽이 점점 분명하게 보였다. 하지만 여전히 눈 코 입은 모자이크를 한 것처럼 한 덩어리로 뭉개졌다.

누구지? 그의 기억도, 그의 시력도 아직 자신을 똑바로 볼 수 없었다.

“고개 숙여 죄송하다는 말씀을 드립니다.”

수인의 고개가 문 쪽으로 돌아갔다. 병실 밖에서 수인이 했던 인터뷰의 마지막 말이 들렸다.

수인이 다급하게 달려가 병실 문을 확 열었다.

김 경장이 허리를 구부려 바닥에 떨어뜨린 휴대폰을 줍고 있는 게 흐릿하게 보였다.

“반드시 합당한 처벌을 받도록 하겠습니다. 죄송합니다.”

수인의 인터뷰는 김 경장이 동영상을 정지시킬 때까지 이어졌다.

“인터뷰 좀 볼 수 있을까요?”

김 경장이 귀에서 뭔가를 빼내는 게 보였다. 선명하게 보이진 않았지만 동작만으로도 이어폰이라는 걸 알 수 있었다.

“혼자서 병실 밖으로 나오면 안 됩니다.”

김 경장은 휴대폰과 이어폰을 근무복 바지주머니에 쑤셔 넣은 뒤 수인을 몸으로 막아섰다. 그의 태도는 단호했고, 여차하면 무력이라도 쓸 것처럼 사나웠다.

인터뷰가 방송되고 카피캣이 올지 모르는 상황에서 김 경장이 예민할 수밖에 없다고 수인은 이해했다.

잠시 후, 문밖에서 김 경장의 긴 한숨 소리가 들렸다. 이어서 삼단봉을 펼치는 소리와 권총의 약실을 돌리는 소리가 났다. 수인은 그가 있어 잠시라도 쉴 수 있었다.

수인은 눈을 감고 방금 들은 자신의 인터뷰를 머릿속에서 재생시켰다. 그리고 인터뷰가, 자신이 말한 대로가 아니고 편집되었다는 걸 깨달았다.

또, 며칠이 지났다.

수인은 최근부터 역순으로 기억을 거슬러 올라가 매 순간을 기억해내려 애썼다.

병원에 도착하기 전, 구급차를 타기 전, 현장검증을 하기 전, 최순경이 팔짱을 끼기 전, 함께 병원을 나오기 전, 꿈을 꾸기 전 그리고 그 하루 전. 또 그 하루 전의 전.

그의 기억 속 가장 최근의 순간부터 기억이 끊어진 순간까지 몇 번을 되풀이해서 기억해내려 노력했다.

처음에는 바로 전에 뭘 했는지조차 기억해내기 버거웠다. 하지만 되풀이하면 할수록 마치 진술조서를 수십 번 쓴 것처럼 기억들의 순서가 정리되었다. 수인의 기억은 타임라인을 따라 잘 정리해둔 기록처럼 분명해졌다.

수인은 분명해진 기억의 조각들 중에서 이어지는 그림을 찾아 퍼즐을 맞추듯 연결했다.

최 순경이 무장을 한 채 병실 앞을 지키는 것과 간호사들이 응급상황에도 항상 짝을 이뤄 병실에 왔던 기억이 이어졌고, 한 형사가 일반인처럼 매번 기초적인 질문을 던지던 것과 그녀가 휴대폰으로 대화를 녹음하던 기억이 이어졌다. 가벼워 자주 떨어트리던 플라스틱 숟가락과 편집된 인터뷰, 달걀세례가 이어졌다.

기억의 조각들이 이어지자 그동안 보지 못했던 큰 그림이 보였다. 수인은 조각들이 맞춰질수록 흩어버리고 싶은 역설적인 충동에 사로잡혔다.

창문 밖에서 다시 해가 뜨고 다시 해가 졌다.

오랜만에 잠이 쏟아졌다. 수인은 밀린 잠을 한꺼번에 보충하는 사람처럼 몇날며칠을 잠에 빠져들었다.

그는 잠결에 누군가 자신의 이름을 부르는 소리를 들었고, 누군가 침대 옆을 한동안 지키다가 가는 것도 인식했다. 하지만 그는 눈도 뜨지 못한 채 곧 다시 깊은 잠에 빠졌다.

깊은 잠을 자는 동안 수인은 한 번도 꿈을 꾸지 않았다.

인기척이 느껴졌다. 눈을 떴다.

단발머리의 여자가 어두운 색의 옷을 입고 수인을 보고 있었다. 눈코입이 선명하게 보이지는 않았지만 서늘한 분위기가 느껴졌다.

수인이 본능적으로 몸을 일으켜 세웠다.

"일어나셨군요."

한 형사의 목소리였다. 수인은 한 형사의 목소리를 듣고서야 비로소 그녀의 모습과 목소리를 연결시킬 수 있었다.

"좀 오래 잔 것 같군요."

"힘든 며칠을 보내셨으니까요."

수인은 어디서부터 시작해야 할지 망설였다. 머릿속 생각의 가닥들이 엉켜 일일이 풀어내기 어려웠다. 그는 생각의 가닥들을 잘라 가장 굵직한 한 문장을 만들었다.

"카피캣의 정체를 알았어요."

수인은 한 형사가 지금 어떤 표정을 짓고 있을지 궁금했다.

놀란 표정일까? 아니면 돌처럼 굳어진 표정일지도.

수인은 뿌옇게 보이는 눈의 초점을 맞춰보려 가늘게 떴다. 하지만 여전히 한 형사의 눈코입이 선명하게 보이지는 않았다.

한 형사가 휴대폰을 꺼내 액정을 두드렸다. '톡' 하는 소리가 들렸다. 그녀가 들고 있는 휴대폰이 눈에 띌 정도로 떨리고 있었다.

"전부…… 기억나신 거예요?"

수인은 대답하지 않았다.

"노래방 주인 살인사건의 용의자 중 한 명이 카피캣입니다."

한 형사가 짧게 숨을 뱉었다. 그녀는 침대의 난간을 잡고 겨우 의자에 앉았다. 침착한 모습을 유지하려고 애를 쓰는 것 같았다.

"그들은 모두 결정적인 알리바이가 있었어요."

"하나의 범행은 각각의 행위들의 연속선상에 있어요. 그런데 이 연결된 행위들을 하나씩 쪼개놓으면 결정적인 증거가 사라지죠. 마술사의 트릭 같은 거예요."

"무슨 뜻이죠?"

"보험설계사는 피해자를 만취 상태로 만드는 것까지만 했어요. 그래서 살인사건에 대한 알리바이가 생겼죠. 화재 신고자는 불이 번져 다른 피해자가 생기는 것만 막았어요. 목표는 노래방 사장 오정태 한 명이었으니까요. 그도 발화시점에 알리바이가 있었어요. 마지막으로 대학교수는 이 범행을 모두 설계하고 실행했어요. 하지만 그도 불이 난 시간에 결정적인 알리바이가 있었죠. 과거 오정태가 했던 것처럼 말이에요. 만약 이 모든 단계를 한 사람이 했다고 생각해봐요. 아마 알리바이도 만들 수 없었을 테고, 바로 구속됐겠죠."

"그들이 범행을 공모했다는 건가요? 동기가 없잖아요."

한 형사가 또, 아주 초보적인 질문을 했다. 수인은 그녀가 지금까지 자신에게 한 질문들을 떠올려보았다. 그녀는 똑똑한 형사였다.

수인은 애써 웃어 보이려고 입가를 꿈틀거렸다. 그러나 화상을 입은 얼굴 피부 때문에 실제로 미소가 지어지진 않았다.

"대학교수인 김현의 경우 노래방 화재로 딸이 사망했으니 동기는 분명해요. 방화사건을 실화사건으로 종결한 경찰수사를 조롱해야 하는 이유도 분명하고요. 또, 발화를 지연시킨 수법도 노래방 화재와 같은 방식이었을 거고요. 아마 이 사건의 용의자 두 명도 카피캣의 다른 연쇄살인과 연결되어 있을 거예요. 이건 한 형사님이 찾아내야 할 퍼즐의 조각이죠."

"김현이 카피캣이라는 건가요? 김현도 나머지 사건과는 연관성이 없어요. 노래방 사장을 죽인 거야 딸이 노래방 화재로 사망했다는 걸로 끼워 맞출 수 있지만 다른 건은 동기가 없습니다. 냉각기를 깨고 이정우를 살해한 것도 당연히 인과관계가 없고요."

한 형사의 목소리가 다시 안정감을 찾았다.

"카피캣은 자신의 범행동기를 지우기 위해 연쇄살인을 시작했어요. 이것도 일종의 알리바이죠."

"무슨 뜻이죠?"

"만약 카피캣이 딸의 죽음을 복수하기 위해 노래방 사장만 죽였다고 생각해봐요. 놈은 경찰의 수사망을 절대 빠져나오지 못했을 겁니다. 살인의 동기가 너무 명확하니까요."

"카피캣이 딸의 복수라는 범행동기를 감추기 위해 자신과 아무 상관없는 네 건의 살인을 저질렀다는 말씀인가요?"

"자신의 가족이 억울하게 살해당했는데, 아무도 처벌받는 사람이 없다? 카피캣은 자신의 딸이 사망한 후에야 그 마음을 이해한 거예요. 그는 자신의 복수에 대한 정당성을 증명하기 위해, 또 범행동기를 지우기 위해 연쇄살인을 한 겁니다. 범행을 증명하지 못해 풀어준 살인자를 직접 심판한 거죠."

한 형사는 긍정도 부정도 하지 못했다.

"최근 발생한, 이정우를 죽인 오피스텔 살인사건은요? 노래방 주인 살인사건 이후 김현은 경찰의 요주의 대상이었어요. 그는 절대 살인을 저지를 수 없습니다."

"이정우를 죽인 건 카피캣이 맞지만, 그가 냉각기를 깬 건 아닙니다."

"카피캣이 이정우를 죽인 건 맞지만 다시 살인을 시작한 건 아니다?"

불신에 찬 목소리였다.

"이정우는 이미 오래전에 카피캣에게 살해당했습니다."

"무슨 말씀인지…… 얼마 전 사건현장에 가셨잖아요."

한 형사가 다급하게 말했다.

"이정우가 살해당한 오피스텔 현장은 만들어진 겁니다."

"……."

"진짜 살인이 벌어진 현장이었다면 우리는 그렇게 오랫동안 차를 타고 가는 일은 없었을 겁니다. 그 정도 거리라면 사건의 관할이 달라졌을 테니까요."

"카피캣의 연쇄살인이라면 관할보다 우선하는 게 있어요."

한 형사는 궁지에 몰려 억지에 가까운 변명을 하고 있었다.

"그날 현장에 도착하기 전 누군가 검문하듯 차를 세웠고 직원분이냐고 물었어요. 우린 서울청에서 왔다고 대답했죠."

"그랬죠."

"전 처음에는 카피캣을 잡기 위한 현장검문이라고 생각했어요."

"그럼…… 뭐였죠?"

"수사연수원 정문을 통과하는 의례적인 절차였어요. 범인 검거를 위한 검문이라면 이런 식의 질문과 답을 하지 않아요. 수사연수원이라는 추측은 이 병원에서 출발한 거리로 추정한 거고요."

한 형사는 바로 대답하지 못했다. 그녀가 휴대폰의 액정을 손끝으로 누르려다 그만두었다.

"결국 경감님이 말씀한 것은 추측일 뿐이잖아요. 그럴 수도 있고, 아닐 수도 있고."

한 형사의 말을 뒤집어보면 적어도 절반쯤은 그럴 수도 있다는 뜻이 되었다. 수인은 한 형사의 태도를 이해할 수 있었다.

"그날 사건현장에서 유독 목소리가 울렸어요. 천장이 낮고 좁은 오피스텔에서는 소리가 울리지 않아요. 실제 공간의 넓이가 다르다는 걸 알 수 있었죠."

"뭔가 더 있나요?"

"또 현장의 피도 마르지 않은 상태였어요. 피 냄새가 진했거든요. 피를 흘린 지 얼마 되지 않은 현장이었어요. 이상하지 않아요? 우리가 도착한 시점은 현장 감식까지 끝날 정도로 시간이 많이 지난 뒤였는데 말이죠. 마치 우리가 온다는 걸 알고 미리 신선한 피를 뿌려놓은 것 같더군요."

"사인이 실혈사였으니까요."

한 형사는 현장경험이라고는 없는 초짜처럼 반응했다.

몸무게 70*kg* 성인의 경우 피의 양은 대략 5*l* 정도다. 그리고 이중 2*l* 이상을 출혈하면 사망에 이른다. 실혈사라고 해도 보통의 경우 흘리는 피의 양은 한계가 있다. 한 형사의 실혈사라는 대답으로는 사건현장의 피가 마르지 않은 것을 설명할 수 없다.

눈이 보이지 않으면 다른 것들이 예민해진다.

"저쪽, 창문이 보이시죠?"

수인은 손가락으로 병실의 창문을 가리켰다. 한 형사도 창문 쪽으로 고개를 돌렸다.

"그날 전 창문으로 들어오는 빛을 구분할 수 있었습니다. 시력이 조금씩 회복되고 있었거든요."

한 형사가 긴 한숨과 함께 휴대폰의 액정을 두드렸다. 녹음이 중지됐다.

"사건현장인 오피스텔에도 창문이 있었어요. 그런데 창밖은 완벽한 어둠이었어요. 낮에 빛이 하나도 새어들지 않는 창문이라니. 이상하지 않아요? 창밖은 그냥 벽이었던 겁니다. 창문은 열리지 않는 게 아니라 열 수 없었던 거죠."

"우리가 경감님을 속일 이유가 없잖아요."

한 형사가 반 박자 늦게 대답을 했다.

"있죠. 현장검증을 해야 하니까. 제가 갔던 사건현장은 카피캣이 이정우를 살해한 현장을 재현해놓은 세트였습니다. 아마도 현장 감식요원들을 훈련시키기 위한 시험장이었겠죠. 그래서 한 형사님이 따로 녹음이나 녹화를 하지 않았던 거고요."

그녀의 얼굴 표정이 보이지는 않았지만 조금 창백해진 것 같기도 했다.

"……죄송해요."

짧은 침묵이 지나고 한 형사가 시인했다.

"과장님 생각이었어요. 스트레스가 기억을 빨리 회복시킬 수 있다고 생각하셨어요."

그녀가 변명처럼 오 과장의 생각이라고 덧붙였다. 수인은 그녀의 말이 사실일 거라고 믿었다. 침묵이 계속됐다.

"이해해요. 이미 오래전 정리된 사건현장이니까. 현장검증을 하기 위한 고육책이었을 겁니다."

수인이 어떤 감정도 담지 않고 담담히 말했다. 실제로 그는 한 형사를 충분히 이해할 수 있었다. 그가 그녀의 입장이었어도 지시를 따랐을 것이다.

잠시 후, 한 형사가 휴대폰 액정을 다시 두드렸다. 녹음이 시작됐다.

"김현이 카피캣이라면 왜 그들을 대상으로 범행을 저질렀을까요? 전국적으로 보면 유력한 용의자였다가 풀려난 사람이 그들만은 아닐 텐데요."

언젠가 수인이 한 형사에게 했던 질문이었다. 그때 한 형사는 이 질문에 대한 대답을 수인이 해야 한다고 말했다.

수인은 지금에서야 그녀의 말뜻을 이해할 수 있었다.

"김현이기 때문입니다. 김현은 서울청에서만 미제사건에 대한 분석을 맡았거든요. 다른 사건에 대해서는 몰랐던 거죠."

수인은 한 형사가 내뱉는 짧은 한숨소리를 들었다. 이제 진짜 결론을 내야 할 때였다.

"기억이 돌아왔나요?"

한 형사가 다시 같은 걸 물었다.

"사실은 카피캣의 정체보다 그 대답을 더 듣고 싶은 거 아닌가요?"

"……."

"당연하다고 생각하던 것이 당연하지 않다는 것을 깨달았을 때, 믿음에 균열이 생기더군요. 무장경관이 왜 병실 앞을 지키고 있을까? 한 형사와 오 과장을 제외한 방문자가 있을 때는 왜 항상 병실 문을 열어둘까? 최 순경은 기회가 있을 때마다 왜 권총과 삼단봉을 꺼내 들까? 성인인 나에게 왜 플라스틱 수저와 젓가락을 줄까? 간호사들은 왜 항상 둘씩 짝을 지어 병실에 올까? 병실 밖으로 나갈 때는 왜 복도를 통제할까? 병실 밖에서 한 형사와 최 순경은 왜 팔짱을 끼고 풀지 않았을까? 왜 나 혼자서는 병실을 나갈 수 없다고 했을까? 왜 내 기억이 돌아오면 카피캣 검거는 시간문제라고 했을까? 그리고 왜, 범인이 눈앞에 있다고 했을까? 이 모든 상황을 전담하고 통제한 한 형사님은 성실하고 똑똑한 형사예요."

"그래서요? 제가 물어본 질문의 답은요?"

한지수 형사가 자신 없는 목소리로 물었다.

"이 모든 질문의 답은 하나입니다. 병실 앞을 지키는 무장경관은 저를 보호한 게 아니라 구금한 거였어요. 왜 카피캣이 눈앞에 있다고 했는지, 그 대답도 같아요. 제가 방화살인현장에 있었으면서도 오정태를 구하지 않은 건 목적이 달랐기 때문입니다. 전 그를 구하려고 거기에 간 게 아닙니다. 그를 심판하기 위해 간 거였죠. 꿈에서 오정태를 구하려 했던 건, 현재의 제가 왜곡시킨 기억이었고요."

"……."

한 형사는 침묵했다. 그녀의 침묵은 대답과 같았다.

"한 형사님이 녹음을 했던 것도, 형사치고는 너무 초보적인 질문을 했던 것도 이유가 있었어요. 녹음 자체가 피의자의 진술기록이고 현장검증만큼 중요하니까. 제 아파트의 짐이 상자에 담겨 있던 건 증거물로 압수되었다가 반환됐기 때문이죠. 방화살인사건현장검증을 할 때 목에 걸었던 네임카드는 출입증이 아니라 '피의자'라고 적힌 카드였을 거예요. 차량을 향해 날아오던 계란은 연쇄살인마를 향한 거였을 테고요. 참, '이수인'이라는 이름의 뜻을 알았더라면 훨씬 더 빨리 알아챘을 거예요. 수인(囚人), 죄수라는 뜻이잖아요."

"그래서…… 기억을 모두 되찾은 거예요?"

한 형사가 건조한 목소리로 물었다. 놀라울 정도로 침착하고 냉정한 목소리였다.

"결국 한 형사님이 제게 듣고 싶은 대답은 하나일 겁니다. 기억이 돌아왔는지. 기억을 잃은 연쇄살인범을 법정에 세울 수는 없을 테니까요. 이 상태라면 전 심신상실로 형을 면제받을 거예요. 재판부가 자신이 저지른 범죄조차 기억 못하는 사람을 처벌할 수는 없으니까."

"……결국 이 승부에서 당신이 이겼다고 생각하는 거죠?"

묻는 말인지 혼잣말인지, 모를 말투였다.

수인은 다음 말을 어떤 어감으로 해야 할지 망설였다. 그가 한 형사를 비꼬는 것으로 알아듣지 않기를 바랐다.

"다시 질문해주시겠습니까? 기억을 되찾았는지."

"……."

한 형사는 다시 묻지 않았다.

그녀는 고개를 돌려 창 쪽으로 시선을 돌렸다.

수인 역시 그녀를 마주보는 것이 부담스러워 창 쪽으로 시선을 돌렸다. 맑고 시원한 푸른 색 하늘이 보였다.

"나 김현은 건강하며, 기억을 되찾았습니다. 이 진술은 어떠한 압력이나 부당한 강요 없이 자유로운 의사로 녹음합니다."

"……."

그녀가 휴대폰을 움켜잡았다. 휴대폰을 잡은 손이 떨리고 있었다. 냉정을 유지하려고 애쓰던 그녀가 눈에 띄게 흔들리고 있었다.

수인은 그녀의 떨리는 손을 잡아주고픈 충동을 참았다.

한 형사가 휴대폰 액정을 두드리는 소리가 무거운 침묵을 깨고 들렸다. 녹음은 종료되었다.

"……왜 인정하는 거죠?"

"알다시피 이건 게임이 아닙니다. 복수는 끝났고, 승자도 패자도 없어요. 저는 제가 한 인터뷰의 마지막 말처럼 합당한 처벌을 받아야 한다고 생각합니다. 기억이 없는 삶과 기억이 있는 삶 중에서 선택해야 한다면 저는 후자를 선택할 겁니다."

"기억이 없는 데도 처벌을 받겠다고요? 그 합당한 처벌이 사형이라 해도요?"

"물론입니다. 그 선택은 이미 과거의 제가 한 겁니다."

병실 안은 누구도 깨기 힘든 적막감이 흘렀다.

한 형사는 여전히 수인을 똑바로 보지 못했다. 갑자기 그녀의 호흡이 비정상적으로 빨라졌다.

그녀가 이마의 땀을 소매 끝으로 닦아냈다.

"괜찮아요?"

"속이 좀 좋지 않아요."

그녀가 간신히 대답했다.

그녀는 휘청거리며 화장실로 들어갔다.

한참 후 물 내리는 소리가 들렸다.

한 형사는 입에 묻은 물기를 손등으로 닦아내며 돌아왔다. 표정은 보이지 않았지만 그녀의 어두운 옷 색깔과 대비돼 하얗게 질린 얼굴이 더 도드라져 보였다.

한 형사가 가방을 뒤져 수첩을 꺼냈다.

가쁘게 쉬던 호흡은 정상으로 돌아와 있었고, 조금 전보다는 편해 보였다.

한 형사가 수첩을 빠르게 넘기더니 갈피에서 종이 한 장을 꺼냈다.

"지난번에 경감님 집에서 가지고 온 거예요. 책상 앞에 붙여놓았더군요."

한 형사가 그를 경감님이라고 불렀다.

수인은 한 형사가 내민 종이보다 그녀가 아직도 그를 경감님이라고 부르는 게 더 신경 쓰였다.

"따님이에요."

그는 한 형사가 내민 종이를 받았다.

머릿속으로 여러 생각들이 스쳤다. 딸이라고? 수인은 당황했다. 기억이 없는 탓에 실감이 나지 않았다.

수인은 눈을 가늘게 뜨고 사진을 보려고 집중했다. 하지만 단발머리의 소녀라는 것과 옷의 색깔 정도만 간신히 알아볼 수 있었다.

수인은 처음 보는 딸의 얼굴이 보이지 않는다는 게 끔찍하게 여겨졌다. 사진을 보기 위해 집중하면 할수록 시야가 흐려졌고, 머리가 아파왔다.

수인은 사진을 침대 한쪽에 내려놓았다. 그러나 아예 손에서 놓지는 못했다.

"경감님을 닮아 아주 똑똑해 보이네요."

한 형사가 다시 그를 경감님이라고 불렀다.

수인 역시 김현이라는 이름보다는 이수인 경감이 더 익숙했다.

나를 닮았다고? 수인은 자신의 얼굴도, 딸의 얼굴도 기억하지 못했다.

그는 무심코 자신의 얼굴을 한 손으로 훑었다. 화상 자국이 만져졌다.

수인은 대답할 말이 없었다. 그는 삶을 다 살아버린 피로감을 느꼈다. 후회는 없었다.

"이제…… 환자복을 갈아입을까요? 서울청으로 가야 될 테니."

한 형사가 대답 대신 강박적으로 침대 난간을 두드렸다. 손톱이 난간에 부딪치는 소리가 점점 더 빨라졌다.

"미안해할 필요 없어요. 저라도 그렇게 했을 겁니다."

"일단 과장님께 보고할게요. 그때까지는 두 사람만 아는 걸로 해두죠."

"알겠습니다."

용건이 끝났음에도 한 형사는 계속 할 말이 남아 있는 사람처럼 미적거렸다.

수인은 그녀가 하려고 하는 말을 듣지 않고도 예상할 수 있었다.

"피곤하군요. 괜찮다면 쉬고 싶어요."

수인은 그녀가 병실을 벗어날 명분을 만들어주었다. 그녀가 수인을 똑바로 쳐다보았다.

수인은 그녀의 시선을 피해 창밖을 보았다. 해가 창문의 직사각형을 벗어나 있었다.

"또 올게요."

한 형사가 병실을 나갔다. 수인은 그녀가 문을 닫고 나갈 때까지 창문에서 시선을 돌리지 않았다.

최 순경과 서 순경의 목소리가 교대할 때까지 수인은 창밖을 보고 있었다.

해가 지기 시작했다. 불을 켜지 않은 병실 안이 어두워졌다.

수인은 이제 윤곽선마저 희미해진 사진 속 딸의 얼굴을 손끝으로 따라 그렸다. 얼굴의 선이 예뻤다. 그의 손끝을 타고 기억 속 어딘가로 딸의 모습이 옮겨 오는 것 같았다.

수인은 기억나지 않는 딸이 갑자기 사무치게 그리웠다. 그는 자신의 두통이 실은 심장 언저리에서부터 시작되었다는 걸 뒤늦게 깨달았다.

통증이 밀려왔다. 심장이 갈라지는 느낌이었다. 얼굴이 고통으로 일그러졌다.

14

손지윤 형사는 국밥집 구석에 앉아 뚝배기 속 뜨거운 국물을 숟가락으로 떠 연신 목구멍으로 넘겼다. 살 것 같았다.

야간 당직근무를 끝낸 팀원들 사이에서 소주잔이 빠르게 돌았다. 모두 지칠 대로 지쳐 말없이 소주를 들이켰다.

손 형사도 마찬가지였다. 그는 불금이라 불리는 지난 금요일 밤을 말 그대로 하얗게 불태웠다. 단순 폭력사건과 날치기, 성추행과 성폭력까지 끊임없이 접수되는 사건들로 숨 돌릴 틈이 없었다.

피곤한 데다 빈속에 빠르게 흡수된 알코올로 취기가 금세 올라왔다.

손 형사가 깍두기를 한 입 베어 물었을 때 TV 속 아침 방송이 중단되고 뉴스 속보가 시작됐다.

연쇄살인마 김현의 살인사건현장검증이 실시간으로 중계되었다.

국밥집에 있던 모든 사람들의 시선이 TV 화면에 집중되었다.

구급차에서 내리는 김현의 모습이 처음으로 중계 카메라에 잡혔을 때 손 형사는 들고 있던 술잔을 내려놓았다. 그는 김현이 아니라, 김현을 호송하는 사람을 보았다. 먼 거리에서 잡혔고 김현에 가려 옆모습만 보였지만, 그는 한 번에 알아보았다. 한지수 형사였다.

한 형사가 김현의 팔에 팔짱을 낀 채 그를 호송하고 있었다.

프로파일러가 단순히 호송에만 투입됐을 리는 없었다. 한 형사가 김현의 신문을 맡고 있는 게 분명했다. 다시 우연이 겹치고 있었다.

"와, 새끼. 눈빛이 겁나게 싸하네."

술잔을 가볍게 목구멍에 털어 넣으며 오 형사가 한 마디 던졌다.

"동영상 보니까 완전 사이코던데요."

팀의 막내가 받았다.

손 형사도 어제 본 김현의 인터뷰 동영상이 떠올랐다. 김현의 인터뷰는 오 과장의 언론 브리핑에서 진술증거로 공개되었다. 사람들은 김현의 인터뷰만 잘라내 '사이코패스의 인터뷰'라는 파일로 만들어 SNS에서 공유했다. 그렇게 SNS를 타고 돌던 동영상이 손 형사에게까지 전송되었다.

손 형사는 동영상에서 김현이 진술한 내용보다 그의 진술 태도에 더 눈길이 갔다.

김현은 자신이 저지른 살인을 마치 제3자가 저지른 범죄처럼 건조하게 말하고 있었다. 흔하지는 않았지만 죄책감이 없는 범죄자의 특징으로 그도 겪어본 유형이었다. 그런데 진술하는 김현의 태도가 어딘지 부자연스러웠다.

진술하는 순간순간 그의 시선이 닿는 곳이 미묘하게 달라지고 있었다.

손 형사는 김현의 동영상이 편집된 걸 알아챘다.

잘라낸 단어와 단어 사이의 틈은 편집으로 메꿔놓았지만 그의 시선이 움직이는 것은 자연스럽게 편집하지 못했다.

손 형사는 오대영 과장의 언론 브리핑을 찾아 전송된 동영상의 원본을 확인했지만, 마찬가지로 편집돼 있었다.

피의자의 진술을 필요한 부분만 편집해서 언론 브리핑에 내보내는 건 이상할 것이 없다. 하지만 문장 단위에서 편집을 했다는 건 좀 이상했다. 아마도 수사팀이 김현에게서 자백을 받아내는 데 문제가 생긴 것 같았다.

손 형사의 호기심은 거기까지였다. 김현의 죄를 입증하는 것은 수사팀의 몫이었고 그가 상관할 바 아니었다. 그런데 한 형사가 김현의 신문을 맡고 있다면 얘기가 달라진다.

한 형사는 카피캣이 저지른 네 건의 연쇄살인 중 세 건에 직접 투입되었고 지금은 그의 진술을 받고 있다.

손 형사는 서울청 감찰계에 갔다 온 뒤 카피캣의 두 번째 사건인 이정우 살인사건과 한 형사와의 접점을 찾기 위해 기초적인 조사를 했었다.

카피캣이 이정우를 살해할 때 모방한 원본 사건인 가출여고생 치사사건의 관할서를 찾기도 했다. 카피캣의 조력자라면 어떤 식으로든 원본 사건에 접근한 흔적이 남아 있으리라는 짐작에서였다.

강남서의 담당형사는 한 형사를 전혀 알지 못했고, 사건과 관련해 그녀가 수사기록을 열람하거나 요청한 적도 없다고 했다. 다만 서울청 행동분석팀의 팀장이 직접 현장분석과 범죄자 프로파일링을 했다고 기억했다.

팀장이 프로파일링을 했다고 해도 사회적 이목을 끈 사건이라면

팀 전체가 매달려 분석했을 가능성이 컸다. 당연히 한 형사도 사건과 관련된 수사기록을 모두 보았을 것이다. 사건이 일어난 날짜를 보면 한 형사의 단기휴직 기간과는 겹치지 않았다.

한 형사는 여고생 치사사건의 프로파일링 보고서가 작성된 뒤 휴직을 했고, 카피캣의 두 번째 살인이 발생하고 석 달이 지난 후에 다시 복귀했다.

"뭔 빽이 있나? 수갑도 안 채우고. 저거 호송규칙 위반 아니에요?"

막내가 화를 내며 오 형사에게 물었다.

연쇄살인마를 수갑도 채우지 않고 호송하는 모습은 막내 입장에서 흔하게 볼 수 있는 장면은 아니었다.

"피의자 유치 및 호송규칙 50조 1항. 고령자, 장애인, 임산부 및 환자 중 주거와 신분이 확실하고 도주의 우려가 없는 자에 대하여는 수갑 등을 채우지 아니 한다."

오 형사가 명쾌하게 대답했다. 오 형사는 사법고시를 준비하다 경찰에 들어와서인지 유독 법조항을 잘 외운다.

"그러면 재가 환자라는 거예요?"

"병원에 있으니까 환자지. 대학교수였으니 신분도 확실하고."

"도주 의사는요?"

"잡범도 아니고 얼굴 다 팔렸는데 어디로 숨겠냐?"

"그래도 도망갈 수는 있는 거잖아요."

"니가 가서 채워봐. 근데 재가 인권위에 제소하면 넌 동기들 승진하는 거 구경만 해야 돼."

막내는 못내 억울한 표정이었다.

"그래도 뭔가 빽이 있는 거 같다고요. 잡힌 지가 언젠데, 계속 병원에 두는 것도 그렇고요. 보기엔 멀쩡하구먼."

"니가 봐도 뭔가 냄새가 나지?"

손 형사가 숟가락을 내려놓고 갑자기 끼어들자 막내도 숟가락을 얌전히 내려놓았다.

"예? 제 말은 형사가 부패했다는 게 아니고. 죄송합니다. 잘 모르면서 떠들어서."

"아냐, 나도 그렇게 생각해."

손 형사가 자리에서 일어났다. 그는 두 사람이 당황해하며 일어서는 걸 손짓으로 만류했다.

"더 먹고 가."

"제가 뭣도 모르고. 죄송합니다."

손 형사가 계산을 하는 뒤로 오 형사가 막내를 타박하는 소리가 들렸다.

"넌 왜 쓸데없는 소리를 해가지고."

국밥집에서 나온 손 형사는 스토킹 혐의로 한 형사를 조사한 종로경찰서로 방향을 잡았다.

술 냄새를 풍기며 갈 수 없어 그는 술이 깰 때까지 무작정 걷기로 했다.

오대영 과장은 한 형사가 메일로 전송한 녹음파일을 자신의 개인 노트북에 다운로드했다.

그는 외부망에 접속할 때도 접속기록이 남지 않도록 휴대폰의 핫스팟을 이용하며 신중을 기했다. 수사를 하면서 생긴 오래된 습관이었다.

오 과장은 수사를 하는 데 있어서는 누구도 믿지 않았다.

수사에 있어 정보는 칼과 자루를 결정하는 차이였다. 누가 정보를 더 많이 가지고 있느냐에 따라 칼날을 잡고 수사를 하느냐 혹은 자루를 잡고 수사를 하느냐가 결정되기 때문이다.

부패한 누군가가 수사 중인 정보를 빼서 흘리면 수사팀은 그때부터 칼날을 잡고 수사를 해야만 했다. 칼날을 잡고 진행하는 수사에서는 누구의 목이 날아갈지 아무도 장담할 수 없다.

오 과장은 전송받은 녹음파일을 재생시켰다. 한 형사의 목소리가 흘러나왔다.

녹음은, 한 형사가 '전부…… 기억나신 거예요?'라고 조급함을 숨기고 조심스럽게 묻는 것으로 시작됐다. 아마도 미처 녹음하지 못한 이 경감의 말에 대한 반응이었을 것이다.

오 과장은 한 형사와 같은 조급함으로 이 경감의 대답을 기다렸다. 그의 심장이 그의 의지와 상관없이 빠르게 뛰었다. 옆에 누군가 있다면 심박 수를 셀 수 있을 것이다.

이 경감은 질문에 대한 대답 대신 방화살인사건의 용의자 중 한 명이 카피캣이라고 단정지어 말했다.

오 과장은 녹음파일을 정지시키고 심호흡을 크게 했다. 그의 예상보다 빠른 진행이었다. 이것이 득인지 실인지 판단할 수 없었다.

녹음파일을 다시 재생시켰다.

한 형사는 방화살인사건의 용의자들은 모두 알리바이가 있다고 방어를 했고, 이 경감은 그들의 알리바이를 모두 무력화시켰다.

얼핏 듣기에 진술의 주도권이 이 경감에게 있는 것 같았지만 실상은 한 형사가 노련하게 카피캣의 살인동기와 목적에 대해 진술을 유도해내고 있었다.

오 과장의 심장이 제 속도를 찾았다.

곧이어 이 경감은 자신이 임장한 이정우의 오피스텔 사건현장이 실제 현장이 아니라 재현된 현장이라는 걸 논리적으로 밝혀냈다. 한 형사도 인정할 수밖에 없었다.

오 과장은 입맛이 썼다. 무리수였다. 수사전문가 인증과정의 시험장을 그대로 사용한 것이 문제였고, 현장 재현을 위해 뿌려진 돼지피의 양이 너무 과했다.

게다가 그가 시력을 조금 회복했다는 걸 눈치채지 못한 게 결정적이었다.

오 과장은 자신의 조급함이 사건을 망친 것은 아닐까 후회했다.

녹음은 거기서 중지됐다. 그는 다음 파일을 곧바로 플레이 시키지는 못했다. 불안한 마음이 눈덩이처럼 부풀었다. 터치패드를 두드리는 그의 손가락이 떨렸다.

"김현이 카피캣이라면 왜 그들을 대상으로 범행을 저질렀을까요?"

오 과장은 한 형사의 질문을 듣고서야 비로소 숨을 쉴 수 있었다. 질문을 하는 한 형사의 목소리와 대답을 하는 이 경감의 목소리 모두 크게 변화된 느낌은 없었다.

이 경감은 카피캣의 정체를 밝혀내는 것에 집중해서인지 감정적으로 크게 동요하지 않은 듯 했다.

"기억이 돌아왔나요?"

한 형사가 다시 물었다. 오 과장도 매 순간 묻고 싶었던 질문이다.

이 경감은 '사실은 카피캣의 정체보다 그 대답을 더 듣고 싶은 거 아닌가요?'라고 반문했다.

오 과장은 이 경감의 어감만으로 그가 카피캣의 신원은 물론 정체까지 짐작하고 있다는 걸 알 수 있었다.

이제 카피캣 연쇄살인사건의 결말은 이 경감의 의지에 달려 있다.

이 경감은 카피캣의 정체를 어떻게 추측할 수 있었는지 하나하나 되짚었다. 그의 설명을 듣고 보니 오 과장은 자신의 계획이 얼마나 허술하고 허점투성이였는지 알 수 있었다. 이 경감이 지금까지 눈치채지 못한 게 이상할 정도였다.

한 형사가 이 경감에게 기억이 돌아왔는지 다시 물었다. 그녀는 절반쯤은 포기한 듯한 목소리였다.

오 과장은 초조하게 이 경감의 대답을 기다렸다.

"전 그를 구하려고 거기에 간 게 아닙니다. 그를 심판하기 위해 간 거였죠."

이 경감은 자신이 노래방 주인 오정태를 죽였다고 너무 쉽게 시인했다. 오정태를 죽였다고 시인하는 건 자신이 카피캣이란 것도 인정한다는 뜻이었다. 그리고 한 형사가 왜 그의 기억에 집착하는지도 알고 있다는 뜻이었다.

오 과장은 지금까지 녹취한 이 경감의 진술로 그의 기억이 돌아왔다는 것을 법정에서 증명할 수 있을지 저울질해보았다.

한 형사도 몰랐던 세밀한 부분을 그가 진술한 것을 들으면 그는 기억을 잃은 척 연기를 하는 걸로 보인다. 반대로 그가 카피캣을 잡고자 목숨을 걸기까지 한 얘기를 들으면 그의 기억은 아직 돌아오지 않았다. 저울은 그의 기억이 돌아오지 않았단 쪽으로 기울 것 같았다.

진술을 받은 사람이 한 형사가 아니었다면 그 뒤를 더 들어볼 필요도 없었다.

"꿈에서 오정태를 구하려 했던 건, 현재의 제가 왜곡시킨 기억이었고요."

이 경감은 자신이 꿈속에서 본 장면이 기억의 왜곡이라고 생각했다. 그럴듯한 해석이었다.

오 과장은 이 경감이 하는 진술이 저울의 어느 쪽에 무게를 더할지 가늠했다.

"이 상태라면 전 심신상실로 형을 면제받을 거예요. 재판부가 자신이 저지른 범죄조차 기억 못하는 사람을 처벌할 수는 없으니까."

한 형사가 '결국 이 승부에서 당신이 이겼다고 생각하는 거죠?'라고 묻지 않아도 누구라도 알 수 있는 결말이었다.

오 과장은 이 경감이 칼자루를 쥐고 있다는 걸 인정할 수밖에 없었다. 이제 그가 휘두르는 칼날에 오 과장을 포함해 누구의 목이 날아가는지 지켜보는 수밖에 없었다.

"나 김현은 건강하며, 기억을 되찾았습니다. 이 진술은 어떠한 압력이나 부당한 강요 없이 자유로운 의사로 녹음합니다."

반전이었다. 이 경감은 자신의 진술이 어떤 결과를 초래할 것인지 알면서 법적 처벌을 받겠다고 선언했다.

녹음은 거기서 끝이 났다.

모두 한 형사의 공이었다. 그녀가 이 경감, 아니 김현과 심리적 라포(공감과 신뢰로 이루어진 관계)를 형성했기 때문에 나올 수 있었던 결과였다.

김현은 그녀를 신뢰한다. 하지만 낙관하기에는 이르다. 막상 처벌을 받는 순간에는 누구라도 생각과 의지가 변할 수 있다.

오 과장은 더 이상 부인할 수 없는 완벽한 증거 앞에서도 자신의 범행을 부인하는 범인들을 수도 없이 봐왔다. 그들은 밑져야 본전이라는 생각으로 현행범으로 잡혀도 범행을 부인했다. 특히 살인과 같은 중범죄일 경우 더 했다. 경찰에서 자백을 한 뒤에도 검찰에 가서는 강압에 의한 수사로 거짓자백을 했다고 뒤집었다.

김현도 재판정에서 자신의 자백을 뒤집을 수 있다. 객관적으로 보면 그는 여전히 기억을 되찾지 못한 것이 분명했고 빠져나갈 구멍이 있었다. 그런데 오히려 김현이 기억을 되찾은 척 연기를 한다는 것은 언제든 뒤집을 수 있는 만능카드를 손에 쥐고 있다는 뜻이다.

오 과장은 김현이 자신의 진술을 번복하지 않도록 하는 것이 수사의 핵심이라 생각했다. 때문에 김현의 녹취를 서면진술로 받는 것이 무엇보다 시급했다. 이 점은 한 형사도 잘 알고 있을 것이다.

한지수는 손이 떨리고 있었다.

엘리베이터와 비상구 앞에서 근무복을 입은 경찰관이 출입을 통제하고 있었다.

엘리베이터를 타지 않고 비상계단으로 내려갔다.

좁은 공간에 갇히는 게 두려웠고, 엘리베이터가 김현의 입원실이 있는 6층에 멈췄다 오면 따라붙는 기자들이 성가셨기 때문이다.

병원의 로비에는 여전히 많은 수의 기자들이 대기하고 있었다.

오 과장의 언론 브리핑에 대한 반응이 일파만파로 더 커지고 있었다.

오 과장은 김현의 사전 인터뷰를 편집해 그가 연쇄살인을 저지르고도 죄책감이 없는 사이코패스인 양 만들어놓았다. 범죄 동기는 물론이고, 김현이 3인칭으로 대답한 말들의 주어를 잘라내 1인칭으로 바꿔놓았기 때문이다.

여론은 그를 병원에 두는 것에 분노하고 있었고, 김현의 동영상을 본 사람들은 당장 그를 사형시켜야 한다고 목소리를 높였다.

한지수는 병원의 뒷문을 통해 밖으로 나갔다.

아무 일도 일어나지 않았고 아무도 없었다.

병원에서 멀어질수록 손의 떨림이 잦아들었고, 심장박동이나 호흡도 편안해졌다.

한지수는 골목길로 접어들었다.

그녀는 일렬로 주차되어 있는 차량 옆을 걸어가며 습관적으로 안을 훑었다. 짙게 선팅된 검정색 차량 안에 사람이 있었다.

한지수는 긴장한 채 걸음을 멈추고 움직임을 살폈다.

그녀는 미동도 없는 남자가 상복차림으로 잠을 자고 있을 뿐인 걸 깨닫고 빠르게 지나쳤다.

생각해보면, 김현은 자신이 절대적으로 불리한 상황을 역전시켜 지금의 상황을 만들어냈다. 범죄를 저지른 현장에서, 그것도 현행범으로 검거된 연쇄살인마가 사건을 뒤집을 수 있는 경우는 단언컨대 없다. 그런데 김현은 그걸 해낸 거다.

노래방 주인을 살해한 방화현장에서 소방관에게 발견된 김현은 연기에 질식해 심정지까지 온 위급한 상태였다. 다행히 화상은 심하지 않았고, 응급처치가 빠르게 이루어져 생명을 건질 수 있었다.

김현은 실화로 위장하기 위해 발화점을 한 곳에 두었다. 덕분에 불이 번지는 속도가 느렸기에 오정태는 창문으로 빠져나갈 기회가 있었다.

김현은 현장 주변을 떠나지 않고 있다가 빠져나가려는 오정태를 잡으러 다시 불 속으로 뛰어들었던 것으로 추정됐다.

수사팀 입장에서 보면 가장 완벽한 결말이었다.

연쇄살인마는 잡혔고, 현행범으로 검거한 탓에 결정적 증거조차 필요 없는 상황이었다.

과거에 그가 저지른 연쇄살인에 대한 추가적인 진술만 받아내면 수사는 종결될 터였다. 그런데 그가 의식을 회복하면서 완벽했던 상황이 역전되었다.

김현은 의식을 회복한 뒤 자신이 왜 병원에 있는지 알지 못했고, 심지어 나이는 물론 이름조차 기억해내지 못했다. 가벼운 뇌진탕이 있기는 했지만 믿기지 않는 결과였다.

수사팀은 김현의 기억상실을 믿지 않았다. 당연했다. 기억상실이라는 건 영화 속에서나 나오는 일이었으니까.

그들은 김현이 심신상실로 처벌을 면하기 위해 거짓으로 연기를 하고 있다고 의심했다. 하지만 증명할 수 있는 증거가 없었다.

국립병원 최고의 의료진이 의학적 검증을 했지만, 어느 쪽으로도 쉽게 결론 내리지 못했다. 기억상실은, 뼈가 부러진 것처럼 확실한 증상이 없다.

설상가상으로 수사팀은 김현의 거주지 압수수색과 주변 탐문수사로도 과거의 연쇄살인과 연결 지을 결정적 증거를 확보하지 못했다. 과거 연쇄살인에 대한 입증은 전적으로 김현의 자백에 달려 있다는 뜻이었다.

사건의 주도권이 김현에게 넘어갔다. 이대로라면 김현을 법정에 세워 그가 저지른 네 건의 살인에 대해 합당한 처벌을 받게 만드는 것은 사실상 불가능했다.

현장에서 검거된 방화 살인 한 건만으로 김현을 기소한다 해도 심신상실로 판정나면 그조차도 처벌은 물 건너갈 위기였다.

오 과장이 선택할 수 있는 경우의 수는 많지 않았다. 김현의 기억 상실이 거짓 연기라는 걸 밝혀내거나, 그가 기억을 되찾게 만들거나.

그가 선택한 방법은, 김현이 거짓 연기를 한다면 수사팀도 거짓 연기로 김현을 속여 그가 스스로를 수사하게 만드는 것이었다.

오 과장은 김현을 이수인 경감이라는 가공의 인물로 만들어 그가 스스로를 수사해 기소할 수 있도록 증거를 만들고자 했다. 위험한 발상이었다.

한지수는 오 과장의 계획에 반대했어야 했다. 하지만 그때 그녀는 김영학의 실종과 관련해 감찰을 받고 있었고, 무엇보다 피의자 신문에 자신만만했다. 오 과장의 제안을 거절할 이유가 없었다.

오 과장이 한지수를 이 수사에 투입한 이유는 피의자와 심리적 라포를 형성하지 않는 그녀의 신문 스타일 때문이었다. 거리를 두고 김현을 냉정하게 관찰할 사람이 필요했던 것이다.

경찰 수뇌부의 조바심과 연쇄살인마에 대한 여론의 분노는, 김현이 위독한 상태라고 언론에 흘려 잠시 잠재웠다.

한지수는 김현이 스스로를 수사하는 과정에서 거짓 연기를 하고 있다는 증거를 잡아낼 수 있다고 생각했다.

만약 그의 기억상실이 사실이라 해도 현장검증을 통해 그가 저지른 연쇄살인의 결정적 증거를 확보하거나 그가 자신이 저지른 연쇄살인을 인정하도록 만들 수 있으리라 자신했다.

그녀는 계획대로 이수인 경감과 함께 현장검증을 하며 그가 저지른 연쇄살인의 결정적 증거들을 상당 부분 확보했다. 그동안 수사팀이 찾아내지 못했던 증거였다.

마침내 김현이 네 건의 연쇄살인을 인정하고, 자신이 건강하며 잃어버린 기억도 되찾았다는 진술을 하게 만들었다.

수사팀에게 큰 소득이었다. 하지만 절반의 성공이었고, 여전히 유리한 쪽은 김현이었다.

그녀의 고민은 여기서부터 시작되었다. 그는 마음만 먹으면 언제라도 심신상실을 핑계로 형을 면제받을 수 있는 마지막 카드를 손에 쥐고 있는 거였다.

그가 그 카드를 사용하면, 역설적이게도 그의 기억상실을 증명하는 증인으로 한지수와 오 과장이 법정에 서게 될 것이다.

김현이 이 모든 것을 미리 계획하고 행동하고 있는 거라면 뒤집을 방법이 없었다. 한지수가 할 수 있는 것이라고는 지금처럼 김현이 자백을 유지하도록 심리적 명분을 만들어주거나 그가 마지막 카드를 쓰기 전에 거짓으로 연기를 하고 있다는 증거를 잡아내는 것뿐이었다.

한지수의 생각은 거기서 끊겼다. 전화벨이 울렸다. 오 과장이었다.

"지금까지 잘해냈어."

"과장님, 김현이 무슨 카드를 쥐고 있는지는 아시죠?"

"알아. 그러니까 일단 서면으로 진술서부터 받아."

"내일 병실에서 받으려고요. 진술녹화도 하고."

"한지수!"

"네."

"한 형사 덕분이야."

"……."

"좋은 신문전략이었어."

"자백을 유지하는 게 진짜죠."

"진술조서는 한 형사가 직접 받아. 그래야 김현이 자백한 심리적인 명분이 유지되지."

"알겠습니다."

"이번엔 들키면 안 돼. 김현이 기억해내면 몰라도."

"김현이 눈치채면 기억이 돌아왔다는 반증이 될 겁니다."

"좋아, 수고해."

전화가 끊어졌다. 한지수는 누가 누구를 속이고 있는 건지 혼란스러웠다. 김현이 법정에서 판결을 받기 전까지 그와 다시 심리전을 벌여야 한다는 생각만으로도 숨이 턱 막혔다.

그녀는 걸음을 빨리했다. 당장은 병원에서 멀리 떨어지고 싶은 마음뿐이었다.

15

개발의 손길이 비껴간 낮고 낡은 집들과 색이 바랜 기와를 얹은 지붕이 연달아 이어졌다. 골목은 노인의 등처럼 휘어져 끝이 보이지 않았다. 용산서 앞 새로 지은 건물 사이에 그의 나이보다 오래된 집들이 썩은 이빨처럼 듬성듬성 있었다.

큰길에 가까워질수록 새로 신축한 건물이 많았고 번듯한 자동차 대리점까지 있었다. 손 형사는 시동도 잘 걸리지 않는 차를 언제쯤 바꿀 수 있을까, 생각하며 쇼윈도 앞을 지나쳤다.

남영역 사거리를 지나 청파로를 걸을 때쯤 종로서 강력1팀의 이준 반장에게 전화를 할까 잠시 망설였다. 이준은 중앙경찰학교 동기로, 그와 마찬가지로 강력으로만 돌아 승진은 포기했다는 공통점이 있었다.

손 형사는 촉이 빠른 이준이라면 전화만 받고도 뭔가 다른 낌새를 눈치챌 것 같았다. 아마도 이준은 어떤 질문을 해도 머릿속으로 한 번 걸러 대답할 것이다. 자연스러운 게 중요했다. 그냥 지나다 잠깐 들른 사람처럼 그를 찾아가기로 했다.

30분쯤 걷자 남대문 경찰서가 보였다. 누굴 잡아야 하는지도 모르고 수배자를 잡으러 다니는 일이 일상인 강력계 형사에게 이 정도 거리는 산책하는 수준이었다.

손 형사는 취기가 조금 가시자 빠른 걸음으로 걷기 시작했다. 바람 때문에 코끝은 차가웠지만 등에선 땀이 났다.

을지로, 종각을 지나 조계사가 보일 때까지 쉬지 않고 빠른 걸음으로 걸었다. 간밤에 피곤에 찌든 몸이 오히려 개운해지면서 정신이 맑아졌다.

인사동 초입에서 커피를 사들고 종로경찰서로 들어섰다. 강력1팀은 지하 1층에 있었다.

지하로 내려가는 계단에 한기가 돌았다. 혐의가 조금이라도 있는 용의자라면 분위기에 눌려 죄를 털어놓고 싶어질 것이다.

1팀의 문을 열고 들어섰다. 이준 반장이 자리에서 벌떡 일어났다. 먼저 총이라도 뽑을 것 같은 기세였다. 여전히 다부진 체격에 나이보다 어려 보이는 동안이었다.

"어쩐 일이야? 연락도 없이."

"비번인데 용의자 쫓다가 보니 종로서 근처더라고."

커피 잔을 이 반장에게 내밀었다. 그가 받아서 한 모금 마셨다. 그러고 나서 책상 앞에 있는 의자를 가리켰다. 자연스러웠다. 다른 팀원들은 외근 중인지 사무실에는 이 반장 말고는 없었다.

"그래서 잡았어?"

이 반장이 의심 없이 눈을 반짝이며 물었다.

"아직. 이제 잡아야지."

"프로필 읊어봐. 내가 잡아줄게."

"느긋한 거 보니 종로서는 한가한가 봐. 사실 여기야 뭐 큰 건 터지는 데도 아니고. 살인범 잡아본 지 좀 됐지?"

손 형사가 이 반장을 놀렸다.

"이거 왜 이래. 여긴 접촉사고만 나도 큰 건이야. 타고 있는 사람들 배경이 어마어마하잖아. 종로에서 접촉사고 나면 청와대나 정부 공무원 아니면 기자야. 거기에 그룹 회장님도 많고. 접촉사고 잘못 처리하면 서장 목까지 날아가. 살 떨리지?"

이 반장의 농담에 손 형사도 웃고 말았다.

"이 반장, 한지수라고 기억해?"

"쫓고 있는 용의자야?"

"서울청 범죄행동분석팀 형사."

"그걸 왜 나한테 물어?"

"강력1팀에서 사건 처리를 한 적이 있거든."

이 반장은 대답 없이 커피만 마셨다. 그가 촉을 세우는 느낌이 들었다. 손 형사는 뭐라고 둘러대야 할지 몰라 시선을 한 곳에 두지 못하고 허둥댔다.

이 반장 책상 위에 볼펜처럼 꽂혀 있는 칫솔에 시선을 멈췄다.

"예뻐?"

한참 만에 이 반장이 농담처럼 물었다.

손 형사는 이 반장의 속내를 알 것 같았다. 낄낄대며 유치하게 놀던 때로 돌아간 듯했다.

"그래, 예뻐."

이 반장이 웃었다. 손 형사도 따라서 웃었다. 이제 질문과 대답은 사적으로 주고받는 그들만의 농담이 될 것이다.

"그럼, 기억나지. 스토킹 신고였지? 형사가 스토커로 신고 당한 것도 쇼킹했지만, 신고한 집안이 또 만만치 않아서 기억해. 유명한 종합병원 원장 집안이야."

"당사자가 신고한 건가?"

"아니, 신고한 사람은 로펌 변호사야. 여기선 흔한 일이지."

"그래서 결론은?"

"한 형사는 수사라고 주장했지만, 관할도 아니고 윗선의 지시나 정식 보고도 안 된 거라 스토킹으로 결론이 났지. 방어를 할 수 있는 상황이 아니었어. 서장까지 그쪽 편을 들고 나섰으니까. 워낙 빵빵한 집안이라 재판까지 가면 한 형사쯤은 쉽게 날렸을 거야. 결국 한 형사가 수사에서 손 떼는 걸로 종결됐어. 다행히 그쪽도 기사라도 터지면 곤란하니까 동의했고."

"뭐 특별한 건 없고?"

"기본적인 건 이게 다야. 이제 너도 까봐. 뭔데?"

손 형사는 이 반장을 이해할 수 있었다. 잘못 건드렸다간 몇 명쯤은 쉽게 날아갈 수도 있는 큰 건이었다. 하지만 그렇다고 해서 한 형사에 대한 혐의를 드러내놓고 조사할 수는 없었다.

"예뻐서."

이 반장이 어이없다는 표정으로 그를 봤다. 손 형사는 마지막까지 농담인 채로 끝내고 싶었다.

"예쁜 게 어느 쪽이야? 한 형사야, 병원장이야?"

"한 형사."

"그나마 낫군."

이 반장이 커피로 목을 축였다. 그는 정말 긴장하고 있었다.

"불편하면 따로 알아볼게."

"나도 형사야. 폼 나게는 못 살아도 쪽팔리게 살진 말아야지."

"고마워."

"뭔지 몰라도 종결하면 술 한 잔 사. 그건 그렇고 한 형사가 스토킹한 대상이 누군지는 알지?"

"욕조 속 신부 사건의 남편 한기범이잖아. 증거불충분으로 풀려났다가 카피캣한테 살해당한."

"맞아. 병원장 막내아들이지. 그런데 한 형사의 스토킹은 한기범이 전부가 아니야."

"그럼 또 누구를 스토킹했다는 거야?"

"우리도 변호사가 고소한 뒤 알았어. CCTV 자료까지 뽑아왔더라고."

수사가 예측할 수 없는 방향으로 흘러가고 있었다. 손 형사는 한 형사가 수사하려고 했던 대상이 석방된 한기범이 아닐지도 모른다는 생각이 들었다.

"누구였어?"

"병원장의 둘째아들."

"도대체, 왜?"

"나야 모르지. 당시 한 형사가 개인적으로 둘째아들을 미행했나 봐. 둘째아들은 몰랐고. 그런데 막내아들이 구치소에서 나오면서 얘기가 좀 복잡해져."

"어떻게?"

"한기범이 병원에서 지 형을 폭행해. 그걸 한 형사가 본 거야. 그리고 그 뒤부터 한 형사가 한기범에게 계속 접촉을 시도한 거고."

"그래서 스토킹이라고 고소한 거고?"

"맞아. 근데 스토킹으로 고소한 사람은 막내 한기범이 아니고 병원장이야. 그리고 병원장은 폭행이 있고 난 뒤 막내아들을 외국으로 보내려고 했어. 뭐, 출국하기 전에 살해당했지만. 이건 우리만 아는 사실이고."

병원장 집안에 뭔가 남들이 알지 못하는 사연이 있는 건 분명해 보였다. 한 형사가 눈치챈 건 뭘까?

"이상하네. 살인용의자인 막내아들이 풀려나기 전에 이미 둘째아들을 쫓고 있었다는 것도 그렇고. 게다가 막내아들과는 접촉을 시도했다고?"

"둘째아들을 스토킹한 사실이 외부로 알려지진 않았어. 한 형사의 진술은 그쪽이랑 합의되고서 바로 폐기됐고. 기록으로는 아무것도 안 남았지."

"그쪽 집안 얘기는 뭐 없어? 냄새가 좀 나잖아."

"알다시피 그쪽은 사고가 나야 밖으로 얘기가 흐르지. 지금은 철벽이야."

"알았어. 도움이 됐어."

손 형사가 자리에서 일어섰다. 이 반장이 해줄 수 있는 얘기는 여기까지인 것 같았다. 이 반장이 밥이라도 먹자며 따라 나오는 걸 그는 애써 만류했다. 머릿속이 복잡해 밥이 넘어갈 것 같지 않았다.

한 형사가 수사에서 손을 떼겠다고 한 뒤 진짜 그만두었을까 의문이 생겼다. 김영학의 거주지를 불법침입하고, 단서를 찾느라 현장을 쑥대밭으로 만들어놓는 사람이 자신이 하던 수사를 접었을 것 같진 않았다.

그런 의미에서 보면 한 형사가 자신이 하던 수사를 접고 카피캣의 조력자가 되는 건 그럴듯한 가정이었다. 그런데 한 형사가 쫓던 사람이 석방된 남편이 아니고 그의 형이라는 점이 걸렸다.

한 형사가 석방된 막내아들에 대한 증거를 모으기 위해 형을 미행한 걸까? 아니면 그 형이 진범이라고 생각했을까? 조건이 많아지면 세울 수 있는 가설의 경우의 수는 기하급수적으로 늘어난다.

다만 한 형사가 한기범의 형이 진범이라고 생각했다면 카피캣과 공범이라는 건 성립할 수 없었다. 카피캣이 석방된 막내아들을 이미 죽였기 때문이다.

손 형사는 복잡한 사건에 발을 들인 것 같다는 생각이 들었다.

사람은 누구나 거짓말을 하면서 산다. 말을 못 하는 아이도 거짓으로 울 줄은 안다.

진술녹화실에서 형사와 용의자가 책상을 사이에 두고 마주앉으면 용의자와 형사 중 누가 더 많은 거짓말을 할까?

진술녹화실에서 용의자가 하는 거짓말은 모두 '내가 하지 않았어요. 난 결백해요'에 수렴된다. 결정적인 증거가 있어도, 심지어 목격자가 있어도 마찬가지다. 그리고 형사의 거짓말은 모두 '네가 저지른 짓이란 거 알고 있다'에 수렴된다. 결정적인 증거가 없어도, 심지어 단서라고는 '의심'밖에 없어도 그렇다.

거기에 더해 형사만 하는 거짓말이 또 있다.

'내가 널 이해한다.'

형사가 범죄자를 이해하는 경우 같은 건 없다. 자백을 받기 위한 거짓말이다.

한지수가 신임 순경이었을 때 범죄행동분석팀 선배가 했던 말이다. 그 선배는 물었다. 용의자와 형사 중 누가 더 거짓말을 많이 할까?

한지수는 자신이 뭐라고 대답했는지는 기억나지 않는다. 하지만 선배가 말한 대답은 똑똑히 기억한다. 선배는 말을 많이 하는 사람이라고 했다. 말을 많이 하는 사람이 불리한 사람이다.

김현의 진술조서를 받을 때, 누가 더 거짓말을 많이 하게 될까?

한지수는 지하철역에서 나와 경찰병원의 담을 따라 장례식장 쪽으로 걸었다.

장례식장 입구엔 검은색 옷을 입은 조문객 몇 명이 인사를 나누고 있었다. 그녀는 조문객들 사이에 섞여 병원으로 들어갔다. 그제야 한지수는 자신이 오늘도 검은색 옷을 입고 나왔다는 걸 깨달았다.

그녀는 엘리베이터를 타며 검정색 재킷을 벗어 손에 들었다. 흰색 블라우스차림이 병문안에는 더 잘 어울린다고 생각했다.

'이번엔 들키면 안 돼. 김현이 기억해내면 몰라도.'

한지수는 머릿속으로 오 과장의 말을 되뇌었다. 가슴이 답답해지고 호흡이 가빠졌다.

엘리베이터 벽면에 붙은 거울 속의 그녀는 긴장감으로 얼굴이 벌써 하얗게 질려 있었다. 이래서는 진술조서를 받기도 전에 들키고 말 것 같았다.

한지수는 엘리베이터 문이 열리자마자 화장실로 들어갔다. 그녀는 차가운 물로 세수를 하고 다시 공들여 화장을 했다. 파우더를 짙게 바르고 립스틱을 바르는 동안 심장박동과 호흡이 천천히 돌아왔다. 거울 속의 그녀는 두꺼운 화장을 가면처럼 쓰고 있었다. 왠지 안심이 됐다.

병실 앞에는 최정호 순경이 어제처럼 느슨한 자세로 스마트폰을 보고 있었다.

한지수는 문득 어제의 김현과 오늘의 김현이 같은 사람일까, 생각했다. 그리고 자신은 어제의 김현을 만나러 온 걸까, 오늘의 김현을 만나러 온 걸까. 얼른 판단이 서지 않았다. 팔에 소름이 돋았다.

한지수는 최 순경에게 '김현이 자신이 연쇄살인마라는 걸 알고 있다'고 경고를 해줘야 할지 고민했다. 최 순경의 달라진 태도는 김현을 긴장시킬 테고, 그것은 또 다른 힌트가 될 것이다.

한지수는 최 순경과 가볍게 목례만 하고 바로 병실로 들어갔다.

최 순경이 뭔가 할 말이 있는 듯한 표정으로 일어섰지만 한지수는 무시했다. 지금은 김현에게 진술조서를 받는 것이 중요했다.

김현은 창문을 바라보고 있었다. 문소리에 그가 고개를 돌렸다. 그의 눈과 마주쳤다. 한지수는 연습한 대로 미소를 지었다. 그의 시력이 많이 회복된 듯 눈의 초점이 분명해 보였다.

"괜찮으신 거죠?"

"지옥이죠. 과거의 내가 선택한 지옥이지만."

김현은 여전히 자신의 과거에 대해 책임지겠다는 진술을 번복할 생각이 없다는 듯 말했다.

"혹시 뭔가 기억나는 게 있으세요?"

"안타깝게 아무것도 없네요. 조금이라도 기억이 떠오르면 좋을 텐데."

김현이 손에 들고 있던 종이를 보여주었다. 프린트된 아이의 사진이었다. 그는 절실해 보였다.

"차차 돌아오겠죠."

김현은 대답 없이 사진 속 아이의 얼굴을 보았다. 잘 보려는 듯 눈을 가늘게 떴다. 그는 지옥과 천국을 한 손에 쥐고 있는 표정이었다.

한지수는 자신도 모르게 긴장해 손끝이 떨리기 시작했다. 떨림이 더 커져 들키기 전에 숨겨야 했다. 그녀는 침대의 난간을 잡고 의자에 앉았다. 김현의 시선이 그녀를 따라왔다.

"이제 서면진술을 받아야겠지요? 시작할까요."

그가 말했다. 김현은 앞으로 진행될 수사의 절차를 예상하고 있다는 듯이 재촉했다.

한지수는 문득 두려웠다. 그가 장기판의 말처럼 그녀를 마음대로 움직이고 있는 건 아닌가 해서. 다시 의심이 짙어졌다. 그가 기억을 잃은 것이 사실일까?

김현은 더듬거나 망설이는 기색 없이 앞이 보이는 사람처럼 분명한 걸음으로 탁자 앞 의자에 앉았다.

한지수도 가방에서 노트북을 꺼내 그와 마주 앉았다.

"오늘은 서면진술을 받기 위한 예비 진술이에요. 경감님 상태를 외부에 드러낼 수 없는 상황이니까요."

"좋습니다. 시작하죠."

"먼저 서면진술을 받기 전에 신원확인을 할 거예요. 이름과 주민등록번호, 현주소, 학력, 직업 등을 묻는 거죠."

한지수는 펼쳐놓은 노트북 너머로 김현의 태도를 유심히 살폈다. 그는 시선을 피하지도, 양손을 깍지 끼지도, 다리를 꼬지도 않았다. 긴장을 하거나 불안함을 느낄 때 하는 전형적인 행동이 없었다. 눈을 깜빡이는 속도도 정상적이었다.

"이름은 알지만 나머지는 모르겠군요."

한지수는 그의 주민등록번호와 주소, 직업을 알려주었다. 그는 한 번 듣고서 자신의 인적사항을 그대로 외웠다.

휴대폰의 녹음기능을 활성화시켰다. 그가 대답한 신원확인부터 녹음이 되었다.

"2017년 6월에 발생한 '욕조 속 신부' 사건을 재현해 2017년 9월, 유력 용의자였던 남편 한기범 씨를 살해한 사실이 있지요?"

신문의 시작은 언제나 용의자에게 범행사실을 직시하게 만드는 것에서 출발한다. 그리고 프로파일러는 용의자의 반응을 살핀다. 그가 놀라는지 화를 내는지 반응을 확인해 다음 신문전략을 짜야 하기 때문이다. 한지수는 김현의 반응을 살폈다.

"있습니다."

그는 담백하게 인정했다. 이름이나 주소를 물어볼 때와 다르지 않았다.

"2017년 10월 옥상에서 폭행으로 사망한 가출 여고생의 사건을 재현해 2018년 1월, 유력한 용의자였던 이정우를 살해한 사실이 있지요?"

"있습니다."

김현은 처벌에 대한 두려움도, 살인에 대한 죄책감도 없어 보였다.

그런 그의 반응이 신경 쓰였다.

한지수는 다음 질문을 하기 전에 뜸을 들였다. 그를 조급하게 만들고 싶었다.

그는 무표정한 얼굴로 그녀의 질문을 기다렸다. 초조해하지도 않았고, 자신이 대답한 말을 머릿속으로 검증하거나 변명을 할 생각도 없는 것 같았다.

“2018년 4월 실종으로 위장해 아내를 살해한 일명 ‘시체 없는 살인’ 사건을 재현해 2018년 5월, 유력한 용의자였던 남편 김영학을 살해했지요?”

“맞습니다.”

그는 한 치의 망설임 없이 단답형으로 대답했다.

“2017년 3월에 발생한 노래방 방화의심사건을 재현해 2018년 10월, 노래방의 사장이었던 유력 용의자 오정태를 살해했지요?”

“제가 오정태를 불에 태워 죽였습니다.”

김현의 이번 대답에는 감정이 실려 있었다. 평온했던 그가 감정적으로 동요하고 있었다. 다음 단계로 넘어갈 적절한 타이밍이었다.

다음 질문은 그가 범행을 저지른 이유를 묻는 것이다. 프로파일러는 피의자가 범행을 합리화시킬 수 있는 적당한 이유를 찾아 먼저 제시하는 것이 좋다. 아무리 엽기적인 범죄를 저지른 피의자라도 자신을 합리화시킬 나름의 이유는 필요하니까.

김현의 연쇄살인은 딸의 죽음에 대한 복수로부터 시작되었다. 그리고 그 복수는 불합리한 사법제도에 대한 조롱과 분노로 확장되었다. 그의 연쇄살인은 심리적 명분을 갖고 있다.

“네 건의 연쇄살인을 저지른 동기는 무엇입니까?”

“무기력한 사법시스템에 대한 분노라고 해두죠. 딸의 죽음에 대한 복수가 계기가 되기는 했지만, 그 편이 연쇄살인에 대한 이유로 더 설득력이 있을 테니까요.”

그는 마치 다른 사람의 이야기를 하듯 말했다. 그가 진술하는 목적은 표면적으로는 자신이 기억을 잃은 걸 들키지 않기 위해서다. 그는 자신이 기억하지 못하는 연쇄살인의 이유가 다른 사람들에게는 그럴듯하게 보여야 했다.

"그러면 살해한 모든 피해자가 유죄라고 확신합니까?"

"수사기록상 그렇습니다."

"수사기록이라는 것은 경찰 수사기록을 말하는 겁니까?"

"그렇습니다. 제가 서울청에서 미제사건을 분석했기 때문에 해당 사건들의 기록을 열람할 수 있었습니다."

"수사 결과, 무죄라고 판단되어 그들이 석방된 것 아닙니까?"

"무죄는 죄가 없다는 뜻이 아니라 죄를 증명할 증거가 부족하다는 뜻입니다."

그는 단호했다. 자신이 한 행동에 한 치의 의심도 없었다. 한지수는 그 틈을 파고들기로 했다. 위험부담이 컸지만 그가 거짓연기를 하고 있다면 어떤 식의 반응이라도 보일 거라 기대했다.

한지수는 휴대폰의 녹음기능을 종료시켰다.

"얼마 전 인터뷰에서 '욕조 속 신부' 사건에 대해 다른 용의자를 쫓고 있다고 말씀하셨는데, 혹시 수사상 드러나지 않은 용의자가 있다는 걸 이미 알고 계셨던 거 아닙니까?"

"그건……."

처음으로 김현의 태도가 흔들렸다. 김현의 눈빛은, 자신이 그렇게 말한 이유에 대해 그녀가 알고 있지 않냐고 묻고 있었다. 한지수는 몸을 꼿꼿하게 세운 채 김현과의 거리를 냉정하게 유지했다.

김현의 시선이 천장을 맴돌았다. 그는 기억을 더듬고 있는 것처럼 보였다. 아무것도 기억하지 못하는 사람이 보이는 반응이 아니었다.

한지수는 타이핑을 멈추고 두 손을 깍지 꼈다.

"몰랐습니다. 그런 용의자가 있었다면 수사팀도 알았겠지요."

김현은 다시 한지수를 똑바로 보았다.

"사망한 아내는 욕조에서 벌거벗은 채 발견됐습니다. 피해자는 누군가 욕실에 들어오는 것을 보고도 그대로 있었고요. '이런 관계는 대단히 한정적이다'라고 말씀하신 거 기억하시죠?"

"기억합니다."

"남편 외에 대단히 한정적인 관계의 누군가가 또 있을 가능성에 대해 어떻게 생각하십니까?"

김현은 다시 침묵했다. 그는 무심결에 탁자의 나뭇결을 만지작대다가 부스러기가 떨어지는 줄도 모르고 있었다.

"남편의 형과 욕조에서 사망한 아내가 불륜관계였다고 가정하면요? 형이 그 집에 드나드는 모습을 본 목격자도 있습니다. CCTV는 확보하지 못했지만요. 또 남편인 한기범이 구치소에서 출소하자마자 형에게 폭력을 행사하기도 했고요. 집안에서는 이를 덮으려 급급했습니다. 혹시 무고한 사람을 죽였다고 생각하진 않으세요?"

한지수는 김현이 저지른 범행의 심리적 명분을 훼손했다.

그녀는 다리를 꼬고 깍지를 낀 채 그를 보았다. 그녀는 자신이 무의식적으로 스트레스를 해소하려고 한다는 걸 깨달았다.

김현이 길게 한숨을 내뱉었다. 그가 손에 쥐고 있던 아이의 사진이 흔들리고 있었다.

"제가 무고한 사람을 죽였다면 죄책감이 지금보다 더 커지겠지요. 거기에 진짜 범인이 웃으며 거리를 활보한다고 생각하면 죄책감은 훨씬 더 커질 겁니다. 제가 인터뷰에서 말했듯 카피캣은 그저 연쇄살인을 저지른 살인마일 뿐입니다. 부족한 인간이 다른 인간을 자신의 기준으로 판단해 살해했다는 것 자체가 오류입니다. 지금 할 수 있는 건 제가 저지른 범죄에 대한 합당한 처벌을 받는 것입니다."

이번에는 한지수가 긴 한숨을 내뱉었다. 그가 거짓 연기를 하는 것이 아니라면 '자신이 옳은 일을 했다'라고 믿는 심리적인 정당화도 사라졌다. 그는 자신이 단순한 연쇄살인마라는 걸 인식하고 있었다.

한지수는 김현이 들고 있는 사진을 흘깃 보았다. 그의 엄지손가락이 여중생의 얼굴을 쓰다듬고 있었다. 한지수는 어쩌면 그가 정말 기억을 잃은 것이고, 자신이 저지른 범죄의 처벌을 받기 위해 필사적으로 노력하고 있는지도 모른다는 생각이 들었다.

그녀는 해야 할 질문이 아직 남아 있는데 벌써 지치기 시작했다.

김현이 눈도 한 번 깜빡이지 않고 그녀를 보고 있었다. 천장을 헤매던 한지수의 눈이 황급히 그를 보았다.

"제 기억은 당신의 생각과 같습니다. 너무 초조해하지 말아요."

그가 말했다. 한지수는 뭔가 들켜버린 부끄러움에 얼굴이 달아올랐다. 다행히 두꺼운 화장 때문에 이것마저 들키지는 않았다.

16

누가 누구를 속이고 있는 걸까? 아니면 누가 누구에게 들켰을까?

한지수는 욕조 속 신부 사건의 남편이 아니라 형을 수사했던 내용으로 김현을 흔들어보았다. 그런데 그는 조금도 동요하지 않았다. 그녀는 누가 누구를 속이고 있는지 혼란스러웠다.

한지수는 다시 휴대폰의 녹음기능을 활성화시켰다.

2차 이정우 살인사건에 대해 간단한 문답을 계속했다. 김현은 이정우를 살해하는 데 사용한 칼과 부러진 칼끝에 대해 현장상황과 증거를 토대로 논리적으로 추론했다. 하지만 김현은 이정우가 사용한 칼을 어떻게 손에 넣었는지는 대답하지 못했다. 한지수 역시 이 질문에 대한 답변을 채워 넣을 수는 없었다. 한지수는 뭔가 더 밝혀지기 전까지 이 질문은 건너뛰기로 마음먹었다.

3차 김영학 살인사건에 대해서도 김현은 자신이 기억하지 못하는 부분을 논리적인 분석으로 메꿔나갔다. 그의 논리는 그럴듯했고, 아무도 사건의 진실을 알지 못하는 이상 큰 문제는 없었다. 간혹 그가 사건에 대해 채워 넣지 못하는 부분은 그녀가 도왔다. 그렇게 질문들의 빈칸이 채워졌고, 김현은 자신이 연쇄살인마라는 걸 더욱 자각하게 됐다.

"혹시…… 과거에 저지른 연쇄살인을 후회합니까?"

김현은 바로 대답하지 않았다. 그의 눈빛이 흔들렸다.

"과거로 돌아갈 수 있다면 딸을 비롯해 모두를 살리고 싶군요."

한지수는 그의 진심 같은 게 느껴졌다. 동시에 위험하다는 걸 직감했다. 연쇄살인범에게서 진심을 느끼다니. 자신도 모르게 피의자와 라포를 형성하고 있었던 것이다.

그녀는 감정을 털어내기 위해 잠시 타이핑을 멈추고 몸을 꼿꼿이 세웠다. 물리적인 거리라도 확보해야 감정적인 거리도 확보할 수 있을 것 같았다.

"후회하십니까?"

한지수가 높낮이 없는 목소리로 물었다. 김현은 고개를 돌려 창밖을 보았다.

창밖은 이미 어두워지고 있었다. 그는 끝까지 대답하지 않았다.

조심스럽게 병실 문이 열렸다. 밖을 지키던 최 순경이 근무교대를 하는지 병실 안을 확인했다. 최 순경은 한쪽 손을 불룩한 근무복 주머니에 넣고 있었다. 한지수는 그 주머니에 뭐가 들었는지 보지 않고도 알 수 있었다.

한지수와 눈이 마주치자 최 순경은 주머니에서 손을 빼 경례를 했다.

"너무 조용해서 확인했습니다. 이제 곧 교대거든요."

"고생했어요."

한지수가 손을 들어 보였다. 문이 닫혔다.

어색한 침묵이 계속됐다.

한지수는 말없이 노트북 자판을 두드려 질문을 만들어냈다. 그의 시선이 한 형사에게 돌아왔다.

그녀는 다시 기계적인 목소리로 질문을 읽었다.

"4차 방화사건현장에는 왜 다시 들어갔습니까?"

김현은 방화를 한 뒤 현장을 빠져나왔다가 무슨 이유에서인지 다시 현장으로 돌아가 정신을 잃은 채 발견되었다. 이 부분은 수사팀이 복원해내야 하는 김현의 비어 있는 시간이었다.

"마지막 살인을 완성해야 연쇄살인이 끝날 테니까요."

그가 비어 있는 시간을 논리적으로 채워 넣었다.

사실인지는 몰라도 그럴듯했다. 지금은 그런 것이 더 중요했다.

"빠져나오려는 오정태를 살해하기 위해 다시 현장으로 들어갔다는 말이죠?"

"그렇습니다."

"방화를 하고 난 뒤 현장 근처에 있었다는 뜻인데, 어디에서 지켜보고 있었던 거죠?"

"전 현장 안에 있었습니다."

"불이 시작된 시점에 편의점 CCTV에 찍힌 모습이 있습니다."

"아, 제가 착각했군요. 꿈속에서는 제가 계속 현장에 있었거든요."

실제 경험한 사실과 왜곡된 거짓이 뒤섞인 꿈이 그를 더 혼란스럽게 만드는 듯했다.

"그럼, 밖에서 지켜보고 있었다는 거죠?"

"그렇습니다."

"그런데 창문으로 빠져나가려는 오정태를 보고 확실하게 살해하기 위해 다시 현장에 들어간 게 맞죠?"

"그렇습니다."

"들어간 뒤 몸싸움이 있었던 겁니까?"

"어느 쪽으로 할까요?"

그가 되물었다.

"있었던 걸로 하죠. 화상 말고도 가벼운 뇌진탕과 타박상이 있었으니까요."

한지수가 아무 감정 없는 목소리로 되받았다.

"좋습니다. 몸싸움이 있었고, 몸싸움을 하던 중에 저에게 불이 옮겨 붙었습니다. 그리고 저는 연기에 질식해 쓰러졌습니다. 그 다음은 형사님들이 더 잘 알고 계실 거고요."

"좋습니다. 이 정도로 하죠."

한지수가 노트북을 덮었다.

김현의 시선은 이미 그녀를 지나쳐 더 멀리 있는 것을 보고 있었다.

"딸아이의 시신…… 많이 훼손됐습니까?"

그가 물었다. 한지수는 가방에 넣으려던 노트북을 떨어트릴 뻔했다. 심장이 급격하게 뛰고 손끝이 떨렸다. 결코 묻지 않기를 바랐던 질문이었지만, 그로서도 물을 수밖에 없는 질문이었을 것이다.

그녀는 일부러 들고 있던 노트북을 손에서 놓았다. 노트북이 바닥으로 떨어지면서 그녀의 발등을 찍었다. 현실적인 고통에 조금 정신이 들었다.

한지수는 노트북을 확인하는 척하며 시간을 벌었다.

"뭐라고 하셨죠?"

"너무 많이 훼손돼, 딸아이가 꿈으로라도 찾아오지 못하나 해서요."

한지수는 차마 고개를 들지 못했다.

그는 컬러 프린터로 출력한 흐릿한 아이의 사진을 보고 있었다.

"불은……. 노래방의 룸 하나를 모두 태우고 복도로 번졌어요. 아이는 불은 피했는데 연기는 피하지 못했어요. ……질식사였어요."

거짓말이었다. 불은 노래방의 룸 하나를 모두 태우고 손쓸 틈도 없이 지하 노래방 전체로 번졌다. 그리고 아이의 시신은 뼛조각 몇 개로 발견되었다.

"다행이군요. 내 꼴도 이 모양이라……."

그의 미소가 뺨부터 목까지 이어진 화상 때문에 일그러졌다.

한지수는 손이 떨리는 것을 감추기 위해 허벅지 밑에 손을 욱여넣었다. 그녀는 자신의 행동이 그에게 속속들이 읽혔을 거라 생각했다. 이마에 땀이 맺혔다.

"몸이 불편해 보여요. 그만 끝내는 게 좋겠군요."

"내일 뵙겠습니다."

한지수가 일어섰다. 다리가 후들거렸지만 힘을 줘서 한 걸음을 떼었다. 발등이 찌릿한 게 전기가 흐르는 것 같았다. 다시 한 발을 떼었을 때 그가 말했다.

"후회하느냐고 물었죠? 후회하지 않습니다. 딸아이가 살아서 돌아오지 않는 한 그럴 겁니다."

그는 자신의 진술을 뒤집을 어떤 의사도 없는 듯했다. 딸의 복수를 완성한 것으로 남은 삶의 과제를 끝낸 것이라 생각하고 있는 것 같았다.

"알고 있어요."

한지수가 대답했다. 이러지도 저러지도 못한 채 가만히 서 있는 게 너무 힘들었다. 어서 병실을 나가고 싶었다.

"그리고…… 고마워요. 거짓말해준 거."

한지수는 무릎이 꺾일 정도로 휘청했다.

그가 어디까지 눈치챈 걸까?

한지수는 뒤로 돌아서 그를 마주볼 용기가 나지 않았다.

"아이가 훼손되지 않았다고 말해줘서 고마워요. 사실대로 들었으면 머릿속으로 수만 번 그 상황을 상상했을 거고, 지옥문이 열렸을 테니까."

한지수는 병실 문을 열고 나왔다. 교대근무를 시작한 서 순경이 일어나서 경례를 했다.

한지수는 손을 들어 인사하고 서둘러 병실에서 멀어졌다. 안도의 한숨이 나왔다. 김현은 그녀의 진짜 거짓말은 끝내 눈치채지 못했다.

연쇄살인마가 된 범죄심리학 교수에겐 방화로 살해당한 딸 같은 건 없었다. 그것만큼은 그녀가 그를 속였다고 확신했다.

꿈을 꿨다.

지난번에 꾸었던 꿈과 비슷했다. 다만 이번에는 꿈을 꾸고 있다는 걸 꿈속에서도 알 수 있었다. 자각몽이라고 하던가.

꿈속에서 누군가 불이 붙은 오정태를 잡아채 바닥에 내동댕이쳤다. 그리고 그에게 올라타 양손으로 내리누르는 게 보였다.

수인은 꿈속에서 소리를 질렀고, 오정태의 가슴팍을 누르고 있던 남자가 그를 보았다.

남자의 웃고 있는 하얀 이빨이 보였다.

그는 꿈속에서도 이상하다고 생각했다. 자신이 오정태를 누르고 있어야 되는데, 그에게 올라탄 남자와 어떻게 눈이 마주치지?

수인은 꿈속에서 자신이 보고 싶은 대로 사실을 왜곡시키고 있다고 생각했다. 남자가 사라지고, 수인 자신이 달려들어 불이 붙은 오정태에게 담요를 덮어씌웠다.

꿈속이라지만 딸을 살해한 오정태를 살리고자 하는 자신을 이해할 수 없었다. 기억이 사라지면 증오나 복수심마저 사라지는 걸까?

수인은 되풀이해서 같은 꿈을 꾸는 이유가 오정태를 살리고 싶어 하는 마음이 남아 있기 때문이라고 생각했다. 그런데 왜?

눈을 떴다. 자각몽을 꾼 탓인지 눈을 떠도 꿈과 현실이 분리되지 않았다.

눈앞에서 사건현장을 본 것처럼 생생했다. 하지만 꿈의 내용을 생각해보면 기억이 아니고 고장난 뇌가 만들어낸 조작 같았다.

수인은 머릿속으로 지금의 자신을 설명할 수 있는 사실을 반복해서 떠올렸다.

내 이름은 김현이다. 범죄심리학과 교수였다.

딸의 복수를 위해 네 명을 죽였다.

죽였다는 것은 알지만, 기억하지는 못한다. 그래서 죄책감은 없다. 사이코패스와 다를 바 없다.

서울청 범죄분석자문요원이었다.

나는 이수인 경감이 아니다.

단지 연쇄살인마일 뿐이다.

나는 김현이다.

나는 이수인 경감이 아니고 그냥 수인(囚人)이다.

그는 끊임없이 지금의 자신을 머릿속으로 되풀이했다. 그래야 지금의 상황을 자각할 수 있었고 자신이 누구인지 인식할 수 있었다.

그래서 나는 김현이다.

김현은 창밖을 보았다. 하늘 위로 한 무리의 검은 점들이 출렁이고 있었다. 그는 눈을 비볐다. 모자이크를 한 것처럼 뭉개져 보이던 어제와는 달리 오늘은 검은 점들이 그의 눈앞을 따라다녔다.

처음에는 벌레인 줄 알고 손을 휘둘러 쫓아보려 해봤지만 소용없는 짓이었다. 그런데 지금은 점들의 개수가 엄청나게 늘어나 있다.

하늘 위에서 출렁이던 검은 점들이 선을 그리며 움직였다. 새였다. 그는 멀리 있는 새를 구별할 수 있을 정도로 시력이 좋아졌다는 것을 깨달았다.

김현은 손에 들고 있던 사진을 들여다보았다.

아이의 얼굴 위에 검은 점 몇 개가 깜빡였다. 눈을 가늘게 뜨자 점이 거의 사라졌다. 아이의 쑥스러워하는 미소가 보였다.

하루 종일 손에서 놓지 않은 탓에 사진의 귀퉁이는 헤졌고, 눈을 감으면 아이의 모습이 조건반사처럼 머릿속에 떠올랐다.

아이는 앞머리를 짧게 자르고 둥글게 말아 이마를 가렸고, 쌍꺼풀이 없는 큰 눈과 코끝이 둥근 얼굴은 아직 성장이 끝나지 않은 것처럼 보여 귀여웠다.

김현은 단발머리 아이가 보일 듯 말 듯 웃고 있는 입을 한참 동안 보았다. 낯이 익다는 생각이 들었다. 기억을 잃어도 딸의 얼굴이 그의 뇌에서 완전히 삭제된 것은 아니라고 생각하니 기분이 나아졌다.

누가 사진을 찍어줬을까? 그는 아이가 놀이공원에서 즐거운 한때를 인증한 사진을 보며 같이 간 사람이 자신이었으면 좋겠다고 생각했다. 그는 자신이 그 정도로 다정한 아빠였길 바랐다.

등 뒤에서 병실 문이 열리는 소리가 들리고 한 형사가 들어왔다.

"괜찮은 거죠?"

그녀는 안부 인사를 하며, 미소를 지었다.

김현은 그녀의 말이 대부분 중의적이라고 생각했다. 지금의 인사도 그랬다. 단순한 안부 인사로 보이지만 '이제 범인을 쫓던 경찰이 아니고 연쇄살인마라는 걸 알게 됐는데, 견딜 수 있는 거죠?'라는 것처럼 들렸다.

어색한 미소를 짓고 있는 한 형사의 눈코입이 분명하게 보였다. 매력적인 외모였다. 그녀의 주변으로 검은색 점 몇 개가 깜빡거려 차가운 느낌의 그녀를 더 신비롭게 만들었다.

"오늘은 서면진술을 받을 거예요. 진술녹화도 할 거고요."

"옷을 갈아입어야겠군요."

한 형사가 삼각대를 세우고 카메라를 설치하는 동안, 그는 침대에 커튼을 치고 옷을 갈아입었다. 얼마 전 인터뷰에서 입었던 양복이었다.

"신원확인부터 하겠습니다. 이름?"

"김현."

한 형사가 노트북에 기록하기 시작했다. 어제와 같은 순서였다. 주민등록번호를 묻고, 주소를 묻고, 직업을 차례로 물었다.

수인은 어제 외운 자신에 관한 데이터를 막힘없이 대답했다.

"2017년 6월에 발생한 '욕조 속 신부' 사건을 재현해 2017년 9월, 유력 용의자였던 남편 한기범 씨를 살해한 사실이 있지요?"

"있습니다."

질문과 대답 모두 어제 한 예비 진술과 같았다. 다만 카메라가 그를 녹화하고 있다는 것과 두 사람 모두 사무적으로 묻고 대답한다는 점이 다를 뿐이었다.

질문과 대답은 잘 짜인 각본처럼 빠르게 흘러갔다.

네 건의 살인사건에 대한 범행을 인정하는지에 대한 질문과 대답이 이어졌다. 어제와 다른 건 없었다.

한 형사가 네 건의 연쇄살인을 저지른 동기에 대해 물었고, 김현은 어제 연습한 대로 무기력한 사법시스템에 대한 분노 때문이라고 대답했다. 딸아이의 복수라는 말은 뺐다. 검찰로 넘어가 조사를 받을 때 딸에 대한 추가 질문이 나오는 빌미가 될 수 있었다.

김현은 자신이 기억을 잃었다는 것을 들킬 수 있는 개인적인 사항들은 최대한 답변에서 뺐다.

한 형사는 그의 대답이 조금씩 달라지는 이유를 바로 알아채고 다시 묻거나 하지 않았다. 카메라가 계속 두 사람을 촬영하고 있었다.

두 사람의 질문과 대답은 분명했고, 짧았다. 해가 직사각형 창문의 중간에 오기도 전에 네 건의 살인에 대한 큰 틀의 진술이 끝났다. 어제보다 훨씬 빠른 진행이었다.

한 형사는 각각의 사건에 대한 세부적인 질문을 했다. 어제와는 조금씩 다른 질문과 답이 오갔다.

1차 사건인 욕조 속 신부 사건에서는 살해당한 한기범의 형에 대한 내용은 빠졌다. 김현은 다른 사건과 마찬가지로 가장 유력한 용의자를 살해한 것으로 마무리되었다.

2차 사건인 오피스텔에서 살해당한 이정우의 경우엔 뒤늦게 사건현장의 나무 바닥 틈에서 부러진 칼끝이 발견되었다고 했다.

칼끝에서 이정우의 DNA와 옥상에서 폭행으로 사망한 여고생의 DNA가 검출되었다. 부러진 칼은 증거력을 회복했고, 부러진 칼끝과 함께 결정적 증거물로 채택되었다.

3차 사건인 김영학 살해유기사건의 경우엔 어제 했던 질문과 크게 다르지 않아 그대로 마무리 되었다.

4차 사건인 오정태 방화 살해사건의 경우, 불구경을 하는 사람들을 제치고 화재현장으로 들어가는 김현을 목격했다는 목격자가 나왔다. 부인할 수 없는 증거가 추가됐다.

김현은 자신이 범행을 부인한다 해도 이제 진술조서만으로도 빠져나갈 구멍이 없다는 생각이 들었다. 그만큼 한 형사는 유능했다.

김현은 그런 한 형사에게 신뢰감을 느꼈다.

병실 안은 두 사람의 말소리보다 한 형사가 답변을 옮기는 타이핑 소리가 조금 더 길게 이어졌다.

한 형사가 노트북 너머로 김현을 보았다.

“마지막으로 하실 말씀이 있으신가요?”

“없습니다.”

한 형사는 어제와는 달리 범행을 후회하느냐고 묻지 않았다. 묻는다 해도 빈칸은 채워지지 않았을 것이다.

“앞서 한 진술은 어떠한 압력이나 부당한 강요 없이 본인의 자유로운 의사로 작성된 게 맞습니까?”

마지막 질문을 하는 한 형사의 얼굴이 굳어졌다. 그녀의 주위로 여전히 검은 점 몇 개가 깜빡거리고 있었다.

“맞습니다.”

한 형사가 카메라의 녹화를 종료시켰다.

"진술서를 출력해올게요."

김현은 한 형사가 병실을 나가자 꼿꼿하게 세웠던 등을 의자 깊숙이 기댔다. 이제 끝났다.

그는 한 번도 손에서 놓지 않은 사진을 보았다. 사진 속 아이가 웃고 있는 것이 위로가 됐다.

김현은 한 형사가 출력해온 진술서에 지장을 찍었고, 시키는 대로 자필로 이름을 적었다. 글자들이 눈에 들어오지도 않았다.

진술서의 페이지 중간마다 그의 붉은색 지문이 간인으로 찍혔다.

간인이 찍힐 때마다 그가 저지른 살인이 하나씩 증명되어 갔다.

이것으로 그의 진술은 법정에서 온전한 증거로 채택될 것이다. 그는 모든 절차를 끝내고 나서야 자신이 카피캣이라는 걸 실감할 수 있었다.

한 형사가 진술서와 노트북을 챙겨 가방에 넣었다.

"……끝났어요."

"고생했어요. 한 형사님이라 믿을 수 있었어요."

"쉬세요. 조만간 사람들이 올 거예요."

"기다리겠습니다."

한 형사가 덤덤하게 병실 문을 열고 나갔다. 김현은 옷을 갈아입을 생각도 못하고 창문 밖만 보았다. 검은 점들이 선을 그리며 날고 있었다.

손 형사는 카피캣의 진술조서 사본이 용산서로 넘어오자 한 문장도 놓치지 않고 꼼꼼하게 확인했다. 놈이 살해한 김영학 사건의 관할 서로서 범행 사실에 대한 구체적인 확인이 필요했다. 수사기록과 진술서가 어긋나는 부분이 조금이라도 있으면 법정에서 꼬리를 잡힐 수 있다.

손 형사는 진술조서를 한 줄 한 줄 읽었다. 김영학 사건의 경우엔 수사기록과 대조하면서 날짜와 시간 등을 일일이 확인했다. 진술조서는 빈틈없이 작성돼 있었다.

김현은 모든 질문에 구체적이고 분명하게 대답했다. 범행을 저지른 세부사항도 지금까지 수사에서 밝혀지지 않은 부분이 많아 직접 범행을 저질렀다는 증거가 되기에 충분했다. 이대로라면 법정에서 김현이 빠져나갈 수 있는 구멍은 없었다.

손 형사는 담배를 꺼내 물고, 처음부터 진술조서를 다시 읽어내려 갔다.

날짜와 같은 디테일한 부분은 넘기고 전체 흐름을 보았다.

어느 순간, 손 형사는 진술을 받은 한지수 형사와 김현의 대답이 너무 잘 짜 맞춰진 것 같다는 생각이 들었다.

그가 겪은 어떤 범죄자도 진술할 때는 자신에게 유리하게 범행을 축소하려 들었다. 축소한다 해도 형량이 크게 달라지지 않는데도 본능적으로 그렇게 했다. 그런데 김현의 경우는 달랐다. 범행을 적극적으로 시인했고, 증거가 없어 말하지 않아도 될 부분까지 진술하고 있었다.

그의 진술조서 어디에도 '기억나지 않는다'라는 말이 한 번도 등장하지 않았다.

모든 행동에 이유가 있었고, 계획적이었다. 심지어 방화 살해현장에서 정신을 잃은 채 구조될 때도 그는 빠져나가려는 오정태를 담요로 누르고 있었다고 진술했다.

보통의 살인사건 진술조서를 보면 우발적인 범행이라는 것을 강조하기 위해 '눈이 뒤집혀서'라든가 '정신을 차려보니 누군가 죽어 있었다'라는 문장이 흔히 등장한다. 그런데 김현은 단 한 번도 그런 말을 하지 않은 것이다.

진술서를 보면 김현은 처벌을 받으려고 안달이 난 사람처럼 보이기까지 했다. 혹시, 자신의 조력자인 누군가를 보호하기 위해 꼬리를 자르는 게 아닐까?

손 형사의 의심이 한 형사 주변을 계속 맴돌았다.

손 형사는 진술조서 중 욕조 속 신부 사건에 관한 문답을 유심히 읽었다.

그가 조사한 바에 따르면, 한 형사는 이 사건의 진범이 살해당한 한기범이 아니고 따로 있다고 생각하는 것 같았다. 그런데 진술서 어디에도 그런 언급은 없었다. 한 형사가 한 번쯤 김현에게 확인할 만도 한데, 이상했다.

2차 연쇄살인에 관한 내용에도 이상한 점이 또 있었다.

오피스텔에 침입한 김현은 준비해온 칼로 이정우를 살해하고, 오피스텔 후문에 일부러 유기했다고 진술했다. CCTV 수사 결과 칼은 이정우가 구매한 것으로 드러났고, 부러진 칼끝에서 이정우와 옥상에서 사망한 여고생의 DNA가 나왔다.

김현은 이정우가 옥상에서 여고생을 협박하는 데 사용한 칼을 어떻게 오피스텔에 침입하기 전에 손에 넣을 수 있었을까?

더 이상한 것은 논리적으로 말이 안 되는 이 허점을 한 형사가 파고들지 않았다는 점이었다.

마치 약속이나 한 듯 두 사람은 이 부분을 건너뛰었다. 설령 김현이 대답하지 않더라도 한 형사의 질문 자체가 없다는 것이 이상했다.

4차 방화 살해사건의 경우 문맥상 이상한 점은 없었다. 두루마리 휴지를 방화의 매개물로 삼아 실화로 위장했다는 건 수사를 통해 알 수 없는 내용이었다. 다만 불이 난 후 밖에서 구경하던 김현이 사람들을 제치고 화재현장으로 다시 진입했다는 것을 이해할 수 없었다.

김현의 진술에 따르면 불이 완전히 번지기 전에 탈출하려는 오정태를 죽이러 다시 들어갔다고 하는데, 그는 오정태가 탈출하려는 것을 어떻게 알았을까?

김현의 진술은 뭔가 아귀가 너무 잘 맞아서 안 맞는 것 같은 느낌이었다. 형사로서 촉이 왔다.

"손 형사, 별다른 거 없지?"

손 형사가 고개를 들었다. 팀장이었다.

"뭘 그렇게 오래 들여다봐. 어차피 우리 실적도 아닌데."

"그래도 우리 팀이 가지고 있던 미제사건을 하나 터는 거잖아요. 진짜 터는 거 맞는지 확인해야죠."

"그래서?"

"김영학이 건은 우리 수사기록이랑도 일치하고 김현의 진술에도 모순되는 점이 없어요. 털어도 될 거 같아요."

"거봐. 어련히 청에서 잘했겠지. 나가서 한잔하자."

"다음에요. 가볼 데가 있어요."

"좋은 데?"

"좀 파보고 뭐가 나오면 보고 드릴게요."

팀장이 입맛을 다셨다. 손 형사는 사물함에서 속옷을 꺼냈다. 그의 사물함에는 사계절 옷이 모두 걸려 있었다. 대부분의 형사처럼.

17

오대영 과장은 한 형사가 작성한 서면진술을 읽어보며 만족해했다.

김현은 범죄분석자문위원을 했던 교수답게 질문의 의도를 빨리 파악하고 의도에 맞춰 대답하고 있었다. 진술서 어디에도 그가 기억을 잃었다는 걸 유추할 만한 질문과 대답은 없었다. 오 과장은 드디어 긴 수사가 끝나가는 것에 안도감을 느꼈다.

발목을 잡고 있던 카피캣 연쇄살인이 이대로 종결되면 그에게도 새로운 길이 열릴 것이다. 서울청장은 형사통인 오 과장을 자신의 라인에 두고 싶어 했다. 그가 이번 인사 때 경찰청장이 되면 오 과장도 본청으로 발령 낼 것이다.

본청에는 전국에서 발생한 주요 사건의 수사기록이 매일 올라온다. 그가 지휘하고 해결해야 하는 사건이 그만큼 많아질 것이다. 오 과장은 상상만으로도 짜릿한 전율이 발끝부터 타고 올라왔다.

오 과장은 김현의 진술서를 서랍에 넣고 열쇠로 잠갔다. 밤 9시,

퇴근하기에는 조금 이른 시간이었다. 그는 강력팀을 한 바퀴 둘러보기로 마음먹었다. 아직까지 수사보고서가 올라오지 않은 것을 보면 오늘 검거한 마약투약 사망사건의 피의자 조서를 받는 데 어려움이 있는 것 같았다.

비상계단으로 한 층을 내려가 강력팀 사무실로 들어섰다. 당직팀인 3팀장이 일어나서 경례를 했다.

"1팀은 아직 조서 받는 중인가?"

"약쟁이 새끼가 뻗대서 고생 좀 하는 거 같습니다."

"진술녹화실?"

"예."

오 과장은 강력팀에서 나와 진술녹화실로 향했다.

서울청에는 3개의 진술녹화실이 있다. 1팀은 그 중 두 번째 진술녹화실에 모여 있었다. 그가 들어서자 1팀장이 경례를 했다.

"죄송합니다. 아직 결정적인 게 안 나와서 보고 못 드렸습니다."

매직미러 너머로 용의자와 1팀의 서 반장이 책상을 사이에 두고 마주보고 있었다.

서 반장의 몸이 앞쪽으로 살짝 기울어져 있었고, 용의자는 몸을 뒤로 젖힌 채 앉아 있었다. 서 반장이 날카로운 눈빛으로 쏘아보았고, 맞은편 용의자는 히죽 웃었다. 오 과장은 한눈에 상황이 어떻게 돌아가는지 알 수 있었다. 용의자는 이미 서 반장에게 객관적 증거가 없다는 걸 알아차렸다.

"지는 약을 달라는 대로 줬을 뿐이고, 한꺼번에 많이 투약해 죽은 건 자기 책임이 아니라고 뻗대고 있습니다."

"주사기에서 지문은 나왔어?"

"안 나왔습니다. 근데 피해자 지문도 안 나왔으니까, 정황상 저 새끼가 투약한 게 맞습니다."

"그렇지. 피해의 지문이 안 나왔다는 건 일부러 주사기에 남은 지문을 닦아냈다는 뜻이니까."

"정황상으로는 그런데 결정적인 한 방이 없습니다."

"동기는?"

"같이 동거하던 피해자가 용의자 물건을 빼돌린 거 같습니다. 탐문해보니까 피해자가 다른 구역 클럽에서 약을 팔다가 문제가 생겼다고 하더라고요."

"그래서 죽였다?"

"추정이죠."

진술녹화실 안에서 서 반장이 벌떡 일어나 무력이라도 쓸 것처럼 사납게 용의자에게 다가갔다. 용의자는 아무 반응 없이 초점 없는 눈으로 그를 올려다보았다. 사실 주사기에서 용의자의 지문이 나왔다고 하더라도 살인의 고의를 입증하는 것은 어려웠다. 잘해봐야 과실치사.

"밥 먹고 와. 그동안 내가 보고 있을 테니까."

"아닙니다."

"또 알아? 굿캅에 넘어갈지."

1팀장은 오 과장의 말을 바로 알아들었다. 강력팀은 신문을 할 때, 용의자를 압박하는 배드캅과 감정을 풀어주는 굿캅으로 역할을 나눈다. 그리고 대개 피의자는 자신을 이해해주는 굿캅에게 범죄 사실을 자백할 때가 많다.

1팀장이 씩씩거리는 서 반장을 불러냈다. 그는 서 반장과 지친 팀원들을 데리고 자리를 비웠다.

형사들이 모두 빠져나간 진술녹화실은 적막했다.

오 과장은 진술녹화실 안의 용의자를 그냥 지켜보았다. 강준성, 놈의 이름이었다. 오 과장은 강준성이 초조해져 반응을 보일 때까지 기다렸다.

20여 분이 지났다. 강준성은 매직미러 너머를 쳐다보았다. 그리고 미소를 지었다. 자신이 이번에도 빠져나갈 수 있다고 허세를 부리는 듯했다.

오 과장은 먼저 녹화를 중단시키고 진술녹화실로 들어섰다. 강준성은 누가 들어오는지 신경 쓰지 않고 자신의 손만 들여다보고 있었다.

"어이, 강준성."

그가 잠시 고개를 들었다. 흐릿한 시선으로 오 과장의 얼굴을 확인했다.

그가 다시 고개를 내렸다.

"확률이라는 게 그래. 동전을 구십구 번 던졌는데 모두 앞면만 나왔어. 그럼 마지막 백 번째 동전을 던지면 넌 어디에 걸래? 앞쪽, 아님 뒤쪽? 장담할 수 있겠어?"

강준성이 의아한 표정으로 오 과장을 쳐다보았다.

"지금까지 계속 앞면만 나왔으니, 이번에도 앞면이 나올 거 같지?"

"……."

"2015년 클럽 롤링소울 강간치상, 2016년 클럽 바니바니 마약공급, 2016년 폭행치상, 2017년 동거녀 실종, 2018년엔 드디어 살인. 모두 네가 용의선상에 올랐던 사건들이야."

강준성의 눈빛이 흔들렸다.

"저, 전 모르는 일이에요."

"너는 나를 몰라도 나는 널 잘 알아. 오랫동안 지켜봐왔거든. 매번 동전을 던지면서. 자, 이번에 동전을 던지면 넌 어디다 걸래? 또 앞쪽, 아님 뒤쪽?"

"……."

"난, 앞쪽에 걸 거야."

강준성이 다시 오 과장을 보았다. 의아한 표정이었다.

"내가 너 풀어줄 거거든."

오 과장은 미소를 짓고 있었다. 강준성이 의아한 표정으로 그를 보았다.

"나는 그게 좋더라. 세상엔 죽여도 될 쓰레기 같은 놈이 많다는 거."

"……."

강준성이 오 과장의 시선을 피해 자신의 손을 내려다보았다.

"너 풀려나면 얼마 지나지 않아 약물과다복용으로 누군가 또 죽을 거야. 네가 죽인 피해자와 같은 방식이지."

강준성이 오 과장을 쏘아보았다. 눈빛이 번들거렸다.

"경찰이 무고한 시민을 협박해도 됩니까?"

"넌 풀려난 날부터 약 없이는 한순간도 버티지 못할 거야. 불안할 거야. 불안해서 미쳐버릴 거야. 그때 누군가 널 찾아갈 거야."

강준성의 얼굴이 창백해졌다.

"누가 찾아온다는 겁니까?"

"카피캣."

"난 또. 나도 뉴스쯤은 보고 삽니다. 카피캣 잡혔다는 건 우리나라 사람 모두 알고요."

"카피캣이 한 명이라고 생각해? 그가 혼자서 그 모두를 죽였다고 장담할 수 있어? 내가 너 꼭 풀어줄 거야. 그러니까 기다려."

오 과장이 진술녹화실을 나왔다. 매직미러 너머의 강준성이 약기운이 떨어진 중독자처럼 두 팔로 몸을 감싸고 웅크리고 있었다.

오 과장은 주머니 속의 동전을 만지작거렸다. 아무 일도 없었던 것처럼.

손지윤 형사는 자신의 구형 쏘나타에 시동을 걸었다. 키를 몇 번 돌려도 가래 끓는 소리만 낼 뿐 시동이 걸리지 않았다. 오래된 배터리가 문제였다. 신경질적으로 몇 번 더 열쇠를 돌렸다가 포기할 즈음, 운 좋게 시동이 걸렸다.

손 형사는 용산서를 빠져나와 서울역 쪽으로 방향을 잡았다. 만약 그의 생각이 맞다면 카피캣의 조력자에 대한 꼬리를 잡을 수 있을 것 같았다.

손 형사는 김현의 진술서에서 그 단서를 찾았다. 2차 이정우 살인사건에 대한 질문과 대답에서였다.

김현은 사건현장인 오피스텔에 들어서자마자 준비해간 칼로 이정우를 찔렀다고 진술했다. 낙하혈흔과 혈흔족적의 방향을 보면 김현의 진술과 부합했다. 그런데 김현이 사용하고 유기한 칼은 이정우가 구입해 폭행치사로 사망한 여고생을 협박하는 데 사용한 것이다.

그리고 부러진 칼끝에서 이정우와 여고생의 DNA가 검출돼 증명되었다. 겉으로 보기에는 잘 짜인 질문과 대답이었다.

손 형사는 김현이 칼을 어떻게 손에 넣었을까 의문스러웠다. 그리고 한 형사는 김현이 칼을 손에 넣은 경로에 대해 왜 질문을 하지 않았는지 납득할 수 없었다. 한 형사 같은 베테랑이 이런 의문점을 놓치는 실수를 했다고는 믿기지 않았다. 분명 고의적이었다.

손 형사는 한 형사가 질문 자체를 하지 않은 이유가 김현을 도와준 조력자의 존재를 감추기 위해서라고 생각했다.

서울역을 지나 서대문에 이르자 손 형사는 거칠게 우회전을 했다. 이제 곧 서울청이 보일 것이다.

손 형사가 김현의 진술에서 발견한 건 또 있었다. 김현이 사건 당일 이정우의 오피스텔을 방문한 순간을 진술한 부분이었다. 한 형사는 이정우가 아무 의심 없이 현관문을 열었던 이유에 대해 물었고, 김현은 자신이 경찰이고 압수한 물품을 반환하기 위해 왔다며 이정우를 속였다고 대답했다.

김현의 진술은 구체적이었다. 만약 김현이 반환할 압수품이 진짜 있었고, 그게 칼이었다면?

김현이 칼의 주인이 이정우가 맞는지 확인한 거라면?

손 형사는 경찰에 압수된 이정우의 칼을 내부의 조력자가 빼돌린 것이 아닌가 하는 합리적인 의심을 했다. 혐의의 끝이 한 형사를 향했다. 손 형사는 서울청에서 그 답을 찾을 수 있을 것 같았다.

그는 서울청 주차장에 차를 세우고 과학수사계가 있는 3층으로 올라갔다.

듬성듬성 빈자리가 많았다. 서울 어딘가에서 또 강력사건이 터진 것이다. 다행히 한 형사 역시 보이지 않았다.

손 형사는 증거물보관실의 목록을 확인하고자 했다. 옥상에서 폭행치사로 사망한 여고생 사건의 현장에서 과수팀이 수거한 목록을 보면 뭔가 알아낼 수 있을 것 같았다.

과학수사계까지는 왔지만 목록을 보려면 어떻게 해야 할지 그는 막막했다. 관할사건도 아닌데다 이 정도의 의심만으로 과수계장에게 목록을 확인하겠다고 요청할 수는 없었다. 그리고 과수계장 역시 혐의에서 완전히 배제할 수 없었다.

손 형사는 휴대폰에 저장된 번호를 훑었다. 서울청 현장감식팀의 이원복 경위라면 부탁해볼 만했다. 이 경위는 용산서 사건에 몇 번 출동해 안면이 있는 데다 감식에 방해된다고 사건현장에서 서장을 비롯한 간부들을 쫓아낸 꼴통이었다. 그라면 눈치 보지 않고 도와줄 것 같았다.

신호음이 몇 번 울리기도 전에 그가 전화를 받았다.

"어, 손 형사님? 어쩐 일이에요? 사건?"

"아뇨. 저, 지금 서울청 과수계에 있어요."

파티션 너머로 이 경위가 일어나 손을 흔드는 모습이 보였다. 손 형사는 전화를 끊고 그의 자리로 갔다.

"그냥 들른 건 아닌 거 같고."

"좀 물어볼 게 있어서……."

손 형사가 말끝을 흐리자, 눈치 빠른 이 경위가 바로 회의실을 가리켰다. 과수팀의 회의실은 통유리로 되어 있어 안과 밖이 훤히 보였다.

"진짜 무슨 일이에요? 일부러 여기까지 온 걸 보면 중요사건?"

"김현에게 살해당한 이정우 때문에 확인할 게 있어서요."

"서면진술도 끝나고 그대로 종결될 거 같던데, 왜요?"

손 형사는 이 경위에게 이정우를 살해한 칼에 대해 의심스러운 부분을 설명했다. 한 형사에 대한 혐의는 드러내지 않았다. 이 경위가 고개를 끄덕였다. 그도 김현의 진술서를 본 터라 금방 이해했다. 그의 얼굴이 심각해졌다.

"일단 증거목록을 확인해보고 생각합시다. 기다려요."

손 형사는 회의실을 나간 이 경위를 눈으로 좇았다. 그에게 부탁하기는 했지만 그도 혐의에서 온전히 자유로울 수는 없었다.

이 경위는 과수계장에게 몇 마디 한 뒤 서고에서 한 무더기 파일을 챙겨들고 돌아왔다. 눈이 마주쳤다.

"내가 나갔던 사건이면 간단한데, 다른 팀이 나간 거면 과수계장한테 보고는 해야 해서."

그가 서류파일을 책상 위에 내려놓았다.

"전산으로 작업된 건 없습니까?"

"현장에서 유효한 증거로 분류된 거면 SCAS에 등록하지만 그렇지 않은 건 쓰레기라 현장기록에만 남아 있죠."

손 형사는 파일 하나를 펼쳐들었다. 날짜별로 정리된 증거물 목록에는 사건명과 임장자가 표시돼 있었다. 그리고 그 아래 끝도 없이 수거된 품목들과 장소가 나열돼 있었다.

담배꽁초가 브랜드별로 200여 개가 일일이 표시돼 있었고, 동전과 숟가락, 영수증, 라이터, 소주병, 구리선, 벽돌 등의 잡다한 물건들이 그 뒤를 이었다.

"말로만 과학수사지 노가다나 다를 바 없군요."

"형사들이 하는 노가다가 진짜죠."

두 사람은 멋쩍게 웃었다. 손 형사가 몇 개의 파일을 훑었다. 이 경위의 말대로 강력사건일수록, 직접증거가 없을수록 현장에서 수거된 증거물의 양이 많았다.

“2017년 10월에 각 팀이 임장한 기록이니까 일단 해당 사건부터 찾아보죠.”

손 형사와 이 경위는 서류파일을 하나씩 확인해나갔다. 확인한 파일들이 회의실 책상 한쪽에 쌓여갔다.

“이거 같은데요.”

이 경위가 파일을 내밀었다. 손 형사가 받아 확인했다. 날짜와 장소가 여고생이 사망한 옥상이 맞았다.

“현장 2팀이 나간 사건이네요.”

손 형사는 증거물 목록을 손가락으로 더듬으며 읽어 내려갔다. 가출한 아이들이 자주 찾던 장소였던 까닭에 수거된 담배꽁초와 술병의 양이 엄청났다. 한눈에 봐도 목록의 수십 장을 채우고도 남았다.

게다가 여고생의 혈중 알코올 농도가 만취상태였던 탓에 술병에서 채취한 DNA 샘플 역시 엄청난 양이었다. 담배꽁초는 너무 많아 선별해서 1차로 DNA 감정을 의뢰한 것으로 나와 있었다.

손 형사는 목록을 계속 읽어 내려갔다. 수십 장이 넘어가고 비로소 음료수 캔이나 속옷, 양말 등 다른 수거물들이 눈에 띄었다. 하지만 옥상에서 수거한 증거물 목록이 끝날 때까지 칼은 나오지 않았다.

“제 예상이 빗나갔나 보네요.”

손 형사는 막막한 기분을 느꼈다. 뭔가 이상한데 더 이상 확인할 방법이 없었다. 이 경위가 다른 파일 하나를 건넸다.

“이건 해당 건물 주변에서 수거된 증거물 목록이에요.”

손 형사가 다시 목록을 훑었다. 역시나 담배꽁초와 커피 컵, 빨대,

옷 등이 끊임없이 이어졌다. 손 형사는 초조하게 몇 장을 넘기다 목록의 중간쯤에서 '칼'이라는 글자를 확인할 수 있었다.

수거된 장소는 건물의 뒤쪽에 있는 화단이라고 되어 있었다.

"여기, 칼이 한 자루 수거됐다고 기록이 있네요. 근데 사후조치에 대한 항목이 비어 있어요. DNA 분석도 하지 않았고요."

"그럴 수밖에 없죠. 여고생이 사망한 원인이 폭행이고, 자창이 전혀 없으니까 범구로 보지 않았을 거예요. 그래서 사건과 직접적인 관계가 없는 수거물품으로 분류됐고요."

"지금 확인할 수 있을까요?"

"폐기되지 않았으면 확인 가능합니다. 따라오시죠."

손 형사와 이 경위는 둘 다 말없이 회의실을 나와 증거물보관실로 향했다. 만약 증거물보관실에 칼이 없다면 그게 어떤 의미인지 두 사람 모두 잘 알고 있었다. 증거물보관실에 들어갈 수 있는 사람은 제한적이었고, 모두 기록에 남았다. 적어도 형식적으로는 그랬다.

이 경위가 자신의 아이디카드로 문을 열고 그를 보관실 안으로 안내했다.

증거물보관실은 어두운 조도에 항온항습으로 완벽하게 증거물을 보관하고 있었다. 부패할 수 있는 증거물을 따로 보관하기 위한 냉장고와 냉동고가 벽 쪽에 줄지어 있었다. 이 경위는 증거물목록에 표시돼 있는 C1005-218번 선반에서 상자 하나를 꺼내 열었다. 쓰레기봉지를 열었을 때와 비슷한 냄새가 났다.

"미해결 사건이고 사건이 발생한 지 오래되지 않아서 아직 폐기되지 않고 남았네요. 사건과 직접적으로 관련 없는 것들은 일정한 시간이 지나면 폐기되거든요."

손 형사는 개별 포장되어 있는 증거물을 하나씩 꺼내 살폈다. 상자가 전부 비워질 때까지 칼은 나오지 않았다. 손 형사가 이 경위를 쳐다보았다. 그도 아무 말이 없었다.

"과수계장님께 보고해야겠어요."

이 경위가 돌아섰다.

"보고 전에 증거물보관실에 들어온 사람들의 목록부터 확인하는 게……."

이 경위가 고개를 저었다.

"아시다시피 여기에 들어올 수 있는 사람은 제한적이지만 그 수는 적지 않아요. 저만 해도 현장감식 나가면 증거물을 들고 한 번은 여기 들어오죠. 기록만으로는 누가 빼돌린 건지 알 수 없을 거예요."

"……그렇겠군요."

손 형사가 주변을 둘러보다 머리 위를 가리켰다. CCTV가 있었다.

"가능할 수도 있겠네요. 여긴 보존기간이 아무래도 길 테니까요."

이 경위의 휴대폰이 울렸다.

"사건이에요. 벨소리만 들어도 알죠."

손 형사가 고개를 끄덕였다. 설명할 수는 없지만 오래된 형사들은 벨소리만으로도 사건 때문에 걸려온 전화를 귀신 같이 구별할 수 있었다.

"가봐야죠."

"이런 경우가 없어서 어떻게 도와야 할지 모르겠군요."

"과수계장님께 정식으로 말씀드리고 CCTV 까야죠."

이 경위가 고개를 끄덕였다. 사적으로 해결하기에는 여기까지가 한계였다. 두 사람은 증거물보관실을 나왔다. 손 형사는 이 경위가 사무실로 뛰어가는 뒷모습을 지켜보았다.

손 형사는 증거물보관실의 CCTV를 확인하기 위해 몇 단계의 허가절차를 밟았다.

그는 몇 단계를 거치든, 얼마의 시간이 걸리든 지금 이 자리에서 끝을 내야 한다고 생각했다. 기회는 지금뿐이었다. 한 형사를 포함해 증거물보관실에 드나들 수 있는 과학수사계 직원 모두가 용의자였다. 또, 과수계장, 과장을 비롯해 더 윗선의 지휘라인도 손 형사의 추측이 사실로 밝혀지길 바라는 사람은 없을 것이다.

추측이 사실로 밝혀지면 그들 모두의 앞길이 꼬일 거라는 것쯤은 누구라도 예상할 수 있었다. 때문에 그들 모두가 CCTV를 삭제할 동기를 가지고 있는 셈이었다.

손 형사는 담배 생각이 간절했지만 한 발짝도 떨어지지 않고 자리를 지켰다.

과수계장은 과장을 비롯해 몇 단계의 보고를 거쳐 결국 CCTV 자료를 넘겨주었다. 기분 나쁜 티가 역력했다.

"백번 양보해서 보여는 주는데, 복사는 안 됩니다. 당연히 자료를 들고 나갈 수 없고 이 자리에서 확인하고 끝내야 합니다."

그의 말은 정중했지만 보지 말라는 뜻과 크게 다르지 않았다. CCTV 영상을 제대로 확인하려면 녹화된 시간과 동일한 시간이 필요했다. 한 시간의 녹화 분량은 제대로 확인하는 데만 꼬박 한 시간이 걸렸다.

수사를 하면서 CCTV 동영상을 빨리 돌리는 경우는 아주 제한적이다. 빨리 돌리다 0.1초의 결정적인 장면을 놓칠 수 있기 때문이다. 그래서 보통의 수사에서는 여러 명의 형사들이 투입돼 CCTV 동영상을 쪼개서 확인했다.

칼을 언제 빼돌렸는지 날짜를 특정할 수 없는 상황에서 CCTV를 혼자 확인하라는 건 포기하라는 말과 다르지 않았다.

"알겠습니다."

손 형사는 형사로서의 자존심 때문에라도 여기서 물러설 수 없었다. 과수계장의 눈빛이 싸늘해졌다.

손 형사는 과학수사계의 구석자리에 앉아 CCTV에 녹화된 영상의 상태부터 확인했다. 삭제된 부분이 있는지, 칼이 보관된 시점부터 녹화자료가 남아 있는지.

대략 3개월 치 이상의 동영상이 이상 없이 보관돼 있었다.

손 형사는 이정우가 살해된 2018년 1월을 기준으로 증거물보관실의 CCTV를 거꾸로 돌렸다. 텅 빈 증거물보관실이 정지된 화면처럼 계속됐다. 답이 나오지 않았다. 아무리 재수가 좋다고 해도 혼자서 동영상을 다 보려면 몇 주는 족히 걸릴 터였다.

손 형사는 동영상을 10배속으로 빠르게 돌렸다. 10배속의 움직임 속에서 칼을 빼돌린 결정적인 순간을 잡아내는 수밖에 없었다. 그가 잠깐이라도 한눈을 팔면 김현을 도운 내부 인물은 녹화된 영상 속에서 10배속으로 도망칠 것이다.

한 시간, 한 시간, 또 한 시간이 지났다. 증거물보관실에는 꽤 많은 사람들이 오고갔다. 그들 중에 이정우의 증거물 박스에 손을 대는 사람은 없었다.

몇몇 과수계 직원이 CCTV를 확인하는 손 형사에게 곱지 않은 관심을 보였지만 다들 각자의 일이 급해지면서 그의 존재는 금세 잊혀졌다.

다시 몇 시간이 흘렀다. 과수계는 당직팀을 제외하고는 모두 퇴근했다. 손 형사는 눈물이 흐르고 눈알이 빠질 것 같았지만 자리를 뜨지 않았다. 그는 커피를 물처럼 마셨다.

새벽 세 시를 넘기자 체력이 한계에 도달했다. 그는 동영상을 멈추고 잠시 눈을 감았다.

"아직 CCTV 확인 중인가?"

인기척에 놀라 손 형사가 눈을 떴다. 잠이 들었던 모양이었다. 눈앞에 오대영 과장이 서 있었다. 손 형사가 반사적으로 벌떡 일어났다.

"괜찮아. 그냥 있어. 뭐가 좀 나왔나?"

"아직 없습니다."

"보고는 받았어. 내가 보여줘야 한다고 밀어붙이긴 했는데, 과수계 일이라 드러내놓고 도울 수가 없었어. 미안하네."

형사라면, 수사통인 오 과장을 모두 존경했다. 오 과장은 승진과 정치에 연연하지 않는 거의 유일한 간부였고 능력 있는 형사였다.

"아닙니다."

"좀 쉬어. 날 밝으면 내가 욕을 먹어도 형사팀 몇 명 붙여줄 테니까."

오 과장이 피로회복제 드링크를 내밀었다.

"이거 마시고 차에 가서 눈 좀 붙여."

"아니, 괜찮……."

손 형사는 드링크를 받아 쥐다가 순간 덜그럭거리는 느낌을 받았다.

차? 내가 차를 가지고 온 걸 어떻게 알고 있지? 손 형사는 순간적으로 신경에 날이 섰다.

오 과장이 과수계를 나갔다. 손 형사는 시계를 보았다. 새벽 3시 40분. 퇴근을 하기도 출근을 하기도 애매한 시간이었다. 그는 오 과장이 준 드링크의 뚜껑을 땄다. 뚜껑이 돌아가는 느낌이 뭔가 헐거웠다. 신경이 예민해진 탓일까?

손 형사는 잠시 머뭇거리다가 드링크의 뚜껑을 도로 닫아 내려놓았다. 그리고 자신이 타놓은 식어버린 커피를 단숨에 마셨다.

손 형사는 다시 동영상에 집중했다. 피곤해서인지 눈꺼풀이 무거웠다.

그는 초점 없이 멍한 상태로 화면을 보다가 드디어 장면 하나를 잡아냈다. 분명 CCTV 동영상 속 남자는 C1005-218 선반에서 증거물 상자를 꺼내 내용물을 확인하고 있었다.

손 형사는 CCTV에 그의 얼굴이 찍히지는 않았지만 누군지 알아볼 수 있었다. CSI 복장도 아니고 근무복도 아니었다. 그는 다른 직원들과는 옷차림이 달랐다. 양복 차림이었다.

손 형사는 날짜와 시간을 메모했다. 글자들이 알아볼 수 없이 흔들려 아주 오랫동안 그림을 그리듯 한 글자씩 커다랗게 써야만 했다.

그리고 휴대폰을 꺼내 모니터 속 CCTV 동영상을 촬영했다. 손이 떨려 의자를 삼각대처럼 받쳐놓고서야 제대로 촬영할 수 있었다. 원본이 훼손될 경우를 대비한 거였다.

손 형사는 과수계를 빠른 걸음으로 빠져나왔다. 누군가 그를 따라와 그의 뒷덜미를 잡아챌 것만 같았다.

그는 한 형사에게 전화를 걸었다. 그녀가 조력자가 아니라는 걸 확인한 이상 자신이 CCTV에서 확인한 걸 빨리 알려야 했다. 열두 시간 넘게 긴장한 채 모니터를 본 탓인지 정신을 차릴 수 없을 정도로 잠이 쏟아졌다.

신호음이 여러 번 울린 뒤에야 그녀가 전화를 받았다. 잠이 덜 깬 목소리였다.

"손 형사님, 무슨 일 있어요?"

"너무 급한 일이라. 제가 확인한 내용을 빨리 말해줘야 할 것 같아서요."

"무슨 일인데요?"

"김현과 관련된 거예요. 만나서 얘기합시다. 제가 한 형사님한테 확인해야 할 것도 있고요. 지금 어디예요?"

"상수동 집이에요."

"상수동 도착하면 전화할게요. 서울청에서 지금 출발하면 20분 정도 걸릴 겁니다."

손 형사는 서울청 건물을 빠져나오자마자 담배를 꺼내 물었다.

불을 붙일 여유도 없이 주차된 차에 올라타 시동을 걸었다. 열쇠를 몇 번이나 돌려도 시동은 걸리지 않았다.

눈을 들어 보니 청사 입구에서 누군가 차를 향해 곧바로 걸어오고 있었다. 어두워 누구인지 알아볼 수 없었다.

서슴없이 다가오는 그림자는 이제 스무 걸음도 안 되는 곳까지 가까워졌다. 희미한 가로등 불빛 안으로 들어왔을 때 그가 양복을 입고 있다는 걸 알 수 있었다. 급하게 열쇠를 돌렸지만 시동은 걸리지 않았다.

오래된 배터리가 문제였다.

손 형사는 갑자기 머리가 핑 돌더니 고개가 휙 뒤로 꺾였다. 운전석에 앉아 있는데도 갑자기 휘청거리는 것처럼 머리가 어지러웠다.

아니, 졸음이 쏟아졌다. 의식이 도저히 어떻게 해볼 수 없는 힘에 의해 강제로 닫히는 기분이었다.

손 형사는 눈을 뜨고 있는 것조차 마음대로 되지 않았다. 자신도 모르게 의자에 등을 기댔다. 물고 있던 담배가 바닥에 떨어졌다. 어떻게든 버티려는 의식이 마지막 저항을 하고 있었다. 그리고 이유를 알 것 같았다. 마시지 않은 드링크가 문제가 아니라 식어버린 커피가 문제였다.

손 형사는 떠지지 않는 눈을 간신히 깜빡거리며 휴대폰에 저장된 CCTV 동영상을 한 형사에게 전송했다. 그는 전송이 완료됐다는 메시지가 뜨자 전송기록을 삭제했다.

눈앞에 양복을 입은 남자가 있었다. 오대영 과장이었다. 마지막으로 열쇠를 돌렸지만 시동은 걸리지 않았다. 간신히 뜨고 있던 눈꺼풀이 완전히 닫혔다. 휴대폰이 조수석 시트 위로 떨어지는 소리가 들렸다.

오대영 과장이 차문을 열고 뒷자리에 탔다. 손 형사는 마지막으로 생각했다. 몇 시간만 지나면 다시 깨어날 것이라고. 잠시 후, 차 뒷자리에서 매캐한 연기가 피어올랐다.

18

한지수는 자신도 모르게 호흡이 빨라졌다.

집 안의 침대와 의자, 옷장이 갑자기 비현실적으로 커져 그녀를 짓누르는 것 같았다. 느닷없이 새벽에 걸려온 손 형사의 전화 때문이었다.

손 형사는 확인할 게 있다고 당장 만나자고 했다. 불안하고 다급한 목소리였다.

한지수는 침대에서 손을 뻗어 협탁 위에 둔 약을 입에 넣고 씹었다. 쓴맛에 신경이 집중된 탓인지, 약효 때문인지 호흡이 조금씩 안정을 되찾았다.

윙, 동영상 한 개가 휴대폰으로 전송됐다. 손 형사가 보낸 거였다.

동영상은 CCTV 모니터 화면을 찍은 것 같았다. 어두운 창고 같은 곳에서 누군가 조심스럽게 움직였다.

한지수는 화면에 집중한 채로 천천히 일어나 앉았다. 동영상 속 장소는 서울청 증거물보관실이었다.

양복을 입은 남자는 증거물보관실 선반에 있는 상자들의 목록을 일일이 확인하며 걷고 있었다. 무언가를 찾고 있는 것 같았다. 그는 곧 선반에 보관된 상자를 꺼내 바닥에 내려놓고 내용물을 뒤졌다. 그리고 무언가를 품속에 챙겨 넣고는, 아무 일도 없었다는 듯 도로 상자를 선반 위에 올려놓았다.

한지수는 양복을 입은 남자가 누군지 금방 알아보았다. 그는 오대영 과장이었다.

증거물보관실에서 오 과장이 뭔가를 꺼내는 동영상이었다. 손 형사가 무슨 뜻으로 이 동영상을 보냈는지는 알 수 없었다. 일단 그를 만나야 했다.

시계를 보니 5시를 넘어서고 있었다. 아직 날이 밝으려면 시간이 조금 더 지나야 했다. 한지수는 협탁 위에 있는 디지털시계의 숫자가 바뀌는 걸 초조하게 지켜보다 손 형사에게 전화를 걸었다.

땀이 밴 것처럼 휴대폰을 잡은 손이 끈적거렸다. 불길한 감각이 그 끈적거림을 통해 전해지는 것 같아 한지수는 일부러 휴대폰을 세게 움켜쥐었다. 손 형사는 전화를 받지 않았다.

신호음이 계속됐지만 받지 않았다. 불안한 마음이 커졌다.

잠시 후 다시 전화를 걸었다. 신호음만 계속되다 음성사서함으로 넘어갔다. 신호음이 계속되는 동안 한지수는 오 과장과 손 형사 사이를 이을 수 있는 어떤 끈을 찾으려 필사적으로 기억을 더듬었다. 그러나 아무리 더듬어 봐도 자신이 아는 한 둘 사이엔 겹쳐지는 어떤 부분도 없었다.

한지수는 대충 겉옷을 챙겨 입고 오피스텔을 빠져나왔다. 텅 빈

도로 위를 자동차의 헤드라이트 불빛이 일직선을 그으며 빠르게 지나갔다. 이런 시간에나 가능한 빠른 속도. 한지수는 그것마저도 불길한 일을 예고하는 전조처럼 느껴졌다.

눈으로는 가까워지는 자동차의 불빛을 좇으면서도 한지수는 계속해서 전화를 걸었다. 때마침 배터리가 다 됐을지도 모르겠지만, 이 정도 시간이라면 그가 배터리 문제쯤은 충분히 해결하고도 남았을 것이다.

택시를 타야겠다고 마음먹은 것과 동시에 조금 더 기다려보는 게 나을 수도 있겠다는 생각이 들었다. 연락이 안 되는 상황에서 길마저 엇갈리면 더 큰 문제였다.

초조하게 기다리던 그녀는 5시 30분이 넘어서자 결국 손을 흔들어 택시를 잡았다. 손 형사가 출발했으면 이미 상수동까지 오고도 남을 시간이었다. 심장이 터질 것처럼 초조해졌다.

다시 전화를 걸었다. 전원이 꺼져 있다는 안내 메시지가 나왔다.

도로에는 벌써 오가는 차량들이 눈에 띄게 늘어나기 시작했다. 택시는 신호에 걸려 몇 번 멈춰서기는 했지만 서울청까지 가는 데 채 20분도 걸리지 않았다.

한지수는 휴대폰을 잠시도 손에서 놓을 수 없었다. 벨소리가 들리는 듯한 환청 때문에 몇 번이나 휴대폰을 확인했다.

택시에서 내려 서울청 쪽으로 뛰듯이 걸었다. 정문을 통과해 우측 주차장 쪽으로 향했다. 자연히 발길이 그쪽으로 알아서 움직였다.

웅성거리는 소리가 점점 가까워졌다. 사람들이 모여 있었고, 119 구급차도 보였다. 한지수는 생각할 겨를도 없이 무작정 달리기 시작했다.

구형 쏘나타 주변에는 이미 폴리스라인이 설치돼 있었다. 사람들 사이에서 '자살'이라는 말이 흘러나왔다. 수습이 끝났는지 그녀가 현장에 닿자마자 119 구급차가 떠났다.

"박 형사님, 무슨 일이에요?"

한지수는 현장감식팀에서 근무하는 박 형사를 붙잡고 물었다.

"어, 일찍 출근했네요. 용산서 형사가 주차장에서 자살했어요. 번개탄을 피웠어요."

용산서, 그 한 마디에 한지수는 바르르 떨리기 시작했다. 서울청까지 오는 동안 내내 온갖 불길한 예감이 그녀를 따라붙었었다. 자신에게 들러붙는 예감을 떨쳐내려 애썼는데, 자살만큼은 그녀의 예감 어디에도 없었는데. 한지수는 현기증이 몰려와 휘청거렸다.

"혹시 자살한 사람이 손지윤 형사……."

"어떻게 알았어요?"

한지수는 무너지듯 주저앉고 말았다. 주변이 컴컴해졌다. 시커멓고 깊은 웅덩이에 빠진 것만 같았다. 불과 한 시간 전에 확인할 게 있다고 만나자고 한 사람이었다. 그 한 시간의 공백이 만든 결과에 한지수는 정신을 잃을 지경이었다. 도대체 그 사이에 무슨 일이 있었길래…….

"괜찮아요? 잘 아는 형사예요?"

박 형사가 한지수를 부축했다.

"유서는요?"

"아직 안 나왔어요. 감찰에다, 사건에다, 뭐, 이것저것 많이 시달렸다고 하네요. 남의 일 같지 않군요."

"핸드폰은요?"

"그게 좀 이상한데, 발견되지 않았어요. 핸드폰을 두고 다닐 리 없는데 말이죠."

바로 출발한다던 그가 휴대폰도 없이 차에 올랐을 리는 없었다. 목적지가 분명한 상황에서 그 한 시간 사이에 자살을 결심할 심리적 갈등이라는 건 더더욱 있을 리 없다. 그렇다면 그는 자살을 한 게 아니라 자살을 당한 것이다.

오 과장의 동영상.

지금으로서는 그것 때문이라는 것만큼 명확한 사실은 없다. 사라진 휴대폰 역시 오 과장의 손에 있을 가능성이 가장 컸다. 오 과장이 증거물보관실에서 빼돌린 증거물이 뭔지 알아내야 했다. 손 형사를 죽여야 할 만큼 치명적인 약점이 되는 거라면, 그 증거물의 칼끝은 또 누군가를 찌를 수도 있다.

한지수는 그 칼끝의 다음 차례는 자신일 수밖에 없다고 확신했다.

손 형사는 짧고 급박한 상황에서 한지수에게 김현과 관련된 어떤 걸 확인하고자 했다. 그런데 그가 보낸 동영상 속의 인물은 오 과장이었다.

한지수는 자신과 김현, 오 과장, 손 형사의 교집합이 카피캣이라는 사실을 깨달았다. 손 형사는 카피캣과 관련된 어떤 사실을 한지수에게 확인하고 싶었던 거다.

그를 생각할수록 선명한 통증이 가슴을 찔러댔다.

그녀는 상황을 정리하느라 분주한 박 형사를 뒤로하고 본관으로 향했다. 오 과장이 꺼낸 증거물 상자를 자신도 열어야 손 형사가 확인하고자 한 뭔가를 알 수 있을 것 같았다.

3층 과학수사계는 이미 손 형사의 자살사건으로 뒤숭숭했다. 모두 말은 안 했지만 자기 일처럼 여기는 분위기였다.

한지수는 아이디카드로 증거물보관실 문을 열고 들어갔다. 그리고 CCTV의 위치를 확인하고 손 형사에게 전송받은 동영상을 플레이시켰다.

오 과장이 움직인 역순으로 움직여 증거물 상자의 위치를 어렵지 않게 찾아냈다.

C1005-218.

몇 번 더 동영상을 플레이시켜 오차가 있는지 확인했다. 오 과장이 꺼낸 상자는 C1005-218이 맞았다. 그녀는 상자에 붙어 있는 목록을 읽어 내려갔다.

2017년 10월 18일, 삼일빌딩 옥상 여고생 폭행치사 사건. 빌딩 주변 수거물

한지수는 순간 머리를 한 대 얻어맞은 것만 같았다. 이 사건은 이정우가 중요 용의자였던 여고생 지연살인의 증거물 상자였다.

너무도 선명한 결과가 눈앞에 놓여 있었다. 허탈한 순간이었다. 오 과장이 빼돌렸고, 손 형사가 확인한 것. 그제야 알 수 있었다. 이정우의 칼. 그녀 역시 찾아내지 못했던 사건의 중요한 조각을 손 형사는 찾아냈던 것이다.

그가 죽음으로 맞바꾼 증거를 앞에 두고 한지수는 머릿속이 텅 비어버린 것처럼 아무 생각도 할 수 없었다. 심장을 바늘로 찌르는 것 같은 통증이 계속됐다. 지금부터 무엇을 해야 할지 떠오르는 게 없었다.

한지수는 증거물보관실을 빠져나와 자신의 자리로 가 앉았다.

모니터에 넋이 나간 듯한 여자의 얼굴이 보였다.

지켜볼수록 그 얼굴이 조금씩 일그러지고 있었다. 감정이 표정으로 드러나기 직전의 볼썽사나운 얼굴이었다. 울려고 하는 건지, 웃으려고 하는 건지 도무지 알 수 없는 표정을 견디느라 입가가 실룩거렸다.

한지수는 주머니를 뒤졌지만 급하게 나오면서 가방을 두고 나온 터라 화장품 하나 들어 있지 않았다. 책상 서랍을 뒤져 오래된 립스틱 한 개를 찾았다.

모니터를 거울삼아 립스틱을 발랐다. 그리고 표정을 연습했다. 최대한 무덤덤하고 일상적인 표정이어야만 했다. 잘 되지 않았다.

다른 한 손으로는 컴퓨터를 켰다. 사건의 핵심을 짚을 수 없다면 더듬어보기라도 해야 했다. 가능성은 두 가지였다.

하나는 김현을 도운 조력자가 오 과장이라는 것. 다른 하나는 진짜 카피캣이 오 과장이라는 것.

한지수는 어느 쪽이 더 가능성이 클지 따져보았다. 김현과 오 과장이 손을 잡고 기억을 잃은 척 상황을 조작했을 가능성에 대해서도. 그렇다면 마지막 반전은 김현이 증언과 달리 자신은 기억을 잃었다고 법정에서 밝히는 것이다.

심신상실로 인한 증언 무효.

한지수는 심장을 찌르던 통증이 머리로 옮겨가는 것을 느꼈다. 자신이 연쇄살인마를 돕는 증인으로 소비될 수도 있다는 가정이 외면하고 싶을 정도로 비참했다.

다른 가능성은?

사건현장에서 기억을 잃고 발견된 김현에게 오 과장이 자신의 죄를 뒤집어씌웠다면?

김현이 기억을 잃는 건 계획할 수 없었던 일이었을 테고, 그로 인한 변수가 많아졌을 것이다. 평소 오 과장의 성격이라면 계획할 수 없는 걸 선택하지는 않았을 것이다.

김현이 기억을 잃었다는 걸 알고 나서 계획을 세웠다면?

가능성이 있었다. 자신에게 이 사건을 맡긴 시점도 비슷했다. 그리고 무엇보다 오 과장이 손 형사를 자살로 위장해 살해했다는 것이 가능성을 키웠다.

감정적 인과관계 없이 자신의 목적만을 위해 동료를 죽였다고 생각하니 한지수는 털이 쭈뼛 서고 팔에 소름이 돋는 걸 느꼈다. 왜 한 번도 의심해본 적이 없을까? 그녀는 자신이 오 과장에 대해 무언가를 구체적으로 생각해본 적이 없다는 걸 떠올렸다. 그는 어떻게 자신의 관심으로부터 그토록 철저하게 배제되어 있었던 걸까?

그리고 다시 깨달았다. 오 과장이 손 형사의 휴대폰을 가지고 있다면, 다음 목표물은 그 휴대폰의 마지막 통화내역 속에 있다는 걸.

김현을 만나야 했다.

불을 켰다. 오대영 과장은 방을 가로질러 전원이 꺼진 손지윤 형사의 휴대폰을 책상 위에 던지듯 내려놓았다.

그만 좀 해. 한지수.

끊임없이 울려대는 휴대폰에 대고 오 과장은 자신도 모르게 중얼거렸다.

아, 지수야…….

과학수사계 사람들은 다들 티 나지 않게 한지수를 성가시고 불편하게 느껴왔다. 멈춰야 할 데서 멈추지 않고, 덮어야 할 것을 덮지 않고, 버려야 할 것을 버리지 않는 사람. 그렇게 낙인찍혀 있었다.

결국 한지수의 그런 성가신 성미 때문에 손 형사의 휴대폰을 살펴볼 겨를도 없이 전원부터 꺼야 했다.

계획이 조금 틀어졌다. 자살현장에 마땅히 있어야 할, 정보가 깨끗하게 지워진 휴대폰도 없고 휴대폰에 써 있어야 할 유서도 사라졌다.

한지수 때문에 오점이 생긴 거다.

그녀만 아니었다면, 자살이라는 상황으로 간단히 종료시킬 장치까지 완벽하게 마무리되었을 것이다.

오 과장은 열이 오르기 시작했다.

그는 책장 앞에 다가가 섰다. 맨 위 칸에 상패와 공로패, FBI 연수 기념품 등이 보였다.

그는 허리를 숙여 작은 어항 속을 들여다보았다. 관상어가 자기 몸보다 긴 지느러미를 흔들며 유유히 헤엄치고 있었다. 흰색 몸통에 군데군데 찍혀 있는 붉은 점이 혈흔처럼 아름다웠다.

관상어는 좁은 어항 안을 느릿느릿 규칙적으로 돌고 있었다. 그는 상패 뒤에서 먹이를 꺼내 몇 조각 덜어주었다.

관상어는 여전히 느릿느릿 움직였다. 경쟁이 없는 탓에 관상어는 이 조그만 어항 속에서 누리는 평화를 평화의 전부라 생각하며 살아갈 것이다.

오 과장은 어항 옆에 멕시코 사막 같은 데서 볼 수 있는 작은 선인장을 두었다.

그는 흙을 만져보고 선인장의 색이 변한 곳은 없는지 꼼꼼히 살폈다. 선인장은 습한 환경에서는 쉽게 썩어버린다. 시체처럼.

선인장 옆에는 일자 눈썹의 곰을 닮은 피규어가 있었다. 얼굴만 봐도 바로 한 사람이 떠올랐다. 좋은 선택이었다.

손을 뻗어 측백나무 손잡이의 페이퍼나이프를 꺼내 먼지를 닦아내고 광택을 냈다. 프랑스 라기올에서 만든 클래식한 제품이었다.

오 과장은 주머니에서 작은 십자가 목걸이를 꺼냈다. 손에 쥐었다 펴기를 몇 번 반복했다. 머리를 빡빡 밀어버린 외모 탓인지 손 형사의 십자가 목걸이가 처음부터 눈에 들어왔다. 그는 어떻게 할지 결정했는지 힘을 줘 목걸이의 줄을 끊어버렸다. 그의 손바닥 안에 금색 십자가만 남았다. 잠시 망설이다 십자가를 선인장의 흙에 꽂아두었다.

아직 책장에 빈자리는 많았다. 기분이 조금 나아졌다.

오 과장은 손 형사의 휴대폰에서 유심칩을 빼낸 뒤 전원을 다시 켰다.

유심칩이 있는 상태로 전원을 켜면 통신사 기지국을 통해 단말기의 전원이 켜진 위치까지 추적할 수 있다. 자살 현장에 있어야 할 휴대폰의 전원이 다시 켜진 것만으로도 자살사건은 살인사건으로 전환될 것이다.

휴대폰이 부팅되면서 제조사와 통신사의 로고가 연이어 떴다. 다행히 손 형사는 휴대폰에 잠금 설정을 해놓지는 않았다.

오 과장은 제일 먼저 최근 통화목록을 훑었다. 한지수의 전화가 27건이었다.

세부목록으로 들어가자 한지수와 통화한 내역이 남아 있었다. 4시 40분에 21초간의 통화.

오 과장은 통화목록을 계속 내려 한지수의 이름이 더 있는지 찾았다.

통화목록을 끝까지 내려도 한지수의 이름은 나오지 않았다. 통화목록에 있는 사람은 많은 반면 저장된 기간은 상대적으로 짧았다. 통화량이 많은 강력반 형사다웠다.

오 과장은 사진 앱을 열어 사진과 동영상을 확인했다. 가장 최근 목록에 CCTV 화면을 찍은 짧은 동영상이 있었다.

동영상을 플레이시키자 예상대로 증거물보관실에서 칼을 챙겨 나오는 자신의 모습이 찍혀 있었다. 그는 메시지 목록에서 동영상을 전송한 흔적을 찾았지만 발신내역은 없었다. SNS를 통해 보냈다면 유심을 뺀 상태에서의 확인은 불가능했다.

오 과장은 한지수와 통화한 21초의 통화기록을 다시 띄웠다. 21초라면 느닷없이 전화를 해 동영상을 설명하기에는 짧은 시간이었다.

손 형사는 한지수에게 무슨 말을 남겼을까?

한지수는 한 시간도 안 되는 시간 동안 손 형사에게 무려 27번이나 전화를 했다. 오 과장은 조금 더 고민했지만, 결국 한지수가 동영상을 보았다는 결론을 내렸다.

그는 미간을 찡그린 채 신음처럼 내뱉었다. 한지수, 한지수…….

오 과장은 처음부터 자신의 계획에 한지수를 꽂아 넣는 데 조금도 주저하지 않았다. 그녀의 불안정한 상태와 그에 상반되게 몰두하는 성미는 이번 일에 또 얼마나 잘 맞았는지, 감탄도 여러 번 했다. 서울청의 그 누구도 그녀처럼 이런 수준의 결과를 이끌어내지는 못했을 것이다.

그녀를 사건에 투입한 데는 그녀의 사회적 관계도 보태졌다. 프라모델의 조립식 부품처럼 그녀를 지탱하는 선 몇 개만 잘라내면 사람들 사이에서 고스란히 떼어내기가 좋았다. 그래서 오 과장은 그녀의 좁은 관계망을 뜻대로 조절할 수 있다는 자신감이 있었다.

감찰은 그녀의 관계망을 더 철저하게 끊어내는 가위로 사용했다. 그녀는 약점이 많았고, 그래서 어떤 식으로든 끊어내기도 쉬웠다. 이번 일이 잘 마무리되면 그녀 역시 본청으로 데리고 갈 거였는데. 아쉽게도 망쳐버렸다.

오 과장은 한지수의 성격이라면 뭘 뜻하는지도 모르는 상황에서 그 좁은 관계망 속에 동영상을 퍼트릴 것 같지는 않았다. 그 정도의 틈이면 충분했다. 동영상이 퍼지기 전에 한지수를 손에 넣을 수 있을 것이다.

김현이 한지수를 잡는 미끼가 되어줄 것이다.

오 과장은 사무실의 불을 껐다. 창문으로 들어오는 아침 햇살이 책장에 머물러 있었다.

19

김현이 잠을 깬 건 예상치 못한 소리 때문이었다.

문이 열리는 소리에 이어지는 발걸음 소리.

눈이 보이기 시작하면서 김현은 서서히 소리에 둔감해졌다. 더 이상 사람들의 발소리를 세지 않았다.

발소리는 침대 쪽으로 가까워지지 않고 탁자 쪽으로 멀어졌다. 그가 기억하는 한 누구와도 일치하지 않는 패턴이었다.

김현은 살짝 실눈을 떴다. 양복을 입었고, 남자였다.

김현의 손이 반사적으로 침대 밑으로 내려갔다.

거의 본능적인 움직임으로 손이 가 닿은 곳은 시트 밑에 숨겨놓은 일회용주사기였다. 다행히 주사기가 만져졌다. 김현은 카피캣의 정체를 알아챈 후로는 주사기가 있는지 확인하지 않았었다.

김현은 슬며시 눈을 감은 채 온 신경을 귀에 집중했다. 부스럭거리는 소리가 몇 번 계속됐다.

다시 눈을 가느다랗게 뜨고 병실에 홀로 들어와 있는 남자를 찾았다.

부스럭거리는 소리는 남자의 주머니에서 나는 소리였다. 두 개의 드링크제가 왼쪽 주머니에서 나왔고, 오른쪽 주머니에서 주사기가 나왔다. 그리고 뭔지 모르겠지만 크기가 작은 물건 하나를 더 꺼내 탁자에 올려놓았다.

탁, 작은 병이 탁자의 매끈한 표면에 닿는 소리가 생각보다 크게 울렸다. 남자는 일부러 그를 깨우기라도 하듯 조심성 같은 건 없어 보였다. 그렇다면 반응을 보여야 했다.

김현은 막 잠에서 깨어난 것처럼 부스스 상체를 일으켰다. 그의 기척에도 남자는 돌아보지 않고 말했다.

"깼군. 괜찮아. 편하게 있어."

목소리는 오대영 과장이었다. 40대 중후반 정도 외모에 다부진 체격.

김현이 대답을 않자 그제야 오 과장이 돌아보며 그를 향해 미소를 지었다. 묘하게 좌우균형이 맞지 않는 미소였다.

"이 경감, 아니 이젠 김현 교수라고 불러야 하나?"

평소와 다르지 않은 말투였다. 모든 것이 밝혀지고, 완전히 다른 상황이 되었는데도 그는 전과 다를 바 없이 자신을 대하는 것 같았다. 김현은 그 편이 더 좋다고 생각했다.

"몸은 좀 어때?"

"……."

오 과장은 탁자 옆 의자를 뒤로 당겨 편하게 앉았다. 말없이 김현을 정면으로 마주보았다. 김현이 대답하지 않은 탓에 잠시 침묵이 이어졌다.

그가 이번엔 고개를 숙여 탁자 위에 놓인 뭔가를 집어 들었다.

"괜찮습니다."

한 발 느린 대답이었지만, 오 과장은 신경 쓰지 않는 것 같았다.

그는 손에 집어든 작은 종이봉투를 찢었다. 알약이 든 봉투였다. 그는 봉투를 조심스럽게 다루느라 김현에게서 잠시 눈을 돌렸다.

마찬가지로 김현 역시 본능적으로 먼 곳에 시선을 두었다. 마치 앞이 보이지 않는 사람처럼.

동그란 모양의 알약 서너 개가 탁자 위로 쏟아졌다. 그가 재빠르게 굴러가는 약을 손으로 멈춰 세웠다.

"괜찮다니 다행이야. 계속 걱정했거든."

오 과장이 휴대폰을 꺼내 김현을 향했다.

김현은 오 과장이 휴대폰을 움직여 자신에게 화각을 맞추는 것을 모르는 척 지켜보았다.

오 과장은 휴대폰을 그대로 둔 채 마른기침을 했다. 기침소리에 찰칵, 사진이 찍히는 소리가 묻혔다.

"요즘 미세먼지 정말 큰일이야. 늘 목이 칼칼해."

그는 한 손가락으로 더듬더듬 액정을 눌렀다. 문자를 보내는 건가?

"한 형사는요? 오지 않습니까?"

문자 전송이 끝났는지 그는 탁자 위에 휴대폰을 내려놓고 다시 김현을 보았다.

"아니, 이제 곧 올 거야. 나도 기다리는 중이니까 걱정 마."

걱정 마…….

이 말이 '마지막으로 한 형사를 볼 수 있을 거야'라는 뜻처럼 들렸다. 김현의 고개가 살짝 그를 향해 틀어졌다.

그는 탁자 위에 올려둔 휴대폰을 손으로 지그시 눌렀다. 알약이 부서지는 미세한 소리가 들렸다.

"오늘이 그날입니까?"

그는 지갑에서 플라스틱 신용카드를 꺼내 휴대폰 뒷면에 묻은 흰색 가루를 조심스럽게 긁어냈다.

"맞아, 오늘 청으로 이송될 거야. 서류가 준비되는 대로 오늘 밤이라도 검찰에 송치될 거고. 준비는 됐지?"

그가 다시 한 번 휴대폰을 지그시 눌렀다. 알약이 부서지는 소리가 조금 전보다 크게 들렸다. 반사적으로 오 과장이 김현을 쳐다보았다. 이번에는 대답을 기다리는 눈치였다.

김현은 일부러 초점이 잡히지 않는 눈으로 멍하니 창밖을 보았다.

"……알겠습니다."

"조사 자체는 서류 몇 장 덧붙이는 선에서 끝날 거야. 힘들지 않게 빨리 끝내라고 지시해뒀어."

그가 이번에도 신용카드로 휴대폰 뒤에 묻은 흰색 가루를 긁어냈다. 그리고 신용카드로 탁자 위에 으깨진 가루를 한데 모았다.

"감사합니다."

오 과장은 그 말에 고개를 들어 김현을 빤히 보았다. 그가 하얗고 고른 치아를 드러내며 웃고 있었다.

"걱정이야. 경찰 조사야 그렇다고 해도 검찰 쪽은 우리랑 또 다르니까."

그는 신용카드 모서리로 흰색 가루를 몇 번이나 다졌다.

"걱정하지 않으셔도 됩니다."

"그래, 그렇지?"

서로 걱정하지 말라는 말을 주고받는 상황이 김현에게는 기묘하게 느껴졌다. 무엇을 걱정하지 않아야 하는 걸까?

오 과장이 주변을 두리번거렸다. 뭔가를 찾고 있는 듯했다.

"한 형사가 올 때까지 편하게 쉬어. 아무리 조사가 빨리 끝난다 해도 지금 체력으로는 무리일 테니까."

그가 일어나 옷장 쪽으로 걸었다. 주저앉아 냉장고 문을 열었다가 다시 닫았다. 김현은 소리에 반응한 것처럼 초점 없는 눈으로 그를 향해 시선을 돌렸다.

"마실 물이 있나 해서……."

"여기 있습니다."

김현은 손을 뻗어 간호사가 두고 간 물을 찾는 척 더듬거렸다.

"내가 하지."

그가 컵에 간신히 찰랑거릴 정도로 물을 따랐다. 그는 바로 물을 마시지 않고 탁자로 돌아가 앉았다.

"우리가 이렇게 만나기 전엔 꽤 괜찮았는데. 아, 자넨 기억하지 못하겠군."

"……."

오 과장은 물을 한 모금 마신 뒤 컵을 들어 남아 있는 물의 양을 가늠했다.

"자네를 서울청 범죄분석자문위원으로 추천한 사람이 나야."

그는 신용카드로 모아둔 흰 가루를 탁자 끝으로 밀어 컵에 쏟아 넣었다.

"자네의 범죄분석 덕분에 용의자가 무죄로 풀려난 사건들이 다시 주목받았지. 우리 모두 자네의 분석을 보고, 풀어줬던 용의자에게 분노했고……. 나는 고맙게 생각해."

그가 컵을 흔들어 가루를 녹였다. 그리고 주사기에 바늘을 꽂은 뒤 컵의 물을 빨아들였다. 그는 서두르지 않았고 정해진 순서가 있는 듯 자연스럽게 행동했다.

"죄송합니다."

"아니야. 자넨 자신의 선택을 한 거지. 같이 사건분석을 해본 입장에서 이해 못 할 것도 아니잖아."

오 과장이 능숙하게 주사기를 드링크제 뚜껑에 꽂았다. 그리고 주사기의 피스톤을 밀어 넣었다.

"정말 걱정이 된다고. 자네 건강이 버틸 수 있어야 하는데."

그는 같은 순서로 다른 한 병에도 물에 녹인 약을 넣었다.

"오늘은 날씨가 참 좋군."

김현은 그의 말에 반응하지 않았다. 고개를 돌려 창문을 쳐다보거나 하지 않았다. 그는 계속 같은 방향의 먼 곳을 응시했다. 그의 시야각에 창문의 하늘이 살짝 보였다. 하늘은 미세먼지 때문인지 뿌옇고 흐렸다.

오 과장은 탁자 위를 정리한 후, 드링크제를 들고 침대 쪽으로 다가왔다.

"이거 마셔. 몸에 좋은 거라더군. 오늘 힘든 하루가 될 테니."

오 과장이 그의 손에 갈색 병의 드링크제를 쥐어주었다. 그는 여전히 미소를 지은 채 지켜보고 있었다. 김현은 거부할 수 없었다.

"감사합니다."

달리 방법이 떠오르지 않았다. 그는 결심한 듯 뚜껑을 돌려서 땄다. 따다다닥, 경쾌한 소리가 들렸다. 김현은 고개를 뒤로 젖혀 한 모금을 입에 물었다. 그가 시선을 떼지 않고 지켜보고 있었다. 어쩔 수 없이 입에 머금고 있던 한 모금을 삼켜야만 했다. 목구멍을 자극하는 느낌 없이 넘어갔다.

"맛이 괜찮군요."

그가 눈앞에서 환하게 웃었다. 눈가에 잡히는 주름까지 선명하게 보였다.

드링크제에 넣은 약을 알 것 같았다. 수면마취제…….

"그래, 잘됐어."

김현은 병에 든 나머지를 어떻게 처리할지 기회를 엿보았지만 오 과장의 시선이 드링크제에서 떠나지 않는 이상, 방법이 없었다. 그는 김현의 망설이는 손에서 잠시도 눈을 떼지 않았다.

김현은 고개를 젖히고 단숨에 드링크제를 입안에 부어넣었다.

즉각적이라고 할 만큼 눈꺼풀이 무거워졌다. 이미 마신 드링크제 한 모금의 약효가 온몸을 달리듯이 빠르게 퍼지기 시작하는 게 느껴졌다.

김현의 눈꺼풀이 닫히더니, 몸이 의식 없이 침대 뒤로 스르르 넘어갔다.

베개 끄트머리로 머리가 툭, 떨어졌다.

"체력이 약해지긴 했어, 그렇지?"

오 과장이 곧바로 등을 돌려 문으로 향했다.

윙, 휴대폰이 짧게 진동했다. 오 과장이 보낸 사진이었다.

병원 침대에 표정 없이 앉아 있는 김현의 모습이 찍혀 있었다. 바로 이어서 문자가 왔다. 아무런 설명 없이 '40분'이라는 한 단어가 고작이었다.

김현은 초점이 잡히지 않는 멍한 눈으로 카메라를 보고 있었다. 그는 아무것도 모르고 있는 것 같았는데, 그래서 그가 처한 상황이 더 급박해 보였다.

김현과 40분. 협박이 분명했다. 40분 내에 병실로 와라. 그렇지 않으면 김현의 목숨은 보장할 수 없다. 오 과장의 메시지는 직관적이라고 할 만큼 단순했다. 그리고 그것만큼 단순해진 사실, 그가 카피캣이다.

한지수는 온몸에서 피가 다 빠져나가는 것 같은 무기력증을 느꼈다. 이건 상대가 되지 않는 게임이었다. 그는 싸울 수 있는 대상이 아니었다.

자기도 모르게 깊은 한숨이 터져 나왔다.

오 과장과는 늘 나란히 동일선상에 있다고 생각했다. 보고 있는 방향도 항상 같다고 여겼다. 그러나 이 모든 일련의 과정을 돌이켜보면 오 과장과는 한 번도 함께 있었던 적이 없었다. 그는 늘 게임의 바깥에서 절대자처럼 게임의 룰을 만들었고, 김현과 자신을 마음대로 움직였다. 그러니까 이 모든 과정이 처음부터 끝까지 그의 설계대로 정해져 있었던 셈이다.

한지수는 이 모든 설계의 맨 처음이 어디쯤일지 가늠해보았다. 할 수만 있다면 게임의 시작점으로 돌아가 다시 시작하고 싶었다.

한지수는 이내 고개를 저었다. 다시 처음으로 돌아간다 해도 자신이 그의 설계대로 움직이지 않을 거라고 장담할 수 없었다.

늘 자신이 선택했지만 어떤 선택도 그가 설계한 틀 안에서 한 선택이었다.

이제 와 무언가를 제대로 선택해 결말을 바꾸는 게 가능한 일일까? 손 형사가 죽어가는 동안 아무것도 할 수 없었던 내가 이번엔 무엇을 선택한다고 해서 김현을 살릴 수 있을까?

한지수는 컴퓨터의 전원을 끄고 일어섰다. 그녀의 선택이었다.

한지수는 택시에 몸을 싣자마자 도움을 청할 사람을 떠올려 보았다.

마땅한 사람이 없었다. 그녀의 말만 믿고 구체적 증거도 없이 오 과장의 반대편에 선다는 것은 형사로서 승진과 미래를 포기한다는 뜻이었다. 그녀는 고개를 저었다.

설사 동료들 중 누군가에게 동영상을 전송한다 해도 이 정도의 정황 증거로는 형사과장이라는 벽을 허물어트릴 수 없을 것이다.

그녀는 결과를 바꿀 무기라도 되는 양 소형녹음기를 손에 움켜쥐었다. 한지수는 자신의 보잘 것 없는 무기에 실소가 나왔다. 서울청을 나오기 전 그녀는 무기가 될 만한 것을 찾았다. 그러나 과수계 형사에겐 총은 고사하고 수갑조차 지급되지 않았다. 그녀가 고작 챙겨올 수 있었던 건 이 녹음기 한 개뿐이었다. 그것도 스마트폰이 보급되기 전 사용하던 골동품이었다.

택시에서 내려 병원 건물을 올려다보았을 때, 그녀는 아득한 현기증을 느끼며 휘청거렸다.

그동안 느껴보지 못했던 위압감이 그녀의 어깨를 짓눌렀다. 저

안에 괴물이 있다. 그리고 구해야 할 사람이 아무것도 모른 채 괴물과 함께 있다.

들어서는 순간 다시는 빠져나오지 못할 미로와 같은 곳으로 한지수는 천천히 발을 들여놓았다.

복도는 고요했고, 김현의 병실 앞을 지키는 최 순경은 보이지 않았다. 오 과장이라면 그리 어렵지 않게 자신이 원하는 방향으로 상황을 통제했을 것이다.

한지수는 심호흡을 깊게 한 번 한 뒤 병실 문을 열었다.

오 과장은 탁자 앞 의자에 앉아 있었다.

그가 시계를 보고는 손짓으로 반대편 의자를 가리켰다. 마치 무대 세팅을 완벽하게 끝낸 연출가의 손짓 같았다.

한지수는 일부러 고개를 돌려 침대를 보았다.

김현은 시트를 뒤집어쓴 채 미동도 없이 누워 있었다. 한지수의 시선을 따라 오 과장의 시선도 김현에게 머물렀다.

"핸드폰 꺼내서 탁자 위에 올려놔. 물론 잠긴 것도 풀어놓고."

한지수는 시키는 대로 휴대폰을 꺼내 탁자 위에 올려놓았다.

"잠겨 있지 않아요. 김현은 괜찮은 거죠?"

오 과장이 살짝 고개를 끄덕였다. 한지수에게는 그의 표정이나 몸짓들이 연극무대에서 잘 짜인 각본대로 움직이는 배우의 연기처럼 보였다.

"아직은. 한 형사의 협조에 따라 못 깨어날 수도 있어."

오 과장은 한지수의 휴대폰을 집어 들었다. 그리고는 사무적으로 물었다.

"알아낸 거지? 동영상 말이야."

한지수는 망설이지 않고 대답했다.

“과장님은 이정우가 옥상에서 여고생을 협박하는 데 사용한 칼을 빼돌렸어요. 이 칼은 이정우를 살해할 때 사용한 범구가 되었고요.”

오 과장은 대답이 틀리지 않았다는 의미로 고개를 한 번 끄덕였다. 그는 한지수의 휴대폰을 확인했다. 녹음 기능이 활성화되어 있지 않았다. 먼저 손 형사가 전송한 동영상부터 삭제했다.

“삭제해도 소용없어요. 이미 뿌릴 만한 데는 다 뿌렸으니까.”

한지수가 꺼낼 수 있는 유일한 카드였다.

“그럼 할 수 없고. 둘 다 처리해야지, 뭐.”

오 과장은 쉽게 대답했다.

“축하해. 이제 한 형사는 유명해질 거야. 카피캣을 심판한 또 한 명의 카피캣으로 영원히 남을 테니까.”

“동영상을 본 사람들은 당신이 카피캣이라는 걸 알아챌 거예요.”

“과수팀이 한 형사의 지문과 유효한 증거들을 병실에서 찾아낼 테니 걱정 마. 그리고 조사받던 피의자를 자살하게 만든 형사의 과거 전력은 이럴 때 쓰라고 있는 거지.”

오 과장은 한지수의 휴대폰 전원을 껐다.

“카피캣을 죽이고 자살한 형사가 보낸 동영상 따위를 누가 신경 쓸까 싶어. 아마 삭제하기 바쁠걸.”

“누군가는 할 거예요.”

“지수야, 내가 서울청 형사과장이야. 내가 이정우의 칼을 꺼내는 모습이 찍힌 것도 아니고, 결정적인 게 없잖아. 난 수사를 위해 과거 사건의 증거물 상자를 열어본 게 전부야.”

“손 형사의 자살과 그가 찾고 있던 것이 증거물보관실의 CCTV였다는 정황이 과장님을 잡을 겁니다."

"그게 아니라니까."

신경질적으로 중얼거리면서 오 과장은 고개를 흔들었다. 자꾸 엇나가는 배우의 리액션을 보고 인내심을 발휘하는 연출자처럼 보였다.

"손 형사와 마지막 통화를 한 사람이 누구야? 내가 아니고 한 형사잖아. 21초 동안 통화를 했고, 그 뒤로 27번이나 전화를 한 사람은 누구야? 그것도 한 형사잖아. 심리적 폭력, 이게 손 형사를 자살로 몰았던 거 아니겠어. 한 형사의 과거에서처럼. 이게, 그러니까 여기저기 참 쓸모가 많은 거라고."

한지수는 아무 말 없이 그의 말을 들어주었다. 그가 언제까지라도 말을 하고 싶다면 그대로 내버려둘 수 있었다. 그의 뒤편에서 일어나고 있는 미세한 움직임을 그에게 들키지 않으려면 그가 더 많은 말을 쏟아내게 만들어야 했다.

한지수는 처음엔 잘못 본 거라고 생각했다. 김현을 덮은 시트가 잠깐 흔들렸는데, 마취된 그가 뒤척이는 것이라 여겼다. 그러나 그의 왼쪽 손이 분명 어떤 의도를 가지고 미세하게 움직이고 있었다. 의식이 있는 상태에서나 가능한 움직임이었다.

한지수가 침대에 한눈을 파는 사이 오 과장은 그녀의 시선이 흔들리는 걸 눈치챘다.

"한 형사?"

한지수는 오 과장과 눈이 마주치자 숨이 턱 막히는 걸 느꼈다. 그가 자신을 빤히 올려다보고 있었던 것이다.

"1차 사건 말이에요……."

한지수는 오 과장의 주의를 끌기 위해 입을 열었다. 그러나 오 과장은 고개를 천천히 돌려 침대를 뚫어져라 쳐다봤다. 그럴 리는 없겠지만 만의 하나 김현이 깨어났을 가능성을 염두에 둔 듯.

한지수 역시 아무런 움직임 없는 시트를 조마조마한 심정으로 지켜보았다. 오 과장이 몸을 일으켜 시트를 걷어낸다면, 김현이 왼손으로 무엇을 하고 있었는지 드러날 것이다. 오 과장이 몸을 살짝 웅크리자 그녀는 참지 못하고 재차 물었다.

"욕조 속 신부의 남편은 어떻게 살해한 거죠? 김현이나 저나 알 수 없었……."

오 과장이 침대에서 눈을 떼지 않은 채 그녀의 말을 제지하듯 팔을 들어 손바닥을 펼쳤다.

숨소리도 들리지 않는 정적이 계속됐다. 한지수는 자기도 모르게 속으로 중얼거렸다.

'제발…….'

한지수가 일부러 탁자를 짚으며 소리를 내고 나서야 그가 틀었던 몸을 다시 돌렸다. 그의 얼굴에 미소가 깃들어 있었다. 상황을 완벽하게 통제하고 있는 자의 미소였다.

"현관 비밀번호는 현장검증 때 알았어. 남자 혼자 살면 비밀번호 같은 건 잘 안 바꾸니까. 계속 그렇게 서 있을 거야?"

한지수는 그의 고갯짓을 따라 의자를 당겨 털썩 주저앉았다.

"조서에 보면 한기범은 퇴근하면 반신욕을 즐긴다고 진술했어. 그래서 비오는 날을 디데이로 잡았지. 축축하면 씻고 싶은 법이니까."

오 과장은 좀 더 느긋하게 의자에 등을 기대고는 다리를 꼬았다. 그는 음악을 들을 때처럼 발끝을 박자에 맞춰 까딱거렸다.

이제는 침대로 시선을 옮길 수 없었다. 한 번 더 그녀의 시선이 김현에게 머물면 그는 기어이 시트를 걷어낼 것이다. 그녀의 조그만 움직임 하나도 오 과장은 확인하려 들 것이다. 결국 그가 말하게 만들어야 했다. 빈틈은 그가 말하는 동안에만 생길 것이다.

"욕조에서 한기범의 발목을 잡고 잡아당기는데 손맛이 짜릿했어. 퍼덕퍼덕. 왜 낚시꾼들이 낚시에 미치는지 알겠더라고."

오 과장은 한지수와 똑바로 눈을 맞추며 허공으로 두 팔을 들어 발목을 움켜쥐고 강하게 잡아당기는 시늉을 했다. 소름이 끼쳤다.

"2차 사건의 피해자 이정우는요? 그는 어떻게 살해하신 거죠?"

오 과장이 고개를 갸우뚱거렸다. 생각을 정리하는 사람처럼 잠시 창밖을 보았다. 그때 찰나라고 할 수 있는 시간이 생겼고, 한지수는 다시 시트 속에서 일어나는 어떤 움직임을 감지했다. 김현이 깨어 있다는 확실한 신호였다. 오 과장의 설계를 뒤집을 희망이 생겼다.

"칼은 어떻게 구했는지 알 거고. 좀 까다로웠어. 중요한 장기나 동맥을 피해서 찔러야 했거든. 여고생을 폭행하고 방치한 놈인데 같은 벌을 줘야지. 전리품을 찾기 위해 바닥에 칼을 던져두었는데 그때 칼끝이 부러진 거야. 나머진 김현이 분석한 대로고."

"전리품?"

"아, 일종의 트로피. 사건현장에서 전리품을 가지고 나오면 그걸 볼 때마다 흥분이 되살아나거든."

"뭘 가지고 나오신 거예요?"

오 과장은 벽에 걸린 시계를 눈으로 흘깃거렸다. 그도 안다. 말이 길어질수록 빈틈이 생긴다는 걸. 하지만 자신의 범행을 자랑하고 싶은 충동이 생각을 앞질렀다.

"1차 때는 관상어. 퍼덕퍼덕, 알지? 2차 때는 피규어. 닮았더라고. 3

차 때는 클래식한 페이퍼나이프. 교수였잖아. 4차 때는 선인장이지."

말이 짧아졌다. 축약을 하듯이 할 말만 내뱉었다.

"아, 손 형사한테서는 십자가 목걸이였어. 중처럼 빡빡 밀어버린 머리와 십자가. 강렬한 믹스매치라고나 할까."

그는 말을 멈추는 동시에, 한지수를 천천히 눈으로 훑었다. 마치 전리품이 될 만한 것을 찾기라도 하는 것처럼. 그녀는 순간적으로 몸을 떨었다.

"3차 사건 피해자 김영학은요? 어떻게 죽인 거예요?"

그가 꼬았던 다리를 풀고 다시 시계를 보았다. 이제 언제라도 일어날 수 있는 자세였다.

"조서 받을 때부터 죽이고 싶었어. 어찌나 약을 올리던지. 김영학이 죽인 아내의 시체가 발견되지 않길 바랄 정도였어. 풀어줘야 하니까. 그래서 공들여 살해했지. 내가 비린내를 못 참아서 날 것도 잘 안 먹는데 변변치 않은 칼로 시체를 자르려니 죽겠더군. 이 퀴즈는 한 형사가 너무 잘 풀어서 놀랄 정도였어. 실종과 발견이 핵심인데 이걸 못 찾더라고. 한 형사가 정말 수고했어. 김영학의 손가락을 아무도 발견하지 못하면 어떻게 하나 걱정하고 있었거든. 내가 가서 찾을 수도 없고."

다시 침대 시트가 가늘게 떨렸다. 시트 속에서 김현이 깨어 있다는 걸 확신할 수 있었다.

"4차 사건의 피해자 오정태는요? 그리고 김현은 사건에 어떻게 휘말리게 된 거예요?"

"오정태를 살해하는 건 쉬워. 어떻게 죽이느냐가 문제였지. 놈이 저지른 방화를 재현해야 카피캣의 살인으로서 의미가 있는 거니까.

김현이 분석한 대로 과거 피해자들 중에서 도와줄 사람을 골랐지. 어렵지 않았어. 같이 술 마시는 것과 화재신고 해주는 데 무슨 죄책감 같은 게 있겠어. 법적으로도 문제없고. 최악의 경우 그들은 그 사람을 죽일 줄 몰랐다고 하면 되잖아."

"김현은요?"

오 과장은 자신의 양팔을 교차해 팔짱을 꼈다. 그는 망설이고 있었다. 그는 한참만에야 입을 열었다.

"4차 사건에는 실수가 있었어. 두 가지나. 계속해서 완전범죄를 저지르다 보니 긴장이 좀 풀렸던 모양이야. 오정태가 노래방에 불을 지른 방식으로 휴지를 매개물로 방화를 한 것까지는 좋았는데, 불이 완전히 번지기 전에 놈이 깼어. 그래서 제압하느라 손바닥에 화상을 입었지. 덕분에 청에 출입하는 데 지문인식이 잘 안 돼."

"김현은요? 아무리 생각해도 경우의 수가 없어요."

그가 다시 시계를 흘깃 보았다.

"음, 다른 한 가지 실수가 바로 김현 교수야. 내 범행 패턴을 유일하게 파악했거든. 서울청에서 자신이 분석한 미제사건들의 용의자가 살해당하고 있다는 패턴을 알아챈 거지. 나한테 살아남아 있는 오정태를 보호해야 한다고 건의까지 했어. 물론 난 묵살했지. 왜? 내가 죽여야 하니까. 근데 하필 내가 살해하던 날 김현이 오정태를 만나러 왔던 거야."

"김현이 기억상실이 된 건요?"

"그건 사고야. 심정지까지 와서 그대로 둔 건데 살아날 줄 몰랐지. 그때 죽었으면 쉽게 카피캣이 될 수 있었는데 아쉬웠어. 살해당한 용의자가 모두 김현이 분석한 미제사건이니까 정황까지 완벽했어. 그런데 김현이 살아났어. 그래서 그를 어떻게 죽여야 하나 고민했지. 병원에 가서 보니 눈은 멀고 기억상실이더라고. 하늘이 나를 돕고 있구나 싶었지. 어렵게 돌아왔지만 결국 그를 카피캣으로 만들어냈으니까."

"저는요?"

오 과장이 고개를 비스듬히 틀었다. 말의 맥락을 모르겠다는 투였다.

"이 계획에 투입한 이유 말이에요."

"아, 그건…… 한 형사는 객관적으로 조건이 좋잖아. 우울증에 공황장애. 거기다 조사받던 피의자가 자살한 커리어도 있고. 완벽주의자고 능력은 있지만 회사에선 외톨이라 정보를 공유할 사람도 없고. 내가 한 형사 능력에 감탄한 게 김현이 딸이 있다고 설정한 거야. 천재적이야. 그건 내 계획에도 없었으니까. 덕분에 김현은 스스로 범행을 자백하고 벌까지 받으려고 자청했지."

오 과장은 그녀가 대견하다는 듯 엄지를 추켜세웠다. 모멸감이 심장을 찔렀다.

한지수는 형편없는 삶이라고 치부했었다. 용의자들의 거짓말을 밝혀내기 위해 더 많은 거짓말을 하는 자신을 늘 혐오했다. 형사로서도 인간으로서도 별로라고 생각했다.

'욕조 속 신부' 사건의 진범을 눈앞에서 놓치고 그녀는 스스로를 공황장애에 가둬버렸다. 그편이 쉬웠다. 그녀는 빈 껍질만 남은 것 같았다.

그런 자신을 오 과장이 들여다보고 있었다. 그리고 철저히 악용했다.

한지수는 후회했다. 나를 돌보지 않았기 때문에, 나 자신을 돌아보지 않았기 때문에 이런 지경까지 온 것이다.

"자, 즐거운 시간이었지? 사건이 종결되면 난 본청으로 가게 될 거야. 서울은 너무 좁아."

"대체 왜, 그런 거야! 당신!"

분노가 비명처럼 튀어나왔다. 오 과장이 일어나려다 멈칫 했다. 그가 한지수의 얼굴에서 무엇을 읽었는지는 알 수 없었다. 그가 슥 팔을 뻗어 한지수의 목덜미를 천천히 더듬었다.

금방이라도 목을 움켜쥘 것 같던 손으로 슬며시 어깨를 토닥였다. 걱정 말라는 듯. 이미 모든 건 정해져 있다는 듯. 마치 마지막 추도사를 읊듯이 담담하게 말했다.

"인간이라는 족속은 누군가 처음 살인을 한 뒤부터 그걸 카피해 반복해왔어. 세포 속에 새겨진 DNA처럼 지금까지 이어져 온 거야. 내게 이르러 다시 진화가 이루어진 거고."

자리에서 일어난 오 과장이 탁자 위에 놓인 드링크 병을 가리켰다.

"마셔."

"김현 교수는 아무것도 몰라. 그를 죽일 필요는 없잖아."

"동영상에 대해 누군가 호기심을 갖게 될지도 모르니까. 위험은 미리 제거해야지."

오 과장이 드링크 병의 뚜껑을 돌려 따서 내밀었다.

한지수는 침대로 눈길을 돌렸다. 그녀의 시선이 노골적으로 침대를 향했지만, 오 과장은 더 이상 신경 쓰지 않는 듯했다.

그녀는 김현이 시트 밖으로 손을 내미는 걸 보았다. 그의 손에는 일회용주사기가 들려 있었다.

"동영상을 전송한 사람은 없어요."

"예상한 대로야. 하지만 그렇다 해도 달라지는 건 없어."

"그를 살려줘요."

"그래? 그렇다면 방금 재미있는 게임이 생각났는데 해볼까."

그는 새로운 장난감을 선물 받은 아이처럼 설레는 표정이었다.

"그걸 마시면 내가 방금 생각해낸 게임을 알려줄게."

한지수는 선택지가 없다는 걸 알고 있었다. 자신이 어떤 무기를 감추고 있든 오 과장은 상관하지 않을 것이다. 그는 어떤 식으로든 그녀의 무기를 무력화시킬 수 있는 힘이 있었다.

그녀는 드링크를 받아서 단숨에 마셨다. 달착지근한 맛이었다.

한지수는 결국 김현을 선택했다. 자신이 김현에게 줄 수 있는 건 주머니 속에 있는 소형녹음기가 전부였다. 그를 믿을 수밖에 없었다.

"내일 눈을 뜨면 둘 중에 한 명은 죽은 채 발견될 거야. 한 명은 병실에서 다른 한 명은 자신의 집에서. 누가 죽느냐에 따라 눈뜨는 장소가 달라질 거야. 번거롭긴 하지만 둘 다 차가 없으니까. 그렇다고 병실에서 둘 다 발견되면 너무 작위적이잖아. 걱정 마. 시나리오는 내가 적당히 짜놓을 거니까."

한지수는 서서히 의식이 잠기는 것을 느꼈다. 오 과장의 목소리가 멀리서 들려오는 것 같았다.

"누가 살아있을지는 눈을 떠봐야 아는 거지. 그리고 둘 중 누가 눈을 뜨더라도 연쇄살인마가 돼 있을 거야. 김현은 한 건 추가해서 다섯 건의 연쇄살인마로, 한 형사는 카피캣을 살해하고 과거 피의자를 자살하게 만든 새로운 카피캣으로. 어때 흥미진진하지?"

한지수는 흐려지는 의식 속에서 오 과장을 피해 녹음기를 김현에게 어떻게 남길지 생각했다. 오 과장이 카피캣이라는 유일한 증거를 담고 있는 녹음기가 계속 작동되기를 바라면서.

"이걸 나 혼자만 즐겨야 한다는 게 아쉬울 뿐이군. 누굴 죽일까?"

한지수의 손이 툭 떨어졌다.

"아, 둘 다 눈을 못 뜰 수도 있어."

김현은 잠들지 않으려고 필사적으로 숫자를 셌다. 숫자는 그를 지켜주는 주문 같은 거였다. 드링크를 뱉어낸 베개 밑이 축축했다.

다행히 그동안 독한 수면마취제에 시달린 탓인지 약을 탄 드링크제 한 모금 정도는 견딜 수 있었다.

김현은 떨리는 손으로 침대 밑에 숨겨둔 일회용주사기를 움켜쥐었다. 조금 전 한 형사에게 보여주었던 주사기였다.

시트를 살짝 내려 눈을 떴다. 한 형사가 의자에 늘어져 있었다. 오 과장이 일어섰다. 다시 눈을 감았다. 기회는 한 번뿐이었다. 그는 속으로 숫자를 세며 기회가 오기를 기다렸다. 하나, 둘, 셋……. 발소리가 셋에서 멈췄다.

"자, 이제 집에 가서 자야지."

발소리가 네 번 들리고 병실 문이 열리는 소리가 들렸다. 김현은 오 과장이 자신을 살해하기로 마음먹었다는 걸 알 수 있었다. 아니면 둘 다이거나.

오 과장의 발소리가 병실 밖으로 이어지는 것을 듣고 김현은 눈을 떴다.

오 과장은 한지수를 집으로 데려가기 위해 휠체어를 가지러 갔을 것이다.

늘어져 있던 한 형사가 꿈틀거리며 주머니 속에서 뭔가를 꺼냈다. 소형녹음기였다. 그것을 그를 향해 힘껏 던졌다. 녹음기는 침대는커녕 병실 문 쪽으로 툭 떨어졌다. 한 형사는 녹음기를 던지고는 의자에 퍼져버렸다. 미동도 없었다.

김현은 벌떡 일어났다. 현기증 때문에 똑바로 설 수조차 없었다. 휠체어는 간호스테이션에 있었다. 간호사들의 빠른 걸음으로 육십이었다. 왕복이면 백이십. 어쩌면 그는 이보다 더 빨리 올지도 몰랐다. 김현은 숫자를 셌다. 하나, 둘, 셋, 넷…….

약기운 때문에 몸이 말을 듣지 않았다. 한 걸음 내딛는 데도, 숫자들이 빠르게 지나갔다. 녹음기까지는 다섯 걸음 정도 되었다. 그는 지금까지 걸었던 어떤 거리보다 멀게 느껴졌다.

김현은 두 걸음 내딛기도 전에 크게 휘청거려 침대 발치에 있는 난간을 잡고 간신히 중심을 잡았다. 숫자들이 빠르게 지나갔다. 삼십일, 삼십이, 삼십삼…….

한 번 더 휘청거리면 녹음기는 오 과장 손에 넘어갈 것이다.

김현은 온 정신을 발끝에 집중해 걸었다. 그가 간신히 녹음기를 집어 들었을 때는 이미 육십이 넘어서고 있었다. 멀리서 발자국 소리가 들리기 시작했다. 그제야 김현은 급하게 녹음기를 가지러 오느라 주사기를 침대 위에 둔 것을 깨달았다. 마지막 기회가 사라질지도 몰랐다.

그는 한 걸음, 한 걸음 집중해서 걸어야만 했다. 복도를 울리는 발자국 소리가 점점 더 가까이 들렸다. 숫자는 이미 구십을 넘어섰다. 구십오, 구십육, 구십칠…….

그가 침대에 도착해 주사기를 움켜쥘 때는 숫자가 백십을 넘어서고 있었다. 발소리는 더욱 가까워졌다. 오 과장이 언제 문을 열어도 이상하지 않았다.

김현이 침대에 누워 시트를 끌어올리는 순간 병실 문이 열리는 소리가 들렸다. 아까와는 누워있는 자세가 달라졌지만 김현은 움직일 수도 숨을 쉴 수도 없었다.

하나, 둘, 셋, 넷. 그의 걸음이 넷에서 멈췄다. 그가 눈치채지 못했다.

오 과장이 한지수를 휠체어에 태우는 소리가 들렸다. 그리고 끼익, 바퀴가 굴러가는 소리가 연이어 들렸다. 이번에도 그의 발소리는 넷에서 멈췄다.

오 과장의 발소리가 침대를 향했다. 하나, 둘, 셋, 넷, 다섯……. 그는 평소 늘 빠른 걸음으로 침대까지 왔다. 여섯이 그를 찌를 수 있는 기회였다.

김현은 그의 숨소리까지 느낄 수 있었다.

"오늘이 지나면 자넨 영원히 카피캣으로 살 수 있을 거야. 우리나라에서 가장 오래 기억될 연쇄살인마."

김현은 눈을 떴다. 오 과장이 메스를 들고 자신을 내려다보고 있었다.

김현은 시트 밖으로 손을 뻗어 그의 허벅지에 주사바늘을 꽂아 넣었다. 그리고 동시에 피스톤을 눌렀다. 주사기 안에는 자신이 맞던 강력한 수면마취제가 들어 있었다. 메스를 들고 찌를 듯이 노려보던 오 과장의 표정이 일그러졌다.

김현은 몸을 굴려 침대 반대편으로 떨어졌다. 간발의 차이로 오 과장이 들고 있던 메스가 베개에 꽂혔다. 바닥에 떨어진 김현은 몸통을 울리는 충격에 움직일 수 없었다.

오 과장은 침대 모서리를 붙잡고 버티다 곧 주저앉았다. 베개에 꽂혀 있던 메스가 바닥에 떨어지는 소리가 들렸다.

김현은 침대의 다리를 잡고 천천히 일어섰다. 그리고 오 과장에게 한 걸음씩 다가갔다. 메스는 오 과장의 손에 닿지 않은 거리에 떨어져 있었다.

김현은 바닥에 널브러진 오 과장을 우두커니 내려다보았다. 그는 멀어지는 의식을 붙잡으려는 듯 손을 허우적거렸다. 무슨 말인가를 하려고도 했지만, 어어, 하는 소리 이상은 아니었다.

하나, 둘, 셋…….

김현이 열을 세었을 때 오과장의 모든 움직임이 멎었다.

20

아침 여덟 시 반.

창문으로 들어오는 햇빛이 언제나처럼 바닥에 선명한 사각형을 만들어냈다. 한지수는 깨끗하게 정리된 집 안을 둘러보았다. 바닥에는 먼지 한 점 없었고, 눈에 닿는 모든 것들이 제자리에 있었다.

한지수는 옷장에 걸린 옷들 중에서 사놓고 한 번도 입지 않았던 밝은 색의 재킷을 골랐다. 그리고 거기에 어울리는 색깔의 바지를 맞춰 입었다.

그녀는 가볍게 화장을 하고 종이 상자에 들어있는 구두를 꺼냈다. 발꿈치가 개방된 슬링백 스타일의 미들힐이었다. 검정색 가죽에 하얀색 선이 구두 모양을 따라 이어져 있어 세련된 느낌의 디자인이었다. 구두는 얼마 전 이수인 경감이 보낸 선물이었다. 한지수는 아직도 김현 교수보다는 이수인 경감이라고 부르는 게 더 편했다.

구두 상자에는, 늘 그림자처럼 소리가 나지 않는 한지수의 걸음에 소리가 있었으면 좋겠다는 간단한 메모가 들어 있었다.

한지수는 한쪽씩 의식을 치르듯이 신중하게 구두를 신었다. 구두는 발에 기분 좋게 꼭 맞았다. 거울 속 그녀의 키가 몇 센티 정도는 갑자기 커진 것 같았다.

그녀는 거울 주변을 몇 걸음 걸었다. 또각또각, 선명한 발걸음 소리가 그녀를 따라왔다. 고개를 돌렸다. 거울 속의 그녀는 계절이 바뀐 것처럼 화사했다.

휴대폰을 들어 시간을 확인했다.

아홉 시.

긴장감 없이 느긋하고 여유로운 아침이었다.

한지수는 서울청 감찰계에 출두해 2차 조사를 받기 위해 집을 나섰다. 집을 나오기 전 그녀는 공황장애 약을 한참 동안 들고 있다가 그냥 내려놓았다.

상수동에서 출발한 택시는 금화터널을 지나서부터 서행하기 시작했다. 하지만 조급한 마음은 들지 않았다. 늦는다고 해도 별일은 아니었다. 고작 감찰 아닌가.

택시는 아홉 시 오십 분에 그녀를 서울청 앞에 내려놓았다. 본관에 들어가기 위해 주차장 옆을 따라 걸을 때는 아직도 심장이 바늘에 찔리는 것처럼 아팠다. 그녀가 손 형사를 위해 해줄 수 있는 건, 수사가 끝난 뒤 십자가 목걸이를 찾아 돌려주는 게 전부였다.

한지수는 엘리베이터 앞에서 더 이상 머뭇거리지 않았다. 아는 얼굴을 만나도 웃을 수 있었다. 동료들의 시선이 예전보다 더 오래 한지수에게 머물렀다. 그녀 뒤에서 수군거리는 소리가 들렸지만 신경 쓰지 않았다.

13층, 잠시 광화문의 풍경을 내려다보았다. 세상은 아무 일 없었다는 듯 평화로웠다.

한지수는 망설임 없이 감찰계 문을 열었다.

김정민 경위가 일어나 가볍게 목례를 했다. 한지수는 그를 따라 조사실에 들어섰다. 조사실 내부는 탁자와 의자가 전부였다. CCTV도 녹음장비도 없었다. 한지수는 그 편이 오히려 더 편했다.

김 경위가 한지수에게 시선을 맞춘 채 노트북을 열었다.

"2차 조사로, 한지수 경사에 대한 감찰은 종결될 겁니다. 다만, 오대영 과장 사건 때문에 참고인으로 몇 번 더 오셔야 할 겁니다."

"알겠습니다."

그는 신원확인을 위한 형식적인 질문 몇 가지를 했고, 한지수는 대답했다. 둘 사이에 긴장감 같은 건 없었다.

"수사결과 김영학 씨는 카피캣에게 살해된 것으로 밝혀졌습니다. 맞습니까?"

"맞습니다."

"따라서 한 경사의 강압적 조사로 인해 김영학 씨가 자살했다는 투서는 사실이 아닌 걸로 밝혀졌습니다. 맞습니까?"

"예."

"카피캣이 오대영 형사과장이라는 게 맞습니까?"

"수사가 진행 중인 사건입니다. 참고인으로 절 부른 겁니까?"

"아, 개인적인 질문이었습니다. 죄송합니다."

김 경위가 한지수의 시선을 피했다. 그가 노트북을 닫았다.

1차 조사 때와 마찬가지로 한지수가 먼저 일어섰다. 그때와 다른 점은 김 경위가 그녀를 불러 세우기 전에 그녀가 먼저 돌아보았다는 것이다.

"카피캣은 오 과장이 맞습니다. 물론, 개인적인 답변이었습니다."

"한 경사님?"

다시 돌아서는 한지수를 김 경위가 불렀다.

고개만 돌린 채 한지수는 그의 말을 기다렸다.

"죄송했습니다. 개인적인 감정은 없었습니다……. 수고하셨습니다."

또각또각, 그녀의 발걸음 소리가 선명하게 복도를 울렸다. 한지수는 사람들에게 자신이 어떻게 보일지 더 이상 신경쓰지 않았다.

눈을 떴다. 아무것도 보이지 않았다. 방 안은 상자처럼 밀폐돼 있었다.

김현은 천천히 일어나 암막처럼 두꺼운 커튼을 젖혔다. 환한 빛이 한꺼번에 방안으로 쏟아져 들어왔다.

집 안에는 아무것도 없었다. 그리고 그는 여전히 자신의 과거에 대해 아무것도 기억하지 못했다.

김현은 집 안 가득 쌓여 있던 증거물상자를 정리하는 대신 모두 처분했다. 기억하지 못하는 과거의 흔적을 부둥켜안고 있을 필요가 없었다. 거실과 방은 텅 비었고, 그는 지금의 자신을 채워 넣으리라 마음먹었다.

휴대폰을 들어 시간을 확인했다. 일곱 시. 새로 개통한 휴대폰에는 저장된 번호가 몇 개 없었다. 전화가 올 데도 전화를 걸 데도 없었다.

그는 오랫동안 샤워를 했다. 화상 상처는 모두 아물었고, 보기에

훙하다는 것을 제외하고는 크게 불편한 점은 없었다.

김현은 한 형사가 병원으로 가져다주었던 양복을 입고 넥타이를 맸다. 양복만큼은 버리지 않았다. 양복은 과거의 물건이 아니라 그가 기억하는 최초의 자신의 물건이었다.

여덟 시. 조금 이른 시간이었지만 그냥 출발하기로 했다.

김현은 도수가 없는 안경을 쓰고, 마스크를 썼다. 그의 얼굴을 모르는 사람은 없었다. '사이코패스의 인터뷰'라는 동영상 때문에 얼굴이 알려졌고, 카피캣에게 철저히 이용당했다는 사실까지 알려지면서 동정 여론이 더해졌다. 모두가 그의 얼굴을 알아보았다.

그는 몇 주 동안 경찰청 중대범죄수사과에서 참고인 조사를 받았다. 강도 높은 조사였지만 어려울 건 없었다. 그는 오 과장에 대한 모든 걸 기억하고 있었으니까.

오대영 과장은 자살한 채 발견되었다. 실종된 지 오 일이 지난 후였다. 그는 병원에서 조금 떨어진 도로변에 주차된 자신의 차량에서 번개탄을 피워 자살했다. 죽음에 대한 두려움 때문인지 스스로 허벅지에 강력한 수면마취제를 주사했던 것으로 밝혀졌다. 차량에서 발견된 일회용 주사기에서 그의 지문이 채취되었다.

차량 주변에는 CCTV도 없었고, 차량의 블랙박스 역시 오 과장 스스로 꺼놓았다는 게 확인됐다. 차량 내부에서 휴대폰이 발견되었는데, 휴대폰의 메모장에서 유서도 발견되었다. 그는 유서에서 자신이 카피캣이며 네 건의 연쇄살인을 저질렀다고 고백했다. 또 손지윤 형사를 자살로 위장해 살해했다고 자백했다.

차량 트렁크에서 아직 사용하지 않은 번개탄이 서너 개 나왔고, 그가 구입한 사실도 추가수사로 밝혀졌다.

한 형사가 오 과장의 모습이 찍힌 CCTV 영상을 찾아냈다. 오 과장이 증거물보관실에서 이정우를 살해한 칼을 빼돌리는 모습이었다. 그리고 오 과장의 사무실에서 그가 수집한 연쇄살인 희생자들의 기념품이 발견되었다. 수사팀은 오 과장의 수집품을 희생자의 유가족에게 확인해 사건현장에 있던 물건이라는 증언을 확보했다. 그가 카피캣이라는 게 객관적으로 증명되었다.

다만 오 과장이 자살을 감행한 동기가 문제였다. 자신을 추적하던 강력계 형사를 자살로 위장해 살해할 만큼 위험한 연쇄살인마가 스스로 자살을 할 리 없다는 생각이 지배적이었다. 사람들은 꼬리 자르기라고 의심했고, 오 과장 역시 권력에 의해 자살 당했다고 믿었다.

일부에서는 그가 마지막으로 자신을 살해해 여섯 번째 연쇄살인을 완성시켰다고도 했다. 하지만 그 어떤 것도 모두 짐작일 뿐이었다.

경찰청 중대범죄수사과의 첫 참고인 조사 때 김현은 오 과장의 자살에 대한 질문을 받았다.

"오대영 과장이 왜 자살했다고 생각하십니까?"

김현은 상식적으로 대답했다.

"제가 과거 기억을 부분적으로 찾았기 때문입니다. 그가 카피캣이라는 걸 제가 기억해냈거든요."

경찰청에서는 사건의 자세한 내막을 언론에 발표하지 않았지만 그의 죽음을 자살로 결론지었다.

김현은 아파트 계단을 걸어서 내려갔다. 그동안 다리에 힘이 붙어 난간을 잡지 않아도 되었다.

그는 서울청 범죄분석자문위원 활동을 계속하기로 했다. 석방된 미제사건의 용의자들을 다시 심판하기 위해서였다.

그는 내려가는 계단의 숫자를 속으로 셌다.

하나, 둘, 셋, 넷, 다섯…….

머릿속에 강준성 사건이 계단의 숫자와 함께 떠올랐다. 하나, 2015년 클럽 롤링소울 강간치상, 둘, 2016년 클럽 바니바니 마약공급, 셋, 2016년 폭행치상, 넷, 2017년 동거녀 실종, 다섯, 2018년 살인.

이 모든 사건의 용의자는 단 한 명, 강준성이었다.

김현은 강준성의 마지막 범죄를 떠올렸다. 그리고 다시 계단을 내려갔다. 하나, 강준성이 동거녀에게 마약을 과다 투약하는 방식으로 살해했다. 둘, 주사기에서 강준성은 물론, 동거녀의 지문도 검출되지 않았다. 셋, 강력1팀이 강준성의 살인혐의를 입증하지 못했다. 넷, 동거녀가 강준성의 약을 빼돌려 팔아먹었다는 살해 동기는 확인되었다. 다섯, 동거녀를 부검한 결과 주사기 하나로는 투약이 불가능한 양의 필로폰이 검출되었다. 여섯, 필로폰에 취한 채 몇 번이나 되풀이해서 치사량의 약물을 자신에게 주사기로 주입할 수 있을까?

김현은 층계참에 멈춰 섰다. 다시 계단을 내려갔다. 숫자가 계속됐다.

하나, 단순히 쾌락이 목적이라면 아무리 중독자라 해도 치사량에 대한 공포를 가지고 있다. 투약의 목적이 다르다. 둘, 정황상 강준성을 마약소지혐의로 구속시킬 수 있었는데 석방했다. 셋, 그를 석방하라고 지시한 사람이 오대영 과장이다.

김현은 셋에서 걸음을 멈췄다. 오대영 과장은 강준성을 일부러 풀어줬다. 아마도 그의 다음 목표는 강준성이었을 것이다.

김현은 다시 계단을 내려갔다. 넷, 강준성의 혐의는 내가 입증할 것이다.

김현은 층계참을 돌아 다시 계단을 내려갔다. 아파트의 공동현관이 보였다.

하나, 나는 여전히 아무것도 기억하지 못한다. 둘, 병원에서 눈을 뜨고 나서부터 나의 새로운 기억은, 오 과장의 의도대로 카피캣의 기억으로 채워졌다. 셋, 기억하지 못한다 해도 내가 사라진 것은 아니다. 넷, 난 여전히 냉정하고 정의로운 사람이다. 다섯, 책상 앞에 단발머리 여자아이 사진을 붙였다. 아이를 볼 때마다 통증이 느껴진다. 여섯, 난 오대영 과장이 한 실수를 반복하지 않을 것이다.

김현은 계단을 내려간 후 현관문을 향해 걸었다. 문을 향해 걸을수록 빛이 가까워졌다. 그는 자신이 있는 곳이 어둠 속인지, 빛 속인지 확신이 서지 않았다. 다만 그는 빛을 향해 걸을 뿐이었다.

문 바깥에 벚꽃이 지고 있었다. 비산혈흔처럼 꽃잎이 날렸다.

김현은 문을 밀고 나갔다.